TRANZLATY

Language is for everyone

Jezik je za vse

Folk Tales of Bengal

Ljudske zgodbe iz Bengala

Part One
Prvi del

1 / 2

Lal Behari Day

English / Slovenščina

Folk Tales of Bengal
Ljudske zgodbe iz Bengala

Life's Secret
Skrivnost življenja
Phakir Chand
Pakir Chand
The Indignant Brahman
Ogorčeni Brahman
The Story of the Rakshasas
Zgodba o Rakšasih
The Story of Swet and Bachanta
Zgodba o Swet in Bachanti
The Evil Eye of Sani
Zlobno oko Sani
The Boy whom Seven Mothers Suckled
Deček, ki ga je dojilo sedem mater
The Story of Prince Sobur
Zgodba o princu Soburju
The Origins of Opium
Izvor opija
Strike, but Listen First
Udari, a najprej poslušaj

Life's Secret
Skrivnost življenja

Once upon a time there was a king.
Nekoč je bil kralj.
This King had married two Queens.
Ta kralj se je poročil z dvema kraljicama.
The two queens were called Duo and Suo.
Kraljici sta se imenovali Duo in Suo.
Both of the queens were childless.
Obe kraljici sta bili brez otrok.
One day a Faquir came to the palace gate.
Nekega dne je fakir prišel do vrat palače.
The Faquir had come to ask for alms.
Fakir je prišel prosit miloščine.
Queen Suo went to the door.
Kraljica Suo je šla k vratom.
And she gave him a handful of rice.
In mu je dala pest riža.
The mendicant asked her a question.
Beračica ji je postavila vprašanje.
"Do you have any children?"
"Imate kakšne otroke?"
The queen had no children.
Kraljica ni imela otrok.
"I wish had children, but I have none"
"Želim si imeti otroke, pa jih nimam"
The holy man refused to take alms from her.
Sveti mož ni hotel sprejeti miloščine od nje.
In these times there were different traditions.
V teh časih so obstajale različne tradicije.
And the people believed many different things.
In ljudje so verjeli v veliko različnih stvari.
Don't take charity from the hands of a childless woman.
Ne jemlji miloščine iz rok ženske brez otrok.
Such hands were ceremonially unclean.
Takšne roke so bile ceremonialno nečiste.

The mendicant offered her a medicine.
Beračica ji je ponudila zdravilo.
This medicine was to remove her barrenness.
To zdravilo naj bi ji odstranilo neplodnost.
She expressed her willingness to take the medicine.
Izrazila je pripravljenost, da bo zdravilo jemala.
The mendicant told her how to take the medicine.
Beračica ji je povedala, kako naj vzame zdravilo.
"This is the potion you must swallow"
"To je napoj, ki ga moraš pogoltniti."
"Prepare the juice of a pomegranate flower"
"Pripravite sok iz cveta granatnega jabolka"
"Swallow the medicine with the juice"
"Zdravilo pogoltnite s sokom"
"If you do this, you will soon have a son"
"Če boš to storila, boš kmalu imela sina"
"Your son will be exceedingly handsome"
"Vaš sin bo izjemno čeden"
"His complexion will be beautiful"
"Njegova polt bo lepa"
"He will have the colour of pomegranate flowers"
"Imel bo barvo granatnih cvetov"
"And you shall call him Dalim Kumar"
"In imenoval ga boš Dalim Kumar."
"But he will also have enemies"
"Ampak imel bo tudi sovražnike"
"They will try to take your son's life"
"Poskušali bodo vzeti življenje vašega sina"
"But there is a secret to his life"
"Vendar obstaja skrivnost njegovega življenja"
"And I will tell you this secret"
"In povedal ti bom to skrivnost"
"In front of your palace is a pond"
"Pred tvojo palačo je ribnik"
"In that pond there is a big Boal fish"
"V tem ribniku je velika riba Boal."
"Your son's life is connected to that fish"

"Življenje vašega sina je povezano s to ribo."
"In the heart of the fish is a small box"
"V srcu ribe je majhna škatla"
"This small box is made of wood"
"Ta majhna škatla je narejena iz lesa"
"In the box of wood is a necklace of gold"
"V leseni škatli je zlata ogrlica"
"That necklace is the life of your son"
"Ta ogrlica je življenje tvojega sina."
The mendicant gave her the medicine.
Beračica ji je dala zdravilo.
And they said their farewells.
In so se poslovili.

Soon all in the palace whispered of an heir.
Kmalu so v palači vsi šepetali o dediču.
Great was the joy of the King.
Veliko je bilo kraljevo veselje.
He had visions of an heir to the throne.
Imel je vizije o prestolonasledniku.
A never-ending succession of powerful monarchs.
Neskončno zaporedje mogočnih monarhov.
He dreamt of how they perpetuated his dynasty.
Sanjal je o tem, kako bodo ohranili njegovo dinastijo.
These ideas floated before his mind.
Te ideje so mu lebdele pred očmi.
It made him the happiest he had ever been.
Zaradi tega je bil najsrečnejši doslej.
Many ceremonies were performed for the occasion.
Za to priložnost so izvedli številne slovesnosti.
The people of the kingdom played loud music.
Prebivalci kraljestva so igrali glasno glasbo.
The birth of a prince was a truly special event.
Rojstvo princa je bil resnično poseben dogodek.
Soon queen Suo gave birth to a son.
Kmalu je kraljica Suo rodila sina.
He was more beautiful than anyone had imagined.

Bil je lepši, kot si je kdorkoli predstavljal.
The King saw his son's face.
Kralj je zagledal sinov obraz.
And his heart leaped with joy.
In srce mu je poskočilo od veselja.
Soon the child ate his first rice.
Kmalu je otrok pojedel svoj prvi riž.
Mukhe bhaat was celebrated with great joy.
Mukhe bhaat so praznovali z velikim veseljem.
And the whole kingdom was filled with gladness.
In vse kraljestvo je bilo polno veselja.

Dalim Kumar grew up to be a fine boy.
Dalim Kumar je odraščal v pridnega fanta.
There was one activity he particularly liked.
Ena dejavnost mu je bila še posebej všeč.
He loved playing with the pigeons.
Rad se je igral z golobi.
However, the pigeons often flew to Queen Duo.
Vendar so golobi pogosto leteli do Queen Duo.
Nobody knows why they did this.
Nihče ne ve, zakaj so to storili.
And they flew into her apartment.
In prileteli so v njeno stanovanje.
So Dalim Kumar often met Queen Duo.
Tako je Dalim Kumar pogosto srečal Queen Duo.
At first, she happily gave the pigeons back.
Sprva je golobe z veseljem vrnila.
But later she wasn't as willing to return the pigeons.
Kasneje pa ni bila več tako pripravljena vrniti golobov.
She gave the pigeons up with some reluctance.
Golobe je oddala z nekaj nejevolje.
She felt she could use this to her advantage.
Čutila je, da lahko to izkoristi v svojo korist.
She naturally hated the child.
Seveda je sovražila otroka.
Since Dalim's birth the king had neglected her.

Od Dalimovega rojstva jo je kralj zanemarjal.
And the King idolized the mother of Dalim.
In kralj je idoliziral Dalimovo mater.
Somehow, she had heard of the mendicant.
Nekako je slišala za berača.
She heard he had given queen Suo a medicine.
Slišala je, da je dal kraljici Suo zdravilo.
She had also heard about what he had said.
Slišala je tudi, kaj je rekel.
There was a secret to the prince's life.
V prinčevem življenju je bila skrivnost.
She had heard his life was bound to something.
Slišala je, da je njegovo življenje povezano z nečim.
But she did not know what his life was bound to.
Vendar ni vedela, s čim je povezano njegovo življenje.
She was determined to get the secret.
Bila je odločena, da bo dobila skrivnost.

Of course, the pigeons came back to her.
Seveda so se golobi vrnili k njej.
And the pigeons flew into her room again.
In golobi so spet prileteli v njeno sobo.
This time she refused to give the pigeons back.
Tokrat ni hotela vrniti golobov.
"I won't just give you your pigeon back"
"Ne bom ti kar tako vrnil tvojega goloba"
"First, you have to tell me something"
"Najprej mi moraš nekaj povedati"
"What do you want, aunty?" the boy asked.
„Kaj hočeš, teta?" je vprašal fant.
"Oh, my darling, do not worry"
"O, draga moja, ne skrbi"
"It's just a small thing I want"
"To je samo majhna stvar, ki si jo želim"
"I want to know where your life is hidden"
"Želim vedeti, kje je skrito tvoje življenje"
The boy was very confused by this.

Fant je bil zaradi tega zelo zmeden.
"What is that, aunty?"
"Kaj je to, teta?"
"Where can my life be, except in me?"
"Kje je lahko moje življenje, če ne v meni?"
"No, child, that is not what I meant"
"Ne, otrok, nisem mislil tega."
"A holy mendicant told your mother a secret"
"Sveti berač je tvoji materi povedal skrivnost"
"Your life is bound up with something"
"Tvoje življenje je z nečim povezano"
"I wish to know what that thing is"
"Rad bi vedel, kaj je ta stvar "
The boy was confused by what she said.
Fant je bil zmeden nad tem, kar je rekla.
"I never heard of any such thing"
"Nikoli nisem slišal za kaj takega"
But Queen Duo insisted it was true.
Toda Queen Duo je vztrajal, da je res.
"Promise to find out from your mother"
"Obljubi, da boš izvedel od svoje matere."
"Ask her where your life is hidden"
"Vprašaj jo, kje je skrito tvoje življenje"
"Then I will let you have the pigeons"
"Potem ti bom dal golobe."
"Otherwise, I will keep the pigeons"
"Sicer pa bom golobe obdržal."
The boy wanted his pigeons back.
Fant je želel svoje golobe nazaj.
So he agreed to get the information.
Zato se je strinjal, da bo pridobil informacije.
But first she made him promise.
Najprej pa ga je prisilila k obljubi.
"Promise me you won't tell your mother"
"Obljubi mi, da ne boš povedal svoji materi"
And the boy promised not to tell her.
In fant je obljubil, da ji ne bo povedal.

"I promise I won't tell my mum"
"Obljubim, da ne bom povedal mami"
Queen Duo freed the prince's pigeons.
Kraljica Duo je osvobodila prinčeve golobe.
Dalim was overjoyed to have his birds again.
Dalim je bil presrečen, da ima spet svoje ptice.
And he forgot the entire conversation.
In pozabil je na celoten pogovor.

The next day Dalim was playing again.
Naslednji dan je Dalim spet igral.
You can imagine what happened again.
Lahko si predstavljate, kaj se je spet zgodilo.
The pigeons flew to Queen Duo's apartment.
Golobi so poleteli v stanovanje kraljice Duo.
And they flew into her room again.
In spet so prileteli v njeno sobo.
Dalim went in to his stepmother's apartment.
Dalim je šel v stanovanje svoje mačehe.
And he asked her for the pigeons.
In jo je prosil za golobe.
Of course she asked him for the information.
Seveda ga je prosila za informacije.
Dalim could not tell her where his life was hidden.
Dalim ji ni mogel povedati, kje je skrito njegovo življenje.
"I promise I will ask her today"
"Obljubim, da jo bom danes vprašal."
"But please can I have my pigeons"
"Ampak prosim, ali lahko dobim svoje golobe?"
She didn't give the pigeons back so quickly.
Golobov ni tako hitro vrnila.
But, in the end, he got his pigeons again.
Ampak na koncu je spet dobil svoje golobe.

After playing, Dalim went to his mother.
Po igranju je Dalim odšel k materi.
"Mamma, please tell me where my life is hidden"

"Mama, prosim, povej mi, kje je skrito moje življenje."
"What do you mean, child?" asked the mother.
„Kaj misliš s tem, otrok?" je vprašala mati.
She was astonished at the question.
Vprašanje jo je presenetilo.
Why would her child ask her this?
Zakaj bi jo njen otrok to vprašal?
"Yes, mamma," replied the child.
„Da, mami," je odgovoril otrok.
"I have heard of a holy mendicant"
"Slišal sem za svetega berača"
"He told you something about my life"
"Povedal ti je nekaj o mojem življenju"
"He said my life is hidden in something"
"Rekel je, da je moje življenje skrito v nečem"
"Tell me what that thing is"
"Povej mi, kaj je ta stvar"
"My child, my darling, my treasure"
"Moj otrok, moj dragi, moj zaklad"
"My golden moon," his mother pleaded.
„Moja zlata luna," je prosila njegova mama.
"Do not ask such a question"
"Ne postavljaj takega vprašanja"
"Cover my enemies' mouths with ashes"
"Pokrij usta mojih sovražnikov s pepelom"
"Let my Dalim live forever," she begged.
»Naj moj Dalim živi večno,« je prosila.
But the child insisted on knowing the secret.
Toda otrok je vztrajal, da želi izvedeti skrivnost.
He refused to eat or drink until he knew.
Ni hotel jesti ali piti, dokler ni vedel.
Queen Suo had no choice but to tell him.
Kraljica Suo ni imela druge izbire, kot da mu pove.
Eventually she told him the secret of his life.
Končno mu je zaupala skrivnost njegovega življenja.

The next day Dalim was playing again.

Naslednji dan je Dalim spet igral.
You can imagine where the pigeons flew.
Lahko si predstavljate, kam so leteli golobi.
Dalim chased after the birds into the apartment.
Dalim je ptice preganjal v stanovanje.
His stepmother told him many sweet words.
Mačeha mu je povedala veliko lepih besed.
And finally, she got his secret from him.
In končno je od njega izvedela njegovo skrivnost.
She wasted no time to start her wicked plan.
Ni izgubljala časa in začela je s svojim hudobnim načrtom.
And she gave orders to her servants.
In dala je ukaze svojim služabnikom.
"Get some dried stalk from the hemp plant"
"Pridobite nekaj posušenega stebla konoplje"
"Make sure the stalks are very brittle"
"Prepričajte se, da so stebla zelo krhka"
Brittle hemp stalks make a cracking sound.
Krhka stebla konoplje oddajajo pokajoč zvok.
The sound is similar to the cracking of joints.
Zvok je podoben pokanju sklepov.
And it sounds like the bones of old people.
In sliši se kot kosti starih ljudi.
She put the brittle hemp stalks under her bed.
Krhka stebla konoplje je dala pod posteljo.
And then she lied on her bed.
In potem je ležala na svoji postelji.
She wanted to test the hemp stalks.
Želela je preizkusiti stebla konoplje.
The stalks cracked just as much as she wanted.
Stebla so pokala ravno toliko, kot je želela.
She was satisfied with how her plan was going.
Bila je zadovoljna s tem, kako je potekal njen načrt.
She gave more orders to her servants.
Svojim služabnikom je dala še več ukazov.
"Tell the King I am very ill"
"Povej kralju, da sem zelo bolan"

"He must come to see me immediately"
"Takoj me mora obiskati."
The king did not love this queen.
Kralj ni ljubil te kraljice.
But he still had a duty to care for her.
Vendar je imel še vedno dolžnost skrbeti zanjo.
If she was ill, he had to look after her.
Če je bila bolna, je moral skrbeti zanjo.
The King came to her bedroom.
Kralj je prišel v njeno spalnico.
She rolled on the bed in pain.
Od bolečin se je prevalila po postelji.
The King heard the cracking of her bones.
Kralj je slišal pokanje njenih kosti.
He ordered his best physician to attend her.
Naročil je svojemu najboljšemu zdravniku, naj jo pregleda.
But the queen had thought of this.
Toda kraljica je o tem razmišljala.
She had already spoken with the physician.
Z zdravnikom se je že pogovorila.
"There is only one remedy," he told the king.
»Obstaja samo eno zdravilo,« je rekel kralju.
"There's a pond in front of the palace"
"Pred palačo je ribnik"
"In the pond there's a large Boal fish"
"V ribniku je velika riba Boal."
"The remedy is in that fish"
"Zdravilo je v tej ribi"
So the king let the physician catch the fish.
Kralj je torej dovolil zdravniku, da ujame ribo.
Meanwhile Dalim was busy playing.
Medtem je bil Dalim zaposlen z igranjem.
He knew nothing of his aunt's illness.
O tetini bolezni ni vedel ničesar.
The fish was taken out the water.
Ribo so vzeli iz vode.
Dalim fell to the ground immediately.

takoj padel na tla .
He flopped around on the floor.
Premetaval se je po tleh.
And he could not breathe.
In ni mogel dihati.
The guards immediately noticed.
Stražarji so to takoj opazili.
Dalim was taken to his mother's room.
Dalima so odpeljali v sobo njegove matere.
And the King was informed of his son.
In kralj je bil obveščen o svojem sinu.
He couldn't believe his son's illness.
Ni mogel verjeti sinovi bolezni.
The fish was taken to Queen Duo.
Ribo so odpeljali v Queen Duo.
Queen Duo was being saved.
Kraljičin duo so reševali.
At the same time Dalim was dying.
Hkrati je Dalim umiral.
The fish was cut open.
Ribo so razrezali.
And they found the wooden box.
In našli so leseno škatlo.
In the box lay a necklace of gold.
V škatli je ležala zlata ogrlica.
Queen Duo put on the necklace.
Kraljičin duo si je nadel ogrlico.
And Dalim died at the very same moment.
In Dalim je umrl v istem trenutku.

News of the tragedy reached the king.
Novica o tragediji je dosegla kralja.
He was plunged into an ocean of grief.
Potopil se je v ocean žalosti.
News of Queen Duo's recovery did not help.
Novica o okrevanju kraljice Duo ni pomagala.
He wept painful and bitter tears.

Jokal je boleče in grenke solze.
No one thought he would recover.
Nihče ni mislil, da si bo opomogel.
He could not bear to bury his son.
Ni mogel prenesti pokopa sina.
Nor did he allow his body to be burned.
Prav tako ni dovolil, da bi njegovo telo sežgali.
He could not accept that his son had died.
Ni se mogel sprijazniti s tem, da je njegov sin umrl.
His death was so sudden and senseless.
Njegova smrt je bila tako nenadna in nesmiselna.
He had the dead body moved to a garden-houses.
Truplo je dal premestiti v vrtno hišico.
This garden-house was in the suburbs.
Ta vrtna hišica je bila v predmestju.
Here his son was laid in state.
Tukaj je bil njegov sin položen v slovesnost.
All sorts of provisions were put there.
Tja so bile postavljene vse vrste zalog.
Although everyone knew it was unnecessary.
Čeprav so vsi vedeli, da je to nepotrebno.
The young boy did not need food anymore.
Mladenič ni več potreboval hrane.
The house was kept locked day and night.
Hiša je bila zaklenjena podnevi in ponoči.
Dalim had had one very close friend.
Dalim je imel enega zelo tesnega prijatelja.
Only this friend was allowed to visit.
Samo temu prijatelju je bilo dovoljeno obiskati.
He was the son of the prime minister.
Bil je sin predsednika vlade.
He was entrusted with the key of the house.
Zaupan mu je bil ključ hiše.
Once a day he could visit his dead friend.
Enkrat na dan je lahko obiskal svojega pokojnega prijatelja.

Queen Suo retired after the loss of her son.

Kraljica Suo se je po izgubi sina upokojila.
Now the King spent the nights with Queen Duo.
Zdaj je kralj preživljal noči s kraljico Duo.
The Queen wanted to avoid suspicion.
Kraljica se je želela izogniti sumu.
So she took the necklace off at night.
Zato si je ponoči snela ogrlico.
But Dalim's life was tied to the necklace.
Toda Dalimovo življenje je bilo vezano na ogrlico.
And his death was not so simple.
In njegova smrt ni bila tako preprosta.
He was dead when the queen wore the necklace.
Bil je mrtev, ko je kraljica nosila ogrlico.
But when she took the necklace off, he returned to life.
Ko pa mu je snela ogrlico, je oživel.
And so he returned to life every night.
In tako se je vsako noč vračal v življenje.
Every morning she put the necklace on again.
Vsako jutro si je spet nadela ogrlico.
And so, he died again every morning.
In tako je vsako jutro znova umiral.
At night he ate whatever food he liked.
Ponoči je jedel, kar koli mu je bilo všeč.
Because there was plenty of food for him.
Ker je bilo zanj veliko hrane.
He walked around in the premises.
Sprehajal se je po prostorih.
And he meditated on the strangeness of his life.
In premišljeval je o nenavadnosti svojega življenja.
Dalim's friend only visited him during the day.
Dalimov prijatelj ga je obiskoval le podnevi.
So he always saw him as a lifeless corpse.
Zato ga je vedno videl kot brezživo truplo.
But his body never seemed to change.
Vendar se zdi, da se njegovo telo nikoli ni spremenilo.
There was no sign of putrefaction.
Ni bilo znakov gnitja.

The body was lifeless and pale.
Telo je bilo brez življenja in bledo.
But there were no symptoms of death.
Vendar ni bilo nobenih simptomov smrti.
It all seemed too strange for him.
Vse skupaj se mu je zdelo preveč nenavadno.
So he decided to watch the corpse more closely.
Zato se je odločil, da bo truplo opazoval natančneje.
And he visited his friend at night.
In ponoči je obiskal svojega prijatelja.
He was astonished at what he saw that night.
Bil je presenečen nad tem, kar je videl tisto noč.
His dead friend was walking about in the garden.
Njegov pokojni prijatelj se je sprehajal po vrtu.
At first, he thought Dalim might be a ghost.
Sprva je mislil, da je Dalim morda duh.
So he went to see if he could touch him.
Zato je šel pogledat, če se ga lahko dotakne.
And then he saw it was really his friend.
In potem je videl, da je to res njegov prijatelj.
Dalim told his friend everything that had happened.
Dalim je prijatelju povedal vse, kar se je zgodilo.
He told him all the circumstances of his death.
Povedal mu je vse okoliščine svoje smrti.
And soon they solved the mystery.
In kmalu so razrešili skrivnost.
They understood why he revived only at night.
Razumeli so, zakaj je oživel šele ponoči.
Every night the king came to see Queen Duo.
Vsako noč je kralj prišel pogledat kraljico Duo.
When the King visited, she took off her necklace.
Ko jo je obiskal kralj, si je snela ogrlico.
The life of the prince depended on the necklace.
Prinčevo življenje je bilo odvisno od ogrlice.
So the two friends worked on a plan.
Tako sta prijatelja skovala načrt.
Night after night they consulted together.

Noč za nočjo sta se posvetovala.
But they could not think of any feasible scheme.
Vendar se niso mogli spomniti nobene izvedljive sheme.

Eventually the Gods must have taken pity.
Sčasoma so se morali bogovi usmiliti.
And they decided to free Dalim.
In odločili so se, da Dalima osvobodijo.
But we must understand how the Gods work.
Vendar moramo razumeti, kako delujejo bogovi.
These things are planned long before.
Te stvari so načrtovane že dolgo prej.
The sister of Bidhata-Purusha had had a daughter.
Sestra Bidhata-Purushe je imela hčerko.
Bidhata-Purusha was a great fortune teller.
Bidhata-Purusha je bil velik vedeževalec.
He had written something on the child's forehead.
Nekaj je napisal otroku na čelo.
"This child will marry the dead bridegroom"
»Ta otrok se bo poročil z mrtvim ženinom«
Her mother was very saddened by this.
Njena mama je bila zaradi tega zelo žalostna.
She did not want this destiny for her daughter.
Takšne usode ni želela za svojo hčer.
But she could not argue with him.
Vendar se z njim ni mogla prepirati.
He never changed what he had written.
Nikoli ni spremenil tega, kar je napisal.
The child became exceedingly beautiful.
Otrok je postal izjemno lep.
But the mother could not take any pleasure in this.
Toda mati v tem ni mogla uživati.
Because she knew the destiny of her child.
Ker je poznala usodo svojega otroka.
Eventually the girl came to marriageable age.
Končno je dekle doseglo starost za poroko.
She had to find a way to avoid her fate.

Morala je najti način, da se izogne svoji usodi.
So the mother fled the country with her child.
Zato je mati z otrokom pobegnila iz države.
Perhaps she could avoid her dreadful destiny.
Morda se je lahko izognila svoji grozni usodi.
But what was written was written.
Ampak kar je bilo napisano, je bilo napisano.
And fate cannot be overruled like this.
In usode se ne da tako preglasiti.
Together they journeyed through the land.
Skupaj sta potovala po deželi.
You can imagine how fate was working.
Lahko si predstavljate, kako je delovala usoda.
They wandered past Dalim's resting place.
Sprehodili so se mimo Dalimovega počivališča.
The shade of the evening was approaching.
Bližala se je večerna senca.
"Mother, I am thirsty," said her child.
„Mama, žejna sem,“ je rekel njen otrok.
"Sit at this gate," replied her mother.
„Sedi pri teh vratih,“ je odgovorila njena mati.
"I will search for water in the village"
"Vodo bom iskal v vasi."
The girl was curious about the garden.
Deklica je bila radovedna glede vrta.
And in the garden she saw strange house.
In na vrtu je zagledala čudno hišo.
She pushed the gate, which opened itself.
Potisnila je vrata, ki so se sama odprla.
When she went in, she saw a beautiful palace.
Ko je vstopila, je zagledala čudovito palačo.
But she had an uneasy feeling about the palace.
Vendar je imela glede palače neprijeten občutek.
However, the door had shut itself.
Vendar so se vrata sama od sebe zaprla.
So she had no way of getting out.
Torej ni imela načina, da bi prišla ven.

When night came the prince revived.
Ko je prišla noč, se je princ prebudil.
As usual, he walked around in the garden.
Kot ponavadi se je sprehajal po vrtu.
But this time he saw a female figure.
Toda tokrat je zagledal žensko postavo.
The figure was standing near the gate.
Postava je stala blizu vrat.
Soon he saw that it was a girl.
Kmalu je videl, da je to dekle.
And he saw she was of unsurpassed beauty.
In videl je, da je neprekosljive lepote.
"Who are you?" he asked her.
„Kdo si?" jo je vprašal.
She told Dalim everything that had happened.
Dalimu je povedala vse, kar se je zgodilo.
All the details of her little history.
Vse podrobnosti njene kratke zgodbe.
"My uncle is the divine Bidhata-Purusha"
"Moj stric je božanski Bidhata-Purusha"
"He wrote on my forehead at birth"
"Ob rojstvu mi je pisal na čelo"
"This child will marry the dead bridegroom"
»Ta otrok se bo poročil z mrtvim ženinom«
"My mother did not want that life for me"
"Moja mama ni želela takšnega življenja zame"
"So we left our house and city"
»Zato smo zapustili svojo hišo in mesto«
"And we wandered through the country"
"In potepala sva se po deželi"
"We had come to the gate of your palace"
"Prišli smo do vrat tvoje palače"
"After our journey I was thirsty"
»Po naši poti sem bil žejen«
"So my mother went to look for water"
"Torej je moja mama šla iskat vodo."

"And now I am standing here before you"
"In zdaj stojim tukaj pred vami"
Dalim Kumar knew the meaning of the story.
Dalim Kumar je poznal pomen zgodbe.
"I am the dead bridegroom," he told the girl.
»Jaz sem mrtvi ženin,« je rekel dekletu.
"It is me who you will marry"
"Z mano se boš poročil/a"
"Come with me to the house," he asked of her.
„Pridi z mano v hišo," jo je prosil.
But the girl wasn't so easily persuaded.
Toda dekle se ni dalo tako zlahka prepričati.
"You are standing and speaking to me"
"Stojiš in govoriš z mano"
"How can you be the dead bridegroom?"
"Kako si lahko mrtev ženin?"
The prince understood her objection.
Princ je razumel njen ugovor.
"You will understand it afterwards"
"Pozneje boš razumel/a"
The girl followed the prince into the house.
Dekle je sledilo princu v hišo.
She had been fasting the whole day.
Ves dan se je postila.
So the prince gave her wonderful food.
Zato ji je princ dal čudovito hrano.
Meanwhile, the girl's mother had come back.
Medtem se je vrnila dekličina mama.
She was standing at the gates of the garden.
Stala je pri vratih vrta.
But her daughter was not there anymore.
Toda njene hčerke ni bilo več tam.
She cried out for her daughter.
Jokala je za svojo hčerko.
But she got no reply from her daughter.
Vendar od hčerke ni dobila odgovora.
So she went looking for her in the village.

Zato jo je šla iskat po vasi.

As usual, Dalim's friend came that night.
Kot ponavadi je tisto noč prišel Dalimov prijatelj.
Dalim was still entertaining his guest.
Dalim je še vedno zabaval svojega gosta.
He was not expecting to see a stranger.
Ni pričakoval, da bo videl neznanca.
And the girl retold him her story.
In dekle mu je ponovno povedalo svojo zgodbo.
You can imagine his surprise when she told him.
Lahko si predstavljate njegovo presenečenje, ko mu je povedala.
He was able to confirm Dalim's story.
Dalimovo zgodbo je lahko potrdil.
Soon they had all accepted destiny.
Kmalu so vsi sprejeli usodo.
That night they fulfilled their fates.
Tisto noč so izpolnili svojo usodo.
They decided to unite the couple in matrimony.
Odločila sta se, da par združita v zakonski zvezi.
It was going to be impossible to get a priest.
Nemogoče je bilo dobiti duhovnika.
So Dalim's friend performed the hymeneal rites.
Dalimov prijatelj je torej opravil himenejske obrede.
The friend of the bridegroom left the palace.
Ženinov prijatelj je zapustil palačo.
The newly-weds had the palace to themselves.
Mladoporočenca sta imela palačo zase.
The happy couple did not sleep much that night.
Srečni par tisto noč ni veliko spal.
So it was long after sunrise that they woke up.
Zbudili so se torej šele dolgo po sončnem vzhodu.
Of course it was only the young wife that woke up.
Seveda se je zbudila samo mlada žena.
The prince had become a cold corpse again.
Princ se je spet spremenil v hladno truplo.

The queen had put on her necklace.
Kraljica si je nadela ogrlico.
And life had departed from him again.
In življenje ga je spet zapustilo.
You can imagine how the young wife felt.
Lahko si predstavljate, kako se je počutila mlada žena.
She shook her husband to try and wake him.
Stresla je moža, da bi ga poskušala zbuditi.
She kissed him on his cold lips.
Poljubila ga je na njegove hladne ustnice.
But all her efforts were in vain.
A vsa njena prizadevanja so bila zaman.
He was as lifeless as a marble statue.
Bil je brez življenja kot marmorni kip.
The young wife was stricken with horror.
Mlado ženo je preplavila groza.
She smote her breast with her fists.
S pestmi se je udarjala po prsih.
She struck her forehead with her palms.
Z dlanmi se je udarila po čelu.
And she tore her hair from her head.
In si je pulila lase z glave.
She ran through the garden like a mad woman.
Tekla je po vrtu kot nora ženska.
Dalim's friend did not come during the day.
Dalimov prijatelj ni prišel čez dan.
He did not want to see his friend this way.
Ni hotel videti svojega prijatelja v takšni obliki.
The poor girl did not know what to do.
Ubogo dekle ni vedelo, kaj naj stori.
Time could not pass quickly enough.
Čas ni mogel minevati dovolj hitro.
The day seemed as long as a year.
Dan se je zdel dolg kot eno leto.
But the even longest day has its end.
A še najdaljši dan ima svoj konec.
The shades of evening were descending.

Večerni senci so se spuščali.
Her dead husband was awakened into consciousness.
Njen pokojni mož se je prebudil k zavesti.
He rose up from his bed again.
Spet je vstal iz postelje.
And he embraced his new wife.
In objel je svojo novo ženo.
Again they ate, drank, and became merry.
Spet so jedli, pili in se veselili.
His friend made his usual appearance.
Njegov prijatelj se je pojavil kot običajno.
And the whole night was spent celebrating.
In vsa noč je bila namenjena praznovanju.

They spent the next seven years this way.
Naslednjih sedem let so preživeli tako.
During the day Dalim was lifeless.
Čez dan je bil Dalim brez življenja.
But at night he came to life.
Toda ponoči je oživel.
And their life was quite usual.
In njihovo življenje je bilo precej običajno.
The princess gave her husband two lovely boys.
Princesa je možu dala dva ljubka fantka.
They were the exact image of their father.
Bili so natančna podoba svojega očeta.
Of course the king and Queens did not know.
Seveda kralj in kraljica nista vedela.
They did not know they were grandparents.
Nista vedela, da sta stara starša.
And they did not know Dalim was alive.
In niso vedeli, da je Dalim živ.
To be precise I should say he was alive at night.
Če sem natančen, bi rekel, da je bil ponoči živ.
They all thought he had long been dead.
Vsi so mislili, da je že zdavnaj mrtev.
They assumed his corpse would now be gone.

Predvidevali so, da njegovega trupla zdaj ni več.
But the heart of Dalim s wife was yearning.
Toda srce Dalimove žene je hrepenelo.
She wanted nothing more than her mother-in-law.
Ničesar si ni želela bolj kot svojo taščo.
Over the years she had come up with a plan.
Z leti je skovala načrt.
Perhaps she could see her mother-in-law.
Morda bi lahko videla svojo taščo.
Maybe they could get hold of the necklace.
Morda bi lahko dobili ogrlico.
She asked for the consent of her husband.
Prosila je za soglasje svojega moža.
And he allowed her to disguise herself.
In dovolil ji je, da se je preoblekla.
She took on the appearance of a female barber.
Prevzela je videz brivke.
Like every female barber, she needed equipment.
Kot vsaka brivka je potrebovala opremo.
She took the following tools;
Vzela je naslednja orodja;
An iron instrument for preparing finger nails.
Železno orodje za pripravo nohtov na prstih.
Another iron instrument for scraping the feet.
Še en železni pripomoček za strganje nog.
A piece of burnt jhama brick.
Kos žgane opeke jhama.
For rubbing the soles of the feet.
Za drgnjenje podplatov.
And paint for the edges of the feet.
In pobarvajte robove stopal.
She took all her tools with her.
S seboj je vzela vse svoje orodje.
And she stood at the gate of the King's palace.
In stala je pri vratih kraljeve palače.
I forgot something else she brought.
Pozabil sem še nekaj, kar je prinesla.

She had come with her two sons.
Prišla je z dvema sinovoma.
She spoke with the guards.
Govorila je s stražarji.
"I work as a barber"
"Delam kot brivec"
"I have come to offer my services"
"Prišel sem ponudit svoje storitve"
"I desire to see Queen Suo"
"Želim si videti kraljico Suo"
Queen Suo quickly gave her an interview.
Kraljica Suo ji je hitro dala intervju.
The queen was quite fond of the two little boys.
Kraljica je imela oba fantka zelo rada.
They strangely reminded her of her own son.
Nenavadno so jo spominjali na njenega lastnega sina.
And she remembered her lost treasure.
In spomnila se je svojega izgubljenega zaklada.
Tears fell profusely from her eyes.
Solze so ji obilno tekle iz oči.
She had not the remotest idea who they were.
Ni imela niti najmanjšega pojma, kdo so.
Of course we know who they are.
Seveda vemo, kdo so.
The two little boys are her grandsons.
Ta dva majhna fantka sta njena vnuka.
She spoke to the barber.
Govorila je z brivcem.
"My son died when he was young"
"Moj sin je umrl, ko je bil še mlad"
"I have given up these vanities"
"Opustil sem te nečimrnosti"
"I stopped having my feet ceremoniously dyed"
"Nehala sem si slovesno barvati noge"
"But I would be glad to see your two fine boys"
"Vesel pa bi bil, če bi videl tvoja dva pridna fanta."
The barber agreed to let Queen Suo see her boys.

Brivec se je strinjal, da kraljici Suo dovoli obiskati njene fante.
But she had one question before she went.
Pred odhodom pa je imela še eno vprašanje.
"Are there other ladies in the palace?
„So v palači še kakšne druge dame?"
"Someone else I could provide my service to"
"Nekdo drug, ki mu lahko nudim svoje storitve"
She was told there was another queen.
Rekli so ji, da obstaja še ena kraljica.
And she was also allowed to go to that queen.
In tudi k tej kraljici je smela iti.
Queen Duo allowed her to prepare her nails.
Kraljica Duo ji je dovolila, da si pripravi nohte.
And she was allowed to scrape her feet.
In dovolila si je, da si je praskala noge.
She painted her feet with alakta.
Stopala si je naslikala z alakto.
And the queen was very pleased with her skill.
In kraljica je bila zelo zadovoljna s svojo spretnostjo.
She also enjoyed the sweetness of her disposition.
Uživala je tudi v sladkosti njene narave.
So she booked to have more of her services.
Zato je rezervirala več njenih storitev.
The female barber had come for something else.
Brivka je prišla po nekaj drugega.
And she quickly noticed the necklace.
In hitro je opazila ogrlico.
The necklace was around the Queen's neck.
Ogrlica je bila okoli kraljičinega vratu.

The day of her second visit had come.
Prišel je dan njenega drugega obiska.
She gave her eldest son the instructions.
Navodila je dala svojemu najstarejšemu sinu.
"We are going into the palace again"
"Spet gremo v palačo"
"When in the palace you have to cry"

"Ko si v palači, moraš jokati"
"Say you would like the queen's necklace"
"Reci, da bi rad kraljičino ogrlico."
"Don't stop crying until you have her necklace"
"Ne nehaj jokati, dokler ne dobiš njene ogrlice."
The female barber went to queen Duo's apartment.
Brivka je odšla v stanovanje kraljice Duo.
Soon the elder boy started to cry.
Kmalu je starejši fant začel jokati.
The boy acted his role well.
Fant je svojo vlogo odigral dobro.
Nothing would console the boy.
Nič ne bi moglo potolažiti fanta.
"What is wrong?" Queen Duo asked.
„Kaj je narobe ?" je vprašala kraljica Duo.
They boy could hardly speak.
Fantje komajda govorijo.
"Your necklace is so beautiful"
"Tvoja ogrlica je tako lepa"
And he continued to sob.
In še naprej je jokal.
"Can I please hold the necklace?"
"Lahko prosim držim ogrlico?"
Queen Duo did not want to let him.
Kraljica Duo mu tega ni hotela dovoliti.
"I cannot part with my necklace"
"Ne morem se ločiti od svoje ogrlice"
"It is my most valuable jewel"
"To je moj najdragocenejši dragulj"
But the boy did not stop crying.
Toda fant ni nehal jokati.
So she took the necklace off her neck.
Zato si je snela ogrlico z vratu.
And she put the necklace into the boy's hand.
In ogrlico je dala fantu v roko.
The boy quickly stopped crying.
Deček je hitro nehal jokati.

And he held the necklace in his hand.
In v roki je držal ogrlico.
The female barber had finished her work.
Brivka je končala svoje delo.
She was packing up her tools.
Pakirala je svoje orodje.
And she was about to leave the palace.
In ravno je bila na poti, da zapusti palačo.
So the queen wanted the necklace back.
Kraljica je torej želela ogrlico nazaj.
But the boy would not let her have the necklace.
Toda fant ji ni dovolil ogrlice.
His mother attempted to snatch the necklace from him.
Njegova mama mu je poskušala iztrgati ogrlico.
But he wept bitterly when she tried.
A grenko je jokal, ko je poskušala.
And he cried as if his heart would break.
In jokal je, kot da bi mu bilo srce parajoče.
The female barber politely asked the queen;
Brivka je vljudno vprašala kraljico;
"Please let the boy take the necklace home"
"Prosim, naj fant odnese ogrlico domov."
"He will fall asleep after drinking his milk"
"Zaspal bo, ko bo popil mleko."
"And then I will bring your necklace back"
"In potem ti bom prinesel ogrlico nazaj."
She could see she had no choice.
Videla je, da nima izbire.
The boy would not allow her to take the necklace.
Fant ji ni dovolil vzeti ogrlice.
So she agreed to the proposal.
Torej je privolila v predlog.
"Dalim must now be long dead," she thought.
»Dalim je že zdavnaj mrtev,« je pomislila.
And she had nothing to worry about.
In ni imela razloga za skrb.

The princess had the prized necklace.
Princesa je imela dragoceno ogrlico.
The treasure bound to her husband's life.
Zaklad, vezan na življenje njenega moža.
She rushed back to the garden-house.
Stekla je nazaj k vrtni hišici.
And she gave the necklace to Dalim.
In ogrlico je dala Dalimu.
Dalim had been alive all morning.
Dalim je bil živ celo dopoldne.
It was the first time he saw the sun again.
To je bilo prvič, da je spet videl sonce.
Their joy of his life knew no bounds.
Njihovo veselje do njegovega življenja ni poznalo meja.
Their friend advised them to go to the palace.
Prijatelj jim je svetoval, naj gredo v palačo.
"Go to the palace tomorrow"
"Jutri pojdi v palačo"
"Present yourselves to the King and Queen"
"Predstavite se kralju in kraljici"
"Let them know you're alive and well"
"Sporočite jim, da ste živi in zdravi"
The couple accepted their friend's advice.
Par je upošteval nasvet svojega prijatelja.
And they prepared everything for their arrival.
In vse so pripravili za njihov prihod.
An elephant was brought for the prince.
Za princa so prinesli slona.
A pair of ponies were brought for the boys.
Za fante so pripeljali par ponijev.
And there was a grand chaturdala.
In bila je velika chaturdala.
It was furnished with curtains of gold lace.
Opremljena je bila z zavesami iz zlate čipke.
Word was sent to the king and Queen Suo.
Sporočilo je bilo poslano kralju in kraljici Suo.
"Prince Dalim Kumar is alive and well"

"Princ Dalim Kumar je živ in zdrav"
"And he is coming to visit you"
"In pride te obiskat"
"Now he has a wife and two sons"
"Zdaj ima ženo in dva sinova "
The King and Queen Suo could hardly believe it.
Kralj in kraljica Suo komajda sta mogla verjeti.
But they were assured that it was all true.
A so bili prepričani, da je vse res.
Queen Duo quickly realized her predicament.
Kraljica Duo je hitro spoznala svojo zagato.
And she became overwhelmed with grief.
In preplavila jo je žalost.
A band of musicians followed the prince.
Princu je sledila skupina glasbenikov.
Prince Dalim Kumar approached the palace-gate.
Princ Dalim Kumar se je približal vratom palače.
The King and Queen Suo went to the gates.
Kralj in kraljica Suo sta šla do vrat.
And they welcomed their long-lost son.
In pozdravili so svojega davno izgubljenega sina.
You can imagine how happy they were.
Lahko si predstavljate, kako srečni so bili.
Dalim told his parents of his death.
Dalim je staršem povedal o svoji smrti.
He told them of the pond by the palace.
Povedal jim je o ribniku ob palači.
And he told them of the fish in the pond.
In povedal jim je o ribah v ribniku.
He told them of the wooden box in the fish.
Povedal jim je o leseni škatli v ribi.
He told them of the necklace in the wooden box.
Povedal jim je o ogrlici v leseni škatli.
And he told them the secret of his life.
In jim je povedal skrivnost svojega življenja.
He told them how he died each night.
Vsako noč jim je pripovedoval, kako je umrl.

Of course he also mentioned his new wife.
Seveda je omenil tudi svojo novo ženo.
The king was inflamed with rage at the news.
Kralja je novica razjezila.
He ordered Queen Duo into his presence.
Ukazal je kraljici Duo, da pride k njemu.
A large hole was dug in the ground.
V zemljo je bila izkopana velika luknja.
The hole was as deep as the height of a man.
Luknja je bila globoka kot človek.
Queen Duo was made to stand in the hole.
Kraljičin duo je moral stati v luknji.
Prickly thorns were heaped around her.
Okoli nje so bili nagrmadeni bodičasti trni.
The thorns went up to the crown of her head.
Trnje ji je segalo do vrha glave.
And in this manner she was buried alive.
In na ta način so jo živo pokopali.

Phakir Chand
Pakir Chand

There was once a king, who had a son.
Nekoč je bil kralj, ki je imel sina.
The king's minister also had a son.
Tudi kraljev minister je imel sina.
The two sons loved each other dearly.
Sinova sta se imela zelo rada.
And they did everything together.
In vse sta počela skupaj.
The two sons sat and stood up together.
Sinova sta skupaj sedla in vstala.
They walked together to the same places.
Skupaj sta hodila na iste kraje.
They ate their meals together.
Skupaj so jedli obroke.
They slept and got up together.
Skupaj sta zaspala in vstala.
They spent years in each other's company.
Leta sta preživela v družbi drug drugega.
One day they both felt a new desire.
Nekega dne sta oba začutila novo željo.
They wanted to see foreign lands.
Želeli so videti tuje dežele.
And so they set out on their journey.
In tako so se odpravili na pot.
One of them was the son of a king.
Eden od njih je bil kraljev sin.
One of them was the son of his chief minister.
Eden od njih je bil sin njegovega glavnega ministra.
So of course they were both quite rich.
Torej sta bila seveda oba precej bogata.
But they did not take any servants with them.
S seboj pa niso vzeli nobenega služabnika.
They went by themselves, on horseback.
Šli so sami, na konjih.

The horses were beautiful to look at.
Konji so bili lepi za pogled.
They were Pakshirajes horses.
Bili so pakshirajski konji.
Such horses are known as the kings of birds.
Takšni konji so znani kot kralji ptic.
The two sons rode together for many days.
Sinova sta jahala skupaj več dni.
They passed through extensive plains.
Potovali so skozi obsežne ravnice.
And the plains were covered with paddy.
In ravnice so bile prekrite z rižem.
And they passed through strange cities.
In šli so skozi čudna mesta.
And they passed through towns, and villages.
In šli so skozi mesta in vasi.
They passed through treeless deserts.
Potovali so skozi puščave brez dreves.
And they passed through forests.
In šli so skozi gozdove.
And the forests were dense with trees.
In gozdovi so bili gosti z drevesi.
These forests were the abode of the tiger.
Ti gozdovi so bili domovanje tigrov.
And the bear also lived in these forests.
In tudi medved je živel v teh gozdovih.
One evening they were overtaken by the night.
Nekega večera jih je prehitela noč.
They had not seen any human habitations.
Niso videli nobenih človeških bivališč.
But it was getting darker and darker.
A postajalo je vedno temneje.
So they dismounted beneath a lofty tree.
Zato so sestopili s konj pod visokim drevesom.
They tied their horses to the tree.
Konje so privezali k drevesu.
And then they climbed up the tree.

In potem so splezali na drevo.
They covered the branches with thick foliage.
Veje so prekrile z gostim listjem.
So that they could sit on the branches.
Da bi lahko sedeli na vejah.
The tree had grown near a large body of water.
Drevo je raslo v bližini velikega vodnega telesa.
The water was as clear as the eye of a crow.
Voda je bila bistra kot vranino oko.
The two friends made themselves comfortable.
Prijatelja sta se udobno namestila.
Of course it wasn't very comfortable in a tree.
Seveda na drevesu ni bilo ravno udobno.
But it wasn't uncomfortable in the tree either.
Ampak tudi na drevesu ni bilo neprijetno.
They had decided to spend the night there.
Odločili so se, da tam prenočijo.
They sometimes chatted together in whispers.
Včasih sta se pogovarjala šepetaje.
They felt whispering was better than talking.
Menili so, da je šepetanje boljše kot govorjenje.
Because the region seemed very strange to them.
Ker se jim je regija zdela zelo nenavadna.
And soon they were falling into a doze.
In kmalu so zadremali.
But their attention was suddenly jolted.
Toda njihova pozornost je bila nenadoma pretresena.
From the water they heard a noise.
Iz vode so zaslišali hrup.
It sounded like the rushing of water.
Slišalo se je kot šumenje vode.
In front of them was a terrible sight!
Pred njimi se je razprostiral grozljiv prizor!
A huge serpent came from under the water.
Izpod vode je prišla ogromna kača.
The snake swam ashore and slithered around.
Kača je priplavala do obale in se plazila naokoli.

But something else attracted their attention.
Toda nekaj drugega je pritegnilo njihovo pozornost.
The crested hood of the serpent was shining.
Kačja kapuca z grebenom se je svetila.
The snake had a brilliant manikya embedded.
Kača je imela vdelano briljantno manikjo.
The jewel shone like a thousand diamonds.
Dragulj se je lesketal kot tisoč diamantov.
The crystal lit up the water in the tank.
Kristal je osvetlil vodo v rezervoarju.
The embankments and trees were irradiated.
Nasipi in drevesa so bili obsevani.
The serpent doffed the jewel from its crest.
Kača je snela dragulj s svojega grebena.
And the serpent threw the jewel on the ground.
In kača je vrgla dragulj na tla.
And then the serpent went in search of food.
In potem se je kača odpravila iskat hrano.
They could not believe what they had seen.
Niso mogli verjeti, kaj so videli.
They stayed in the safety of the tree.
Ostali so v varnem zavetju drevesa.
But they greatly admired the jewel.
Vendar so dragulj zelo občudovali.
The ruby shed an ineffable luster.
Rubin je oddajal neizrekljiv sijaj.
Everything had a magical glow around it.
Vse okoli sebe je imelo čaroben sij.
They had never seen anything like it.
Česa podobnega še niso videli.
Although, they had heard of this treasure.
Čeprav so za ta zaklad že slišali.
The jewel equaled the treasures of seven kings.
Dragulj je bil enak zakladom sedmih kraljev.
But their admiration soon changed to fear.
Toda njihovo občudovanje se je kmalu spremenilo v strah.
The serpent came to the foot of their tree.

Kača je prišla do vznožja njihovega drevesa.

The serpent had found their horses!

Kača je našla njihove konje!

The poor horses had been tied to the tree.

Ubogi konji so bili privezani na drevo.

The animals had no way of escaping.

Živali niso imele možnosti pobega.

One by one the serpent ate their horses.

Kača je enega za drugim pojedla njihove konje.

But the serpent's appetite did not seem satisfied.

Toda kačin apetit ni bil potešen.

They feared they would be the next victims.

Bali so se, da bodo oni naslednje žrtve.

But their fears were soon relieved.

Toda njihovi strahovi so se kmalu razblinili.

The gigantic cobra had not seen them.

Velikanska kobra jih ni videla.

And eventually the snake left again.

In končno je kača spet odšla.

The minister's son saw an opportunity.

Ministrov sin je videl priložnost.

This was his chance to take the gem.

To je bila njegova priložnost, da vzame dragulj.

But there was one problem they had.

Vendar so imeli eno težavo.

The jewel shone incredibly bright.

Dragulj je neverjetno močno zasijal.

The serpent would know what had happened.

Kača bi vedela, kaj se je zgodilo.

But there was a way to overcome this problem.

Vendar je obstajal način, kako premagati to težavo.

And the minister's son knew the solution.

In ministrov sin je poznal rešitev.

He had to cover the stone with horse-dung.

Kamen je moral prekriti s konjskim gnojem.

And there was some horse-dung by the tree.

In ob drevesu je bilo nekaj konjskega gnoja.

He quietly came down from the tree.
Tiho je prišel z drevesa.
He picked up the horse-dung off the floor.
Pobral je konjski gnoj s tal.
And he threw the dung upon the precious stone.
In vrgel je gnoj na dragoceni kamen.
And then he climbed up into the tree again.
In potem se je spet povzpel na drevo.
The serpent noticed something had happened.
Kača je opazila, da se je nekaj zgodilo.
The light of the jewel had vanished.
Svetloba dragulja je izginila.
The serpent rushed back with great fury.
Kača se je z veliko jezo pognala nazaj.
The serpent returned to where it had left the stone.
Kača se je vrnila tja, kjer je pustila kamen.
The serpent let out a frightful hiss at the night.
Kača je ponoči strašljivo sikala.
The snake's groans and convulsions were terrible.
Kačje stokanje in krči so bili grozni.
The snake went round and round the jewel.
Kača se je vrtela okoli dragulja.
But the stone was covered with horse-dung.
Toda kamen je bil prekrit s konjskim gnojem.
This way the serpent could not see its treasure.
Tako kača ni mogla videti svojega zaklada.
Finally, the serpent breathed its last breath.
Končno je kača izdihnila.

The two friends did not sleep much that night.
Prijatelja tisto noč nista veliko spala.
In the morning they came down from the tree.
Zjutraj so se spustili z drevesa.
They went to where the crest-jewel was.
Šli so tja, kjer je bil dragulj na grbu.
The mighty serpent was still laying there.
Mogočna kača je še vedno ležala tam.

But now the snake's body was perfectly lifeless.
Toda zdaj je bilo kačino telo popolnoma brez življenja.
The friend of the prince stepped over the dead snake.
Prinčev prijatelj je stopil čez mrtvo kačo.
And he picked up the dung covered jewel.
In pobral je dragulj, prekrit z gnojem.
Both of them went to the bank of the water.
Oba sta šla na breg vode.
And they washed the precious stone.
In oprali so dragi kamen.
Finally, all the dung had been washed off.
Končno so bili vsi gnoji sprani.
And the jewel shone as brilliantly as before.
In dragulj se je svetil tako bleščeče kot prej.
The jewel lit up the entire bed of the tank of water.
Dragulj je osvetlil celotno dno rezervoarja z vodo.
Now they could see the innumerable fishes.
Zdaj so lahko videli nešteto rib.
But the light also revealed something else.
Toda svetloba je razkrila tudi nekaj drugega.
This astonished them more than all the fishes.
To jih je presenetilo bolj kot vse ribe.
In the bottom of the water there was something.
Na dnu vode je bilo nekaj.
They could see there were lofty walls.
Videli so lahko visoke zidove.
The walls were from a magnificent palace.
Zidovi so bili iz veličastne palače.
The prince's friend was feeling venturesome.
Prinčev prijatelj se je počutil drznega.
He convinced the king's son to follow him.
Prepričal je kraljevega sina, naj mu sledi.
And then they wanted to swim to the palace below.
In potem so želeli plavati do palače spodaj.
The prince's friend took the jewel in his hand.
Prinčev prijatelj je vzel dragulj v roko.
And they both dived into the waters.

In oba sta se potopila v vodo.
Soon they stood at the gate of the palace.
Kmalu so stali pred vrati palače.
To their surprise the gate was open.
Na njihovo presenečenje so bila vrata odprta.
They saw no being, human or superhuman.
Niso videli nobenega bitja, človeškega ali nadčloveškega.
So they decided to venture inside the gate.
Zato so se odločili, da vstopijo skozi vrata.
Inside the walls there was a beautiful garden.
Znotraj obzidja je bil čudovit vrt.
In the middle of the garden was a house.
Sredi vrta je stala hiša.
No one had ever seen so many flowers.
Nihče še ni videl toliko rož.
There were roses of all imaginable varieties.
Bile so vrtnice vseh možnih sort.
There were endless numbers of yellow jessamine.
Rumenega jasmina je bilo neskončno veliko.
And there were numerous white bell flowers.
In bilo je veliko belih zvončkov.
These flowers were the king of smells.
Te rože so bile kralj vonjev.
The most scented lily of the valley.
Najbolj dišeča šmarnica.
There were the flowers from the champaka tree.
Tam so bile rože z drevesa čampaka.
And a thousand other sweet-scented flowers.
In tisoč drugih dišečih rož.
Acres covered with the delicious jessamine.
Hektarji, prekriti z okusnim jasminom.
All the plants were gemmed with flowers.
Vse rastline so bile okrašene s cvetovi.
And all the flowers were in full bloom.
In vse rože so bile v polnem razcvetu.
So the air was loaded with rich perfume.
Tako je bil zrak napolnjen z bogatim vonjem.

A wilderness of sweet scents everywhere.
Povsod divjina sladkih vonjev.
They went through this paradise of perfumery.
Šli so skozi ta raj parfumerije.
And eventually they reached the house.
In končno so prispeli do hiše.
The house was surrounded by lofty trees.
Hišo so obdajala visoka drevesa.
Soon they stood at the door of the house.
Kmalu so stali pred vrati hiše.
Now they could see it was a fairy palace.
Zdaj so lahko videli, da je to vilinska palača.
The walls were of burnished gold.
Stene so bile iz poliranega zlata.
Here and there shone diamonds of dazzling hue.
Tu in tam so se lesketali diamanti bleščečega odtenka.
But they did not see any beings.
Vendar niso videli nobenih bitij.
So they went inside the palace.
Tako so šli v palačo.
The palace was richly furnished.
Palača je bila bogato opremljena.
They went from room to room.
Hodili so iz sobe v sobo.
But they did not see anyone.
Vendar niso videli nikogar.
It seemed to be a deserted house.
Zdelo se je, da je hiša zapuščena.
At last, however, they found a special room.
Končno pa so našli posebno sobo.
In this room there was a young lady.
V tej sobi je bila mlada dama.
She was sleeping on a golden bed.
Spala je na zlati postelji.
The young lady was of exquisite beauty.
Mlada dama je bila izjemne lepote.
Her complexion was a mixture of red and white.

Njena polt je bila mešanica rdeče in bele barve.
She seemed to be about sixteen years of age.
Zdelo se je, da je stara približno šestnajst let.
The two friends gazed upon her.
Prijateljici sta jo strmeli.
They were enchanted by her beauty.
Očarala jih je njena lepota.
But they could not admire her for long.
Vendar je niso mogli dolgo občudovati.
Because the young lady opened her eyes.
Ker je mlada dama odprla oči.
Her eyes seemed like the eyes of a gazelle.
Njene oči so bile videti kot oči gazele.
On seeing the strangers she said;
Ko je zagledala neznance, je rekla;
"How have you come here, ye unfortunate men?"
"Kako ste prišli sem, nesrečni možje?"
"Be gone, be gone! I beg of you two"
"Pojdite stran, pojdite stran! Prosim vaju oba."
"This is the abode of a mighty serpent"
"To je prebivališče mogočne kače "
"The serpent which has devoured my parents"
»Kača, ki je požrla moje starše«
"And my brothers, and all my relatives"
"In moji bratje in vsi moji sorodniki"
"I am the only one that he has spared"
"Jaz sem edina, ki ji je prizanesel"
"Flee for your lives while you still can"
"Bežite, rešite si življenje, dokler še lahko"
"Or else the serpent will eat you both"
"Sicer vaju bo kača oba požrla"
The prince's friend told her what had happened.
Prinčev prijatelj ji je povedal, kaj se je zgodilo.
"The serpent has breathed his last breath"
»Kača je izdihnila svoj zadnji dih«
"The snake's body lies lifeless on the floor"
"Kačino telo leži brez življenja na tleh"

"We took the head-jewel of the serpent"
»Vzeli smo dragulj kače, glavo.«
"The jewel's light showed us to the palace.
"Svetloba dragulja nas je vodila do palače."
She thanked the strangers for their bravery.
Neznancem se je zahvalila za njihov pogum.
"You have freed me from the infernal serpent"
"Osvobodil si me peklenske kače"
"Please live with me in my palace"
"Prosim, živite z mano v moji palači"
"But please promise never to desert me"
"Ampak prosim, obljubi, da me nikoli ne boš zapustil/a."
They gladly accepted the invitation.
Z veseljem so sprejeli povabilo.
The king's son was smitten with the princess.
Kraljevi sin je bil zaljubljen v princeso.
He adored the charms of the peerless princess.
Oboževal je čare neprekosljive princese.
And he married her after a short time.
In po kratkem času se je z njo poročil.
There was no priest at the palace.
V palači ni bilo duhovnika.
So the hymeneal knot was tied by other means.
Torej je bil himenski vozel zavezan na drug način.
A simple exchange of garlands of flowers.
Preprosta izmenjava cvetličnih vencev.
The king's son became inexpressibly happy.
Kraljev sin je postal neizmerno srečen.
He delighted in the company of the princess.
V družbi princese je bil zelo vesel.
The prince's friend also had a wife.
Tudi knežji prijatelj je imel ženo.
Of course she was living in the upper world.
Seveda je živela v višjem svetu.
But he participated in his friend's happiness.
Vendar je sodeloval pri sreči svojega prijatelja.
The time they spent together passed merrily.

Čas, ki sta ga preživela skupaj, je minil veselo.
But they could not live here forever.
Vendar tukaj niso mogli živeti večno.
The prince had to return to his kingdom.
Princ se je moral vrniti v svoje kraljestvo.
But he knew the return would require some planning.
Vendar je vedel, da bo vrnitev zahtevala nekaj načrtovanja.
The occasion would come with a lot of pomp.
Priložnost bi prišla z veliko pompoznosti.
There were going to be many ceremonies.
Bilo je veliko slovesnosti.
Because there was a lot to be celebrated.
Ker je bilo veliko razlogov za praznovanje.
First the prince's friend was going to go.
Najprej je šel prinčev prijatelj.
And then he was going to return with the attendants.
In potem se je nameraval vrniti s spremljevalci.
Horses, and elephants for the happy pair.
Konji in sloni za srečen par.
The prince accompanied his friend.
Princ je spremljal svojega prijatelja.
Together they went back to the surface.
Skupaj sta se vrnila na površje.
And they saw the upper world again.
In spet so zagledali zgornji svet.
The two friends bid each other adieu.
Prijatelja se poslovita drug od drugega.
The prince returned to his lovely wife.
Princ se je vrnil k svoji ljubki ženi.
Before leaving everything had been organized.
Pred odhodom je bilo vse organizirano.
The prince's friend arranged his return.
Prinčev prijatelj je uredil njegovo vrnitev.
He said when he was going to go to the embankment.
Rekel je, kdaj bo šel na nasip.
He was going to have the horses that they needed.
Imel bo konje, ki so jih potrebovali.

Elephants were going to be there too, and attendants.
Tudi sloni naj bi bili tam, pa tudi spremljevalci.
They were going to wait upon the prince and princess.
Počakali bodo na princa in princeso.
The snake-jewel gave them the rights to this.
Kačji dragulj jim je dal pravico do tega.
The prince's friend went back to his country.
Prinčev prijatelj se je vrnil v svojo deželo.
To prepare for the return of his friend.
Da se pripravi na vrnitev svojega prijatelja.

One day the prince was sleeping.
Nekega dne je princ spal.
He had just had his midday meal.
Ravnokar je pojedel opoldanski obrok.
The princess had never seen the upper regions.
Princesa še nikoli ni videla zgornjih predelov.
She felt the desire to see the upper world.
Čutila je željo, da bi videla zgornji svet.
For this she needed the snake-jewel.
Za to je potrebovala kačji dragulj.
Only this could help her through the water.
Samo to ji je lahko pomagalo prebroditi vodo.
The jewel was shining its bright light in the room.
Dragulj je v sobi sijal svojo močno svetlobo.
She took the snake-jewel into her hand.
Vzela je kačji dragulj v roko.
And then she left the palace and the garden.
In potem je zapustila palačo in vrt.
She successfully swam to the upper world.
Uspešno je priplavala v zgornji svet.
No mortal had caught sight of her.
Noben smrtnik je ni videl.
At the edge of the water were some steps.
Na robu vode je bilo nekaj stopnic.
The steps were for the convenience of bathers.
Stopnice so bile namenjene udobju kopalcev.

And this is also where she sat.

In tukaj je tudi sedela.

She scrubbed her body with the sand.

Telo si je drgnila s peskom.

She washed her hair with the fresh water.

Lase si je umila s svežo vodo.

And she played with the water for fun.

In za zabavo se je igrala z vodo.

She walked about on the water's edge.

Hodila je ob robu vode.

And she admired all the scenery around.

In občudovala je vso pokrajino naokoli.

But finally she returned back to her palace.

A končno se je vrnila v svojo palačo.

Her husband was still deep in sleep.

Njen mož je še vedno trdno spal.

But eventually he had slept enough.

A na koncu je spal dovolj.

She did not tell him about her adventures.

Ni mu povedala o svojih dogodivščinah.

The next day her husband fell asleep again.

Naslednji dan je njen mož spet zaspal.

And again she paid a visit to the upper world.

In spet je obiskala zgornji svet.

And she remained unnoticed by mortal man.

In smrtni človek je ostal neopažen.

Her success was starting to give her courage.

Njen uspeh ji je začel vlivati pogum.

So she repeated her adventure a third time.

Zato je svojo pustolovščino ponovila tretjič.

The rajah's son was out hunting that day.

Radžev sin je bil tisti dan na lovu.

He had his tent not far from the water.

Šotor je imel nedaleč od vode.

His attendants were cooking his meal.

Njegovi spremljevalci so mu kuhali obrok.

So, he wandered about along the water.

Tako se je sprehajal ob vodi.
Nearby an old woman was gathering sticks.
V bližini je starejša ženska nabirala drva.
She was collecting dried branches of trees.
Nabirala je posušene veje dreves.
She needed the sticks for kindling wood.
Palice je potrebovala za kurjenje drv.
This was when the princess came out the water.
Takrat je princesa prišla iz vode.
She gazed around and she saw a man.
Ozrla se je naokoli in zagledala moškega.
And then she saw there was also a woman.
In potem je videla, da je tam tudi ženska.
The princess knew she didn't want to be seen.
Princesa je vedela, da noče biti vidna.
So she went back down to her palace.
Zato se je vrnila v svojo palačo.
But the rajah's son had caught a glimpse of her.
Toda radžin sin jo je zagledal.
And the old woman gathering sticks saw her too.
In tudi starka, ki je nabirala drva, jo je videla.
The rajah's son stood gazing on the waters.
Radžev sin je stal in strmel v vodo.
He had never seen such a beautiful woman.
Še nikoli ni videl tako lepe ženske.
She seemed to him to be a deva-kanyas Goddess.
Zdela se mu je kot boginja deva-kanyas.
Heavenly goddesses he had read of in old books.
O nebeških boginjah je bral v starih knjigah.
They are said to visit the upper world.
Pravijo, da obiščejo zgornji svet.
And the upper world is honored to have them.
In višji svet je počaščen, da jih ima.
But it is said to happen only rarely.
Ampak pravijo, da se to zgodi le redko.
The way that angels only visit rarely.
Kakor angeli le redko obiščejo.

He had seen the princess' unearthly beauty.
Videl je princesino nadnaravno lepoto.
She had made a deep impression on his heart.
Globoko se je vtisnila v njegovo srce.
Although he had seen her only for a moment.
Čeprav jo je videl le za trenutek.
But her beauty distracted his mind.
Toda njena lepota mu je zmotila misli.
He stood there like a statue, for hours.
Ure in ure je stal tam kot kip.
All he could do was gaze into the waters.
Vse, kar je lahko storil, je bilo, da je strmel v vodo.
In the hope of seeing the lovely figure again.
V upanju, da bom spet videl čudovito postavo.
But all his time was spent in vain.
A ves njegov čas je bil zaman porabljen.
The princess did not appear again.
Princesa se ni več pojavila.
The rajah's son became mad with love.
Radžev sin je ponorel od ljubezni.
He kept muttering, "now here, now gone!"
Kar naprej je mrmral: "Zdaj sem, zdaj ni več!"
He refused to leave the water's edge.
Ni hotel zapustiti roba vode.
His attendants had to forcibly remove him.
Njegovi spremljevalci so ga morali na silo odstraniti.
They took him to his father's palace.
Odpeljali so ga v očetovo palačo.
But he was in a state of hopeless insanity.
Vendar je bil v stanju brezupne norosti.
He couldn't be made to speak to anyone.
Ni ga bilo mogoče prisiliti, da bi govoril z nikomer.
And he spent his days sobbing heavily.
In dneve je preživljal v močnem joku.
No others words came out of his mouth.
Iz njegovih ust niso prišle nobene druge besede.
"Now here, now gone!"

"Zdaj sem, zdaj pa ni več!"
"Now here, now gone!"
"Zdaj sem, zdaj pa ni več!"
You can imagine the rajah's grief.
Lahko si predstavljate radžino žalost.
"What could have deranged my son's mind?"
"Kaj bi lahko zmotilo mojega sina?"
"'Now here, now gone,' what does it mean?"
„'Zdaj tukaj, zdaj odšel', kaj to pomeni?"
He could not unravel the words' meaning.
Ni mogel razvozlati pomena besed.
His attendants couldn't decipher the words either.
Tudi njegovi spremljevalci niso mogli razvozlati besed.
The land's best physicians were consulted.
Posvetovali so se z najboljšimi zdravniki v deželi.
But their consultation had no effect.
Vendar njihovo posvetovanje ni imelo učinka.
The sons of æsculapius were not able to help.
Eskulapovi sinovi niso mogli pomagati.
No one could ascertain the cause of the madness.
Nihče ni mogel ugotoviti vzroka norosti.
Without knowing the cause there was no cure.
Brez poznavanja vzroka ni bilo zdravila.
The physicians tried to ask the prince.
Zdravniki so poskušali vprašati princa.
But all he said was, "now here, now gone!"
A vse, kar je rekel, je bilo: "Zdaj sem, zdaj pa ni več!"
The rajah was distracted with grief.
Rajah je bil prevzet od žalosti.
Day and night he worried for his son.
Dan in noč je skrbel za svojega sina.
He wished for his son's intellects to return.
Želel si je, da bi se sinu vrnila pamet.
A proclamation was made in the capital.
V prestolnici je bila izdana razglasitev.
Town criers were sent into the city.
V mesto so poslali mestne glasnike.

And they beat their drums for attention.
In so tolkli po bobnih, da bi pritegnili pozornost.
"The rajah's son has lost his mental faculties"
"Radžin sin je izgubil umske sposobnosti"
"The rajah seeks a cure for his son"
"Radža išče zdravilo za svojega sina"
"A reward is offered for the cure"
"Za ozdravitev je ponujena nagrada"
"The hand of the rajah's daughter"
"Roka radžine hčere"
"Her hand comes with half his kingdom"
"Z njeno roko pride pol njegovega kraljestva"
The drum was beaten around the city.
Po mestu so tolkli boben.
But no one felt they could touch the drum.
Toda nihče ni čutil, da se lahko dotakne bobna.
No one knew the cause of his madness.
Nihče ni vedel vzroka njegove norosti.
At last an old woman came forward.
Končno je prišla naprej starejša ženska.
And she stepped up to touch the drum.
In stopila je bližje, da bi se dotaknila bobna.
"I will discover the cause of his madness"
"Odkril bom vzrok njegove norosti"
"And I will cure him from his disease"
"In ozdravil ga bom njegove bolezni"
She had seen what happened to the boy.
Videla je, kaj se je zgodilo fantu.
She was at the water's edge that day.
Tisti dan je bila na robu vode.
It was her who was gathering up sticks.
Ona je bila tista, ki je nabirala vejice.
This woman had a crack-brained son.
Ta ženska je imela sina z norimno glavo.
Her son was named of Phakir-Chand.
Njen sin se je imenoval Phakir-Chand.
So she was called Phakir's mother.

Zato so jo imenovali Phakirjeva mati.
The woman was brought before the rajah.
Žensko so pripeljali pred radžo.
And the following conversation took place.
In potekal je naslednji pogovor.
"You are the woman that touched the drum"
"Ti si ženska, ki se je dotaknila bobna"
"You know the cause of my son's madness?"
"Veste, zakaj je moj sin znorel?"
"Yes, oh incarnation of justice!"
"Da, o, utelešenje pravice!"
"I know the cause of your son's madness"
"Vem, zakaj je vaš sin nor."
"But I will not say the cause of his madness"
"Vendar ne bom povedal vzroka njegove norosti"
"First I will cure your son of his madness"
"Najprej bom tvojega sina ozdravil njegove norosti."
"How can I believe you are able to?"
"Kako naj verjamem, da si tega sposoben?"
"The best physicians of the land have failed"
»Najboljši zdravniki v deželi so odpovedali«
"You need not now believe, my king"
"Zdaj ti ni treba verjeti, moj kralj."
"Wait till I have performed the cure"
"Počakajte, da opravim zdravljenje."
"Many an old woman knows many secrets"
"Mnoge stare ženske poznajo veliko skrivnosti"
"Secrets wise men are unacquainted with"
"Skrivnosti, ki jih modreci ne poznajo"
"Very well, let me see what you can do"
"Prav, potem pa bom videl, kaj znaš."
"In what time will you perform the cure?"
"V katerem času boste izvedli zdravljenje?"
"It is impossible to fix the time"
"Nemogoče je popraviti čas"
"Ff course I will begin work immediately"
"Seveda bom takoj začel delati."

"But I need your lordship's assistance"
"Vendar potrebujem pomoč vaše milosti."
"What help do you require from me?"
"Kakšno pomoč potrebuješ od mene?"
"Your lordship will please order a hut"
"Vaša lordstvo, prosim, naročite kočo."
"Have the hut raised on the embankment of the water"
"Naj postavijo kočo na vodnem nasipu."
"Where your son first caught the disease"
"Kjer se je vaš sin prvič okužil z boleznijo"
"I mean to live in that hut for a few days"
"Nameravam nekaj dni živeti v tisti koči."
"And please order some of your servants"
"In prosim, ukažite nekaj svojih služabnikov."
"They have to be in attendance at a distance"
"Morajo biti prisotni na daljavo"
"Tell them to be about a hundred yards away"
"Povej jim, naj bodo približno sto metrov stran."
"That way I can call them over when we need them"
"Tako jih lahko pokličem, ko jih potrebujemo."
The king had listened attentively.
Kralj je pozorno poslušal.
"I will order that to be immediately done"
"Ukazal bom, da se to takoj stori."
"Do you want anything else?"
"Ali želiš še kaj?"
"Those are all the preparations I need"
"To so vse priprave, ki jih potrebujem"
"But let me remind you of the agreement"
"Ampak naj vas spomnim na dogovor."
"You promised the hand of your daughter"
"Obljubil si roko svoje hčerke"
"And you promised half your kingdom"
"In obljubil si polovico svojega kraljestva"
"But I can't marry your daughter"
"Ampak ne morem se poročiti z vašo hčerko"
"Because your daughter has to marry a man"

"Ker se mora tvoja hči poročiti z moškim"
"But I also have a son of marriageable age"
»Imam pa tudi sina, ki je v letih za poroko.«
"Allow my son to marry your daughter"
"Dovoli mojemu sinu, da se poroči s tvojo hčerko"
"Allow him to have half of your kingdom"
"Daj mu polovico tvojega kraljestva."
The king was agreed with the terms.
Kralj se je strinjal s pogoji.
"If you find a cure, he marries my daughter"
"Če najdeš zdravilo, se poroči z mojo hčerko"
"And half of my kingdom shall be his"
"In polovica mojega kraljestva bo njegova"
A temporary hut was quickly erected.
Začasno kočo so hitro postavili.
The hut was built on the embankment of the water.
Koča je bila zgrajena na nasipu vode.
And Phakir's mother took up her abode.
In Fakirjeva mati se je naselila.
An outpost was also erected at some distance.
Na določeni razdalji je bila postavljena tudi postojanka.
Because the woman might require some attendance.
Ker ženska morda potrebuje nekaj pozornosti.
Strict orders were given by Phakir's mother.
Phakirjeva mati je dala stroga navodila.
No one was allowed to go near the water.
Nihče se ni smel približati vodi.
Only she was allowed to stay by the water.
Samo ona je smela ostati ob vodi.

But let us leave Phakir's mother at the water.
Ampak pustimo Fakirjevo mater pri vodi.
Let us hasten down the subterranean palace.
Pohitimo v podzemno palačo.
To see what the prince and the princess are doing.
Da bi videl, kaj počneta princ in princesa.
The princess did want to go up again.

Princesa je res želela spet gor.
But she now knew that it would be dangerous.
A zdaj je vedela, da bo to nevarno.
And she had given up the idea of a fourth visit.
In opustila je idejo o četrtem obisku.
But women generally have greater curiosity.
Toda ženske so na splošno bolj radovedne.
And the princess was no exception to the rule.
In princesa ni bila izjema od pravila.
One day her husband was asleep.
Nekega dne je njen mož spal.
He always slept after his noonday meal.
Vedno je spal po opoldanskem obroku.
She took the snake-jewel in her hand.
Vzela je kačji dragulj v roko.
And she rushed out of the palace.
In odhitela je iz palače.
And she came up to the upper world.
In prišla je v zgornji svet.
There was an upheaval in the waters.
V vodah je prišlo do pretresa.
And Phakir's mother was on high alert.
In Phakirjeva mama je bila v visoki pripravljenosti.
She was hiding in the hut.
Skrivala se je v koči.
And she was looking through the chinks.
In gledala je skozi špranje.
The princess saw no human being nearby.
Princesa ni videla nobenega človeka v bližini.
So she came to the bank of the water.
Tako je prišla do brega vode.
Phakir's mother showed herself outside the hut.
Phakirjeva mati se je pokazala zunaj koče.
And she addressed the princess politely.
In vljudno je nagovorila princeso.
"Come, my child, thou queen of beauty"
"Pridi, otrok moj, kraljica lepote"

"Come to me, and I will help you to bathe"
"Pridi k meni in ti bom pomagal/a pri kopanju"
So saying, she approached the princess.
Rekavši to, se je približala princesi.
The princess saw she was just an old woman.
Princesa je videla, da je le starka.
So she made no resistance to her offer.
Zato se ni upirala njeni ponudbi.
The old woman was washing the princess' hair.
Starka je umivala princesine lase.
And she noticed the bright jewel in her hand.
In opazila je svetleč dragulj v svoji roki.
"Out the jewel here till you are bathed"
"Dragulj izvleči, dokler se ne okopaš."
Now the jewel was in the hands of Phakir's mother.
Zdaj je bil dragulj v rokah Fakirjeve matere.
She wrapped the jewel up in a cloth.
Dragulj je zavila v krpo.
And she wrapped the cloth around her waist.
In si je ovila krpo okoli pasu.
Now the princess was unable to escape.
Zdaj princesa ni mogla pobegniti.
And Phakir's mother gave the signal.
In Phakirjeva mama je dala znak.
The attendants rushed to the water.
Spremljevalci so stekli k vodi.
And they took the princess captive.
In princeso so vzeli v ujetništvo.
The news soon reached the city.
Novica je kmalu dosegla mesto.
"Phakir's mother had captured a water-nymph"
"Fakirjeva mati je ujela vodno nimfo"
And the people rejoiced at the news.
In ljudje so se novice razveselili.
All came to see the "daughter of the immortals"
Vsi so prišli pogledat "hčer nesmrtnih"
She was brought to the palace.

Pripeljali so jo v palačo.
And she was brought to the rajah's son.
In pripeljali so jo k radžinemu sinu.
The rajah's son was still of impaired intellect.
Radžev sin je bil še vedno intelektualno prizadet.
But that cloud on his brain soon dissipated.
Toda ta oblak na njegovih možganih se je kmalu razblinil.
"I have found you! I have found you!"
"Našel sem te! Našel sem te!"
His eyes had been vacant and lusterless.
Njegove oči so bile prazne in brez leska.
But now his eyes had the fire of intelligence.
Toda zdaj so njegove oči žarele od inteligence.
He had almost lost the use of his tongue.
Skoraj je izgubil jezik.
"Now here, now gone!" was all he had been able to say.
„Zdaj sem, zdaj pa izginil!" je bilo vse, kar je lahko rekel.
But this sense too was restored.
Toda tudi ta občutek se je obnovil.
The joy of the rajah knew no bounds.
Veselje radže ni poznalo meja.
There was great festivity in the city.
V mestu je bilo veliko praznovanje.
The people praised Phakir-Chand's mother.
Ljudje so hvalili Phakir-Chandovo mater.
And everyone soon expected the marriage.
In vsi so kmalu pričakovali poroko.
The rajah's son was to wed the water-nymph.
Radžev sin se je moral poročiti z vodno nimfo.
The princess, however, had made a promise.
Princesa pa je dala obljubo.
She told Phakir's mother of her promise.
Phakirjevi materi je povedala o svoji obljubi.
"I won't as much as look at another man"
"Drugega moškega niti pogledat ne bom."
"For one year my vows shall last"
"Eno leto bodo moje zaobljube trajale"

"The marriage cannot happen in that time"
"Poroka se v tem času ne more zgoditi"
The rajah's son was somewhat disappointed.
Radžev sin je bil nekoliko razočaran.
But he readily agreed to the delay.
A z zamudo se je zlahka strinjal.
"Delay enhances the sweetness of the pleasure"
"Odlašanje poveča sladkost užitka"
Of course the princess spent her time in sorrow.
Seveda je princesa svoj čas preživljala v žalosti.
She spent her days and nights sighing.
Dneve in noči je vzdihovala.
And she lamented her idle curiosity.
In objokovala je svojo brezdelno radovednost.
The curiosity that led her to the upper world.
Radovednost, ki jo je vodila v višji svet.
The curiosity that separated her from her husband.
Radovednost, ki jo je ločila od moža.
She thought of her unfortunate husband.
Pomislila je na svojega nesrečnega moža.
She had left him all alone below the waters.
Pustila ga je samega pod vodo.
And she wept bitter tears each day.
In vsak dan je jokala grenke solze.
She wished that she could run away.
Želela si je, da bi lahko pobegnila.
But that would have been impossible.
Ampak to bi bilo nemogoče.
Because she was immured within walls.
Ker je bila zazidana med zidove.
And there were walls within the walls.
In znotraj zidov so bile stene.
And what use was getting out the palace?
In čemu je sploh služilo odhod iz palače?
She couldn't get to her husband anyway.
Tako ali tako ni mogla priti do moža.
She didn't have the serpent jewel.

Ni imela kačjega dragulja.
The ladies of the palace tried to comfort her.
Palačne dame so jo poskušale potolažiti.
And Phakir's mother tried to divert her mind.
In Phakirjeva mati je poskušala preusmeriti njene misli.
But their efforts were in vain.
Toda njihova prizadevanja so bila zaman.
She took pleasure in nothing.
Ničesar ni veselila.
She hardly spoke to anyone.
Skoraj ni govorila z nikomer.
She wept throughout the day.
Ves dan je jokala.
And she wept through the night.
In jokala je vso noč.

The year of her vow was drawing to a close.
Leto njene zaobljube se je bližalo koncu.
But she was still disconsolate.
A še vedno je bila obupana.
The marriage, however, had to be celebrated.
Poroko pa je bilo treba proslaviti.
The rajah consulted the astrologers.
Rajah se je posvetoval z astrologi.
The day and the hour had been decided.
Dan in ura sta bila določena.
The nuptial knot was to be tied.
Poročni vozel je bilo treba zavezati.
Great preparations were made.
Opravljene so bile velike priprave.
The confectioners were busy day and night.
Slaščičarji so bili zaposleni podnevi in ponoči.
They prepared all sorts of sweetmeats.
Pripravljali so vse vrste sladic.
Milkmen supplied the palace with tanks of curds.
Mlekarji so palačo oskrbovali s cisternami skute.
Great quantities of gunpowder were manufactured.

Izdelane so bile velike količine smodnika.
There were going to be grand fireworks.
Pripravljali so se veliki ognjemeti.
Stages were erected everywhere.
Povsod so postavili odre.
And musicians were selected to play music.
In glasbeniki so bili izbrani za igranje glasbe.
All the city assumed an air of mirth.
Vse mesto je zavladalo veselo vzdušje.
All looked forward to the festivities.
Vsi so se veselili praznovanja.

We must return our attention to the minister's son.
Pozornost moramo znova usmeriti na ministrovega sina.
He had left his friend in the subterranean palace.
Prijatelja je pustil v podzemni palači.
And he had gone to his country.
In odšel je v svojo državo.
He was bringing horses and elephants.
Pripeljal je konje in slone.
And he had with him many attendants.
In imel je s seboj veliko strežajev.
For the return of the king's son.
Za vrnitev kraljevega sina.
And for the return of his lovely princess.
In za vrnitev njegove ljubke princese.
So that the ceremony had due pomp.
Tako da je slovesnost imela primerno pompoznost.
The preparations took him many months.
Priprave so mu vzele več mesecev.
But eventually all was prepared.
A na koncu je bilo vse pripravljeno.
And the minister's son started on his journey.
In ministrov sin se je odpravil na pot.
He was accompanied by a long train of elephants.
Spremljala ga je dolga karavana slonov.
And behind the elephants were horses.

In za sloni so bili konji.
And all the horses had their own attendants.
In vsi konji so imeli svoje spremljevalce.
He reached the water ahead of schedule.
Do vode je prišel pred rokom.
So he had two or three days to spare.
Torej je imel dva ali tri dni časa.
Tents were pitched in the mango slopes.
Šotore so postavili na pobočjih, polnih mangov.
So the men and cattle had accommodation.
Tako so imeli moški in živina nastanitev.
The minister's son kept his eyes on the water.
Ministrov sin je imel oči uprte v vodo.
The sun of the appointed day sank below the horizon.
Sonce določenega dne je zašlo za obzorje.
But there was no sign of the prince.
Toda princa ni bilo videti.
Nor did the princess come to the surface.
Tudi princesa ni prišla na površje.
He waited two or three days longer.
Čakal je še dva ali tri dni.
Still the prince did not make his appearance.
Princ se še vedno ni pojavil.
What could have happened to his friend?
Kaj se je lahko zgodilo njegovemu prijatelju?
And where was his beautiful wife?
In kje je bila njegova lepa žena?
Had another serpent beaten them to death?
Jih je kakšna kača pretepla do smrti?
Possibly the mate of the one that had died.
Morda partner tistega, ki je umrl.
Had they somehow lost the serpent-jewel?
So nekako izgubili kačji dragulj?
Or had they perhaps visited the upper world?
Ali pa so morda obiskali zgornji svet?
And had they been captured in the upper world?
In ali so bili ujeti v zgornjem svetu?

Such were the reflections of the prince's friend.
Takšne so bile misli kneževskega prijatelja.
The prince's friend was overwhelmed with grief.
Prinčevega prijatelja je prevzela žalost.
The waters were quite close to the city.
Vode so bile precej blizu mesta.
And often the sound of music could be heard.
In pogosto se je slišalo glasbo.
He asked passers-by what that music meant.
Mimoidoče je vprašal, kaj ta glasba pomeni.
He was told about the rajah's son.
Povedali so mu o radžinem sinu.
And he was told of a wonderful young lady.
In povedali so mu o čudoviti mladi dami.
And he was told they were going to marry.
In povedali so mu, da se bosta poročila.
And he was told more about the wonderful lady.
In povedali so mu še več o čudoviti gospe.
She had come out of the waters he was waiting by.
Prišla je iz vode, ob kateri jo je čakal.
The marriage ceremony was in two days.
Poročna slovesnost je bila čez dva dni.
The minister's son made the connection.
Ministrov sin je povezal.
The wonderful young lady was the wife of his friend.
Čudovita mlada dama je bila žena njegovega prijatelja.
He resolved, therefore, to go into the city.
Zato se je odločil, da gre v mesto.
And he was going to find out all he could.
In nameraval je izvedeti vse, kar je lahko.
If he could, he would rescue the princess.
Če bi le mogel, bi rešil princeso.
He told the attendants to go home.
Spremljevalcem je rekel, naj gredo domov.
And he told them to take the elephants.
In jim je rekel, naj vzamejo slone.
And he told them to take the horses.

In jim je rekel, naj vzamejo konje.
And he himself went to the city.
In sam je šel v mesto.
And he took up his abode in the house of a Brahman.
In naselil se je v hiši nekega brahmana.
First, he rested from his journey.
Najprej si je odpočil od potovanja.
Then the prince's friend had his dinner.
Nato je prinčev prijatelj večerjal.
And then he spoke to the Brahman.
In potem je spregovoril z Brahmanom.
"Throughout the city there are musicians and bands"
"Po vsem mestu so glasbeniki in skupine"
"What is the cause of all the celebrations?
„Kaj je vzrok vseh praznovanj?
The Brahman was rather surprised.
Brahman je bil precej presenečen.
"From what part of the world have you come?"
"Iz katerega dela sveta prihajate?"
"What rock have you been living under?"
"Pod katero skalo si živel?"
"Have you not heard the wonderful news?"
"Ali nisi slišal čudovite novice?"
"A young lady of heavenly beauty"
"Mlada dama nebeške lepote"
"She rose out of the waters"
"Dvignila se je iz vode"
"And she is going to the son of our rajah"
"In ona gre k sinu našega radže."
The prince's friend wanted to know more.
Prinčev prijatelj je želel vedeti več.
The information could be useful.
Informacije bi lahko bile koristne.
"I have not heard of this news"
"Za to novico še nisem slišal/a"
"I have come from a distant country"
"Prihajam iz daljne dežele"

"The story has not reached us yet"
"Zgodba nas še ni dosegla"
"Will you kindly tell me the particulars?"
"Mi boste prijazno povedali podrobnosti?"
The Brahman was happy to relay the story.
Brahman je z veseljem povedal zgodbo.
"The rajah's son went out hunting"
"Radžin sin je šel na lov"
"It must have been about this time last year"
"Moralo je biti približno ob tem času lani"
"They pitched their tents by the waters in the suburbs"
"Postavili so šotore ob vodi v predmestju"
"One day, the rajah's son was walking near the water"
"Nekega dne se je radžin sin sprehajal ob vodi."
"On this day, he saw a young woman"
"Na ta dan je zagledal mlado žensko"
"I have to mention she was of uncommon beauty"
"Moram omeniti, da je bila nenavadne lepote"
"She had risen from the depth of the waters"
»Dvignila se je iz globine voda«
"She gazed about for a minute or two"
"Minuto ali dve je strmela naokoli"
"And then the beautiful lady disappeared"
"In potem je lepa dama izginila"
"The rajah's son, however, had seen her"
"Rajahov sin pa jo je videl."
"He had been struck by her heavenly beauty"
"Prevzela ga je njena nebeška lepota"
"And so he became desperately enamored by her"
"In tako se je vanjo obupno zaljubil"
"Indeed, she had affected him greatly"
"Res je, da je nanj močno vplivala"
"And his mental faculties gave way to passion"
"In njegove umske sposobnosti so se umaknile strasti"
"He was carried home as a mad man"
"Odnesli so ga domov kot norega"
"He spoke no words except a few"

"Ni spregovoril nobene besede, razen nekaj"
"'now here, now gone!' was all he said"
„'Zdaj sem, zdaj pa ni več!' je bilo vse, kar je rekel."
"The rajah sent for all the best physicians"
"Radža je poslal po vse najboljše zdravnike"
"They tried to restore his son to reason"
»Poskušali so njegovega sina spraviti k razumu«
"But the physicians were powerless"
"Toda zdravniki so bili nemočni"
"At last the rajah made a proclamation"
"Končno je radža izdal razglas"
"And he had the drum beat around the kingdom"
"In bobne je utripal po vsem kraljestvu"
"There was a reward for anyone who cured his son"
"Za vsakogar, ki je ozdravil njegovega sina, je bila nagrada."
"They would become the rajah's son-in-law"
"Postali bi radžini zeti"
"And they would get half the kingdom"
" In dobili bi polovico kraljestva"
"An old woman answered the call of the drum"
"Starka se je odzvala na klic bobna"
"All knew her as Phakir's mother"
"Vsi so jo poznali kot Phakirjevo mater"
"She said she could cure the rajah's son"
"Rekla je, da lahko ozdravi radžinega sina."
"She had a hut built outside the town"
"Zunaj mesta je dala zgraditi kočo"
"In the suburbs, next to the waters"
"V predmestju, ob vodi"
"An in the hut she took her abode"
"In v koči se je nastanila"
"She also had some huts erected close by"
"V bližini je dala postaviti tudi nekaj kolib"
"And in those huts attendants waited"
"In v teh kolibah so čakali strežaji"
"In case she might need their help"
"V primeru, da bi potrebovala njihovo pomoč"

"It seems the goddess rose from the waters"
"Zdi se, da se je boginja dvignila iz vode"
"Phakir's mother and the attendants seized her"
"Fakirjeva mati in spremljevalci so jo zgrabili"
"And they carried her in a palki to the palace"
"In v palki so jo odnesli v palačo."
"The rajah's son saw the water-nymph"
"Radžin sin je zagledal vodno nimfo"
"And he was soon restored to his senses"
»In kmalu se je zavedel«
"They would have married there and then"
"Poročila bi se tam in takrat"
"But the water goddess had made a vow"
"Toda boginja vode je dala zaobljubo"
"She wouldn't look at a man for one year"
"Eno leto ni hotela pogledati moškega"
"The year of the vow is now over"
"Leto zaobljube je zdaj končano"
"The music is from the rajah's palace"
"Glasba prihaja iz radžine palače"
"This, in brief, is the story"
"To je na kratko zgodba"
The prince's friend could put the story together.
Prinčev prijatelj bi znal sestaviti zgodbo.
"a truly wonderful story!"
"Resnično čudovita zgodba!"
"So where is Phakir's mother?"
"Kje je torej Phakirjeva mama?"
"And where is Phakir-Chand himself?"
„In kje je sam Phakir-Chand?"
"Has he received the hand of the rajah's daughter?"
„Je že prejel roko radžine hčere?"
"And has he received half the kingdom?"
„In je prejel polovico kraljestva?"
The Brahman could also answer these questions.
Tudi Brahman bi lahko odgovoril na ta vprašanja.
"No, they have not married yet"

"Ne, še nista poročena"
"And he doesn't yet have half the kingdom"
"In še nima polovice kraljestva"
"And, I should say, he is a dimwitted lad"
"In, moram reči, da je neumen fant."
"In fact, no one knows where the lad is"
"Pravzaprav nihče ne ve, kje je fant"
"He has been away from home for more than a year"
"Že več kot eno leto je bil odsoten od doma"
"That is his manner," he explained.
„To je pač njegov način,“ je pojasnil.
"He stays away for a long time"
"Dolgo časa ostane stran"
"And then suddenly he comes home"
"In potem nenadoma pride domov"
"And then suddenly he leaves again"
"In potem nenadoma spet odide"
"I believe his mother expects him to come soon"
"Mislim, da njegova mama pričakuje, da bo kmalu prišel."
This was very useful information.
To so bile zelo koristne informacije.
"What is he like?" he asked.
„Kakšen je?“ je vprašal.
"And what does he do when he returns home?"
"In kaj počne, ko se vrne domov?"
These questions the Brahman could also answer.
Tudi na ta vprašanja je Brahman lahko odgovoril.
"Well, he is about your height"
"No, saj je približno tvoje višine."
"Though he is somewhat younger than you"
"Čeprav je nekoliko mlajši od tebe"
"He wears a small piece of cloth round his waist"
"Okoli pasu nosi majhen kos blaga"
"And he rubs his body with ashes"
"In si telo posipa s pepelom"
"He carries the branch of a tree in his hand"
"V roki nosi vejo drevesa"

"And there is a tune to which he dances"
"In obstaja melodija, na katero pleše"
"He comes to the door of the hut of his mother"
"Pride do vrat koče svoje matere"
"And he sings 'dhoop! dhoop! dhoop!'"
"In poje 'dhoop! dhoop! dhoop!'"
"His articulation is very indistinct"
"Njegova artikulacija je zelo nejasna"
"'Come, stay with your mother,' she says"
„' Pridi, ostani pri materi,' pravi."
"And he always gives the same answer"
"In vedno da isti odgovor"
"'No, I won't remain,' he says unintelligibly"
„'Ne, ne bom ostal,' reče nerazumljivo."
"You should hear him when he wants to say yes"
"Morala bi ga poslušati, ko bo hotel reči da."
"To answer in the affirmative he says 'hoom'"
„Za pritrdilen odgovor reče 'hum'."
A flood of light entered the prince's friend.
Poplava svetlobe je prodrla v prinčevega prijatelja.
He now saw very well how matters stood.
Zdaj je zelo dobro videl, kako so stvari.
The princess must have taken the snake-jewel.
Princesa je morala vzeti kačji dragulj.
And she must have left the palace alone.
In palačo je morala zapustiti sama.
And she was captured without the king's son.
In ujeli so jo brez kraljevega sina.
Phakir's mother must have the snake-jewel.
Phakirjeva mati mora imeti kačji dragulj.
His friend was still below the water.
Njegov prijatelj je bil še vedno pod vodo.
The prince had no means of escape.
Princ ni imel možnosti pobega.
He could imagine his friends desolate state.
Lahko si je predstavljal obupano stanje svojih prijateljev.
And he could imagine how hopeless he must be.

In lahko si je predstavljal, kako brezupen mora biti.
The prince's friend was filled with grief.
Prinčevega prijatelja je preplavila žalost.
But that was not cause to give up hope.
Vendar to ni bil razlog, da bi obupali nad upanjem.
Perhaps he could rescue his friend.
Morda bi lahko rešil svojega prijatelja.
"I must get the jewel from the old woman"
"Dragulj moram dobiti od starke."
"Can I not do it by personating Phakir-Chand?"
"Ali tega ne morem storiti tako, da bi oponašal Phakir-Chanda?"
"His mother is expecting him soon"
"Njegova mama ga kmalu pričakuje"
"Maybe I can rescue the princess the same way"
"Morda lahko princeso rešim na enak način."

He resolved to act the role of Phakir-Chand.
Odločil se je, da bo igral vlogo Phakir-Chanda.
In the morning he left the Brahman's house.
Zjutraj je zapustil brahmanovo hišo.
And he went to the outskirts of the city.
In odšel je na obrobje mesta.
He divested himself of his usual clothing.
Slekel je svoja običajna oblačila.
Around his waist he put a narrow piece of cloth.
Okoli pasu si je ovil ozek kos blaga.
The cloth scarcely reached his knees.
Prt mu je komaj segal do kolen.
And he rubbed his body well with ashes.
In dobro si je natrel telo s pepelom.
And finally he broke some twigs off a tree.
In končno je odlomil nekaj vejic z drevesa.
And thus he was ready to play his role.
In tako je bil pripravljen odigrati svojo vlogo.
He went to the door of the hut of Phakir's mother.
Šel je do vrat koče Fakirjeve matere.

And he commenced the operation by dancing.
In operacijo je začel s plesom.
He danced in a most violent manner.
Plesal je na najbolj nasilen način.
And he sung to the tune of "dhoop! dhoop! dhoop!"
In zapel je na melodijo "dhoop! dhoop! dhoop!"
The dancing attracted the notice of the old woman.
Ples je pritegnil pozornost starke.
The critical moment had come.
Prišel je kritični trenutek.
The old woman looked to her door.
Starka je pogledala proti svojim vratom.
"Phakir-Chand, my son, have you come?"
„Phakir-Čand, sin moj, si prišel?"
"My darling; the gods have become propitious to us"
"Draga moja, bogovi so nam bili naklonjeni."
Her supposed son uttered the monosyllable, "hoom"
Njen domnevni sin je izrekel enozložno "hum"
And he danced more violently than before.
In plesal je bolj silovito kot prej.
And he waved the twig in his hand.
In mahal je z vejico v roki.
"This time you must not go away"
"Tokrat ne smeš oditi"
"You must remain with me"
"Moraš ostati z mano"
"No, I won't remain," said the prince's friend.
„Ne, ne bom ostal," je rekel prinčev prijatelj.
"Remain with me," the mother tried again.
„Ostani z mano," je ponovno poskusila mati.
"I'll get you married to the rajah's daughter"
"Poročil te bom z radžino hčerko."
"Will you marry, Phakir-Chand?"
„Se boš poročil, Phakir-Chand?"
The minister's son replied—"hoom, hoom"
Ministrov sin je odgovoril: "Hum, hum"
And he danced even more like a madman.

In plesal je še bolj kot norec.
"Will you come with me to the rajah's house?"
"Bi šel z mano v radžino hišo?"
"I'll show you a princess of uncommon beauty"
"Pokazal ti bom princeso nenavadne lepote"
"She rose from the waters"
"Vstala je iz vode"
"Hoom, hoom," was the answer from his lips.
„Hum, hum," je bil odgovor z njegovih ustnic.
And his feet stomped violently to "dhoop! dhoop!"
In njegove noge so silovito topotale v "dup! dup!"
"Do you wish to see a jewel, Phakir?"
„Ali želiš videti dragulj, Phakir?"
"The crest jewel of the serpent"
"Grb kače"
"The treasure of seven kings"
"Zaklad sedmih kraljev"
"Hoom, hoom," was the reply.
"Hum, hum," je bil odgovor.
The old woman went back into the hut.
Starka se je vrnila v kočo.
And she brought out the snake-jewel.
In je potegnila ven kačji dragulj.
She put the jewel into the hand of her supposed son.
Dragulj je vložila v roko svojega domnevnega sina.
The minister's son took the snake-jewel.
Ministrov sin je vzel kačji dragulj.
He wrapped the jewel up in the piece of cloth.
Dragulj je zavil v kos blaga.
And he wrapped the cloth around his waist.
In si je ovil krpo okoli pasu.
Phakir's mother was delighted beyond measure.
Phakirjeva mati je bila neizmerno navdušena.
Her son had come at just the right time.
Njen sin je prišel ravno ob pravem času.
She went to the rajah's house.
Šla je k radži.

She announced the news of Phakir's appearance.
Oznanila je novico o Phakirjevem nastopu.
And also in order to show Phakir the princess.
In tudi zato, da bi Phakirju pokazala princeso.
They were given access to the rajah's palace.
Omogočen jim je bil dostop do radžine palače.
And all parts of the palace were open to them.
In vsi deli palače so jim bili odprti.
The old woman had saved the rajah's son.
Starka je rešila radžinega sina.
So she was the most important person in the kingdom.
Torej je bila najpomembnejša oseba v kraljestvu.
She took her supposed son around the palace.
Svojega domnevnega sina je peljala po palači.
And she took him to the princess' room.
In ga je odpeljala v princesino sobo.
Phakir's mother introduced her son to the princess.
Phakirjeva mati je sina predstavila princesi.
You can imagine the princess was not best impressed.
Lahko si predstavljate, da princesa ni bila ravno navdušena.
She did not appreciate the company of a madman.
Ni cenila družbe norca.
A madman, half naked, and covered in ash.
Norec, napol gol in prekrit s pepelom.
And he kept dancing in a wild manner.
In še naprej je divje plesal.

The three had spent the day together.
Vsi trije so preživeli dan skupaj.
It was soon going to be sunset.
Kmalu bo sončni zahod.
The woman asked her son to come with her.
Ženska je prosila sina, naj gre z njo.
But the supposed Phakir-Chand refused to comply.
Toda domnevni Phakir-Chand ni hotel ubogati.
He said he would stay there that night.
Rekel je, da bo tisto noč ostal tam.

His mother tried to persuade him to come with her.
Mama ga je poskušala prepričati, da gre z njo.
But he persisted in his determination.
Vendar je vztrajal pri svoji odločnosti.
He said he would remain with the princess.
Rekel je, da bo ostal s princeso.
Phakir's mother went home without him.
Phakirjeva mama je šla domov brez njega.
And she told the guards to look after her son.
In stražarjem je naročila, naj pazijo na njenega sina.
Eventually all the palace retired to rest.
Sčasoma se je vsa palača umaknila k počitku.
The supposed Phakir spoke to the princess again.
Domnevni Fakir je spet spregovoril s princeso.
But this time he spoke in his own voice.
Toda tokrat je govoril s svojim glasom.
"Princess! do you not recognize me?"
"Princesa! Me ne prepoznaš?"
"I am the prince's friend"
"Sem prinčev prijatelj"
"I am the friend of your princely husband"
"Sem prijatelj tvojega knežjega moža"
The princess was astonished for a moment.
Princesa je bila za trenutek osupla.
"Who? the prince's friend?"
„Kdo? Prinčev prijatelj?"
"Oh, my husband's best friend"
" Oh, najboljši prijatelj mojega moža"
"Please rescue me from this terrible captivity"
"Prosim, reši me iz tega strašnega ujetništva"
"This is worse than death"
"To je hujše od smrti"
"All of this is my own fault"
"Vse to je moja lastna krivda"
"Rescue me, oh please, thou best of friends!"
"Reši me, prosim, ti najboljši prijatelj!"
She then burst into tears.

Nato je bruhnila v jok.
The prince's friend spoke again.
Prinčev prijatelj je spet spregovoril.
"Do not be disconsolate"
"Ne bodite obupani"
"I will try my best to rescue you"
"Potrudil se bom po svojih najboljših močeh, da te rešim"
"I will try to have you out of here tonight"
"Poskušal te bom spraviti od tod še nocoj."
"But you must do whatever I tell you"
"Ampak moraš storiti vse, kar ti rečem."
The princess trusted the prince's friend.
Princesa je zaupala prinčevemu prijatelju.
"I will do anything you tell me"
"Naredil bom vse, kar mi boš rekel"
After this the supposed Phakir left the room.
Po tem je domnevni Phakir zapustil sobo.
He passed through the courtyard of the palace.
Šel je skozi dvorišče palače.
Some of the guards challenged him.
Nekateri stražarji so ga izzvali.
"Hoom hoom!" he replied.
„Hum hum!" je odvrnil.
"I'm just going out for a minute"
"Samo za minuto grem ven"
"And then I will come back again"
"In potem se bom spet vrnil"
They understood that it was the madcap Phakir.
Razumeli so, da je to nori Phakir.
True to his word he did come back shortly.
Zvest svoji besedi se je kmalu vrnil.
And again he went to the princess.
In spet je šel k princesi.
An hour afterwards he again went out.
Uro kasneje je spet šel ven.
And again he was challenged by the guards.
In spet so ga izzvali stražarji.

He made the same reply as at the first time.
Odgovoril je enako kot prvič.
The guards began to talk among themselves.
Stražarji so se začeli pogovarjati med seboj.
"This Phakir surely has no sense"
"Ta Phakir zagotovo nima pameti."
"He will go out and come in all night"
"Vso noč bo hodil ven in prihajal"
"Let us leave him to do what he likes"
"Pustimo mu, naj počne, kar hoče."
"There's no use guarding him all night"
"Ni smisla, da ga varujemo vso noč"
The minister's son had worn down the guards.
Ministrov sin je izčrpal stražarje.
And he was looking for a way to escape.
In iskal je način, kako pobegniti.
He kept going in and out until three at night.
Vstopal in izstopal je do treh ponoči.
This time there were no guards there.
Tokrat tam ni bilo stražarjev.
Because all the guards had fallen asleep.
Ker so vsi stražarji zaspali.
He was overjoyed at the auspicious circumstance.
Bil je navdušen nad ugodno okoliščino.
Then he went back to the princess.
Nato se je vrnil k princesi.
"Now, princess, is the time for escape"
"Zdaj, princesa, je čas za pobeg."
"The guards are all asleep"
"Vsi stražarji spijo"
"You must mount on my back"
"Moraš se mi povzpeti na hrbet"
"Tie the locks of your hair round my neck"
"Zaveži mi svoje lase okoli vratu"
"And keep tight hold of me"
"In trdno se me oklepaj"
The princess did what she was asked of.

Princesa je storila, kar so jo prosili.
He passed unchallenged through the courtyard.
Neoviran je šel skozi dvorišče.
And he had a lovely burden on his back.
In na hrbtu je nosil lepo breme.
Eventually he got to the gate of the palace.
Končno je prišel do vrat palače.
And he went through without being challenged.
In šel je skozi, ne da bi ga kdo izzval.
Then they went to the outskirts of the city.
Nato so se odpravili na obrobje mesta.
Eventually he reached the outer suburbs.
Končno je prišel do zunanjih predmestij.
They reached the water from which the princess had risen.
Prišli so do vode, iz katere je princesa vstala.
The princess rejoiced at her escape.
Princesa se je veselila svojega pobega.
But she was still trembling with fear.
A še vedno je trepetala od strahu.
The prince's friend untied the snake-jewel.
Prinčev prijatelj je odvezal kačji dragulj.
And together they ascended into the water.
In skupaj sta se povzpela v vodo.
And soon they found back to the subterranean palace.
In kmalu so se vrnili v podzemno palačo.
You can imagine how happy the prince was.
Lahko si predstavljate, kako srečen je bil princ.
He had nearly died of grief.
Skoraj je umrl od žalosti.
And you can imagine the princess' happiness too.
In lahko si predstavljate tudi princesino srečo.
All the three of them were mad with joy.
Vsi trije so bili nori od veselja.
For three days they remained in the palace.
Tri dni so ostali v palači.
And they retold the prince the whole story.
In princu so ponovno povedali vso zgodbo.

They told of how the princess was seized.
Pripovedovali so o tem, kako so princeso ugrabili.
They told him of her captivity in the palace.
Povedali so mu o njenem ujetništvu v palači.
They described the marriage that was planned.
Opisali so načrtovano poroko.
They told him of the old woman.
Povedali so mu o starki.
And they told him all about her Phakir-Chand.
In povedali so mu vse o njenem Phakir-Chandu.
They told him how he had impersonated him.
Povedali so mu, kako se je izdajal zanj.
And they told him how he freed the princess.
In povedali so mu, kako je osvobodil princeso.
I don't need to tell you how grateful they were.
Ni mi treba povedati, kako hvaležni so bili.
The prince's friend truly was a good friend.
Prinčev prijatelj je bil resnično dober prijatelj.
They thanked him in the warmest terms.
Zahvalili so se mu z najtoplejšimi besedami.
And they vowed to always follow his counsel.
In prisegli so, da bodo vedno upoštevali njegov nasvet.

They were all resolved to return home.
Vsi so bili odločeni, da se vrnejo domov.
They wanted to return to their native country.
Želeli so se vrniti v svojo domovino.
The king's son, the minister's son, and the princess.
Kraljev sin, ministrov sin in princesa.
They left the subterranean palace together.
Skupaj sta zapustila podzemno palačo.
They lighted the passage with the snake-jewel.
Prehod so osvetlili s kačjim draguljem.
And they made their way to the upper world.
In so se prebili v zgornji svet.
They had neither elephants nor horses waiting for them.
Niso jih čakali ne sloni ne konji.

So they had no choice but to travel on foot.
Zato niso imeli druge izbire, kot da potujejo peš.
The two friends had been bred in the lap of luxury.
Prijatelja sta bila vzgojena v naročju razkošja.
Both of them found walking troublesome.
Obema je bila hoja težavna.
But the princess found it infinitely more troublesome.
Toda princesi se je to zdelo neskončno bolj težavno.
She was used to even finer treatment.
Bila je vajena še lepšega ravnanja.
The stones of the road were too rough for her.
Kamnita cesta je bila zanjo pregroba.
And the rough stones wounded her tender feet.
In grobo kamenje je ranilo njene nežne noge.
Eventually her feet became very sore.
Sčasoma so jo noge zelo bolele.
At times the king's son carried her on his shoulders.
Včasih jo je kraljev sin nosil na ramenih.
The load he was carrying was of course lovely.
Tovor, ki ga je nosil, je bil seveda čudovit.
But although lovely, she was heavy to carry.
Čeprav je bila lepa, jo je bilo težko nositi.
And she could not be carried a great distance.
In ni je bilo mogoče odnesti na veliko razdaljo.
And therefore she too had to walk often.
In zato je morala tudi ona pogosto hoditi.
One evening they arrived beneath a tree.
Nekega večera so prispeli pod drevo.
There were no visible signs of human habitations.
Ni bilo vidnih znakov človeških bivališč.
So they decided to make the tree their sleeping place.
Zato so se odločili, da bodo drevo naredili za svoje spalno
mesto.
The prince's friend offered to keep guard.
Prinčev prijatelj se je ponudil, da bo stražaril.
"Both of you can go to sleep"
"Oba lahko gresta spat."

"I will keep watch over you both tonight"
"Nocoj bom pazil na vaju oba."
"In order to prevent any danger"
"Da bi preprečili kakršno koli nevarnost"
The royal couple soon dozed off.
Kraljevi par je kmalu zadremal.
And they were locked in the arms of sleep.
In bili so ujeti v objemu spanca.
The faithful friend of the prince did not sleep.
Zvesti prijatelj kneza ni spal.
He stayed awake and watched for danger.
Ostal je buden in je čakal na nevarnost.
It so happened they camped under a special tree.
Zgodilo se je, da so taborili pod posebnim drevesom.
In the tree swung the nest of two birds.
Na drevesu sta zibali gnezdo dveh ptic.
The immortal birds Bihangama and Bihangami.
Nesmrtni ptici Bihangama in Bihangami.
These birds were endowed with human speech.
Te ptice so bile obdarjene s človeškim govorom.
And they could also see into the future.
In lahko so videli tudi v prihodnost.
The minister's son listened to the bird's conversation.
Ministrov sin je poslušal ptičji pogovor.
He was more than a little astonished at what he heard!
Bil je precej presenečen nad tem, kar je slišal!
Bihangama: "The prince's friend risked his own life"
Bihangama: »Prinčev prijatelj je tvegal lastno življenje«
"He did everything for the safety of his friend"
"Naredil je vse za varnost svojega prijatelja"
"But more dangers will befall the king's son"
"Toda kraljevega sina bodo doletele še več nevarnosti."
"And he will find it difficult to save the prince"
"In težko bo rešil princa."
Bihangami: "Why is that?"
Bihangami: "Zakaj pa tako?"
Bihangama: "Many dangers await the king's son"

Bihangama: »Kraljevega sina čaka veliko nevarnosti«
"The prince's father will hear of his son's approach"
"Prinčev oče bo slišal za sinov prihod."
"He will send for him an elephant and some horses"
"Poslal mu bo slona in nekaj konj."
"And he will arrange attendants to meet him"
"In pripravil bo spremljevalce, da ga pričakajo."
"The king's son will ride the elephant"
"Kraljev sin bo jahal slona"
"But he will fall from the back of the elephant"
"Ampak padel bo s hrbta slona."
"And he will die from his fall from the elephant"
"In umrl bo zaradi padca s slona."
Bihangami: "But suppose someone prevented this?"
Bihangami: »Ampak recimo, da je nekdo to preprečil?«
"Suppose the king's son is not going to ride on the elephant"
"Recimo, da kraljev sin ne bo jahal na slonu."
"What might happen if he rides on a horse instead?"
„Kaj bi se lahko zgodilo, če bi raje jahal na konju?"
"Will he not in that case be saved?"
"Ali ne bo v tem primeru rešen?"
Bihangama: "Yes, in that case he would escape that fate"
Bihangama: »Da, v tem primeru bi se izognil tej usodi.«
"But then a fresh danger would await him"
"Toda potem bi ga čakala nova nevarnost"
"When the king's son is in sight of his father's palace"
"Ko kraljev sin zagleda očetovo palačo"
"When he is in the act of passing through the lion-gate"
»Ko ravno gre skozi levja vrata«
"In that moment the lion-gate will fall upon him"
»V tistem trenutku se bodo nanj zrušila levja vrata.«
"And the stones will crush him to death"
"In kamni ga bodo zdrobili do smrti"
Bihangami: "But suppose someone gets there first"
Bihangami: »Ampak recimo, da nekdo pride tja prej«
"Suppose someone destroys the lion-gate"

»Recimo, da kdo uniči levja vrata«
"If that happens the king's son couldn't go through the lion-gate"
»Če se to zgodi, kraljev sin ne more iti skozi levja vrata.«
"Will not the king's son in that case be saved?"
„Ali ne bo kraljev sin v tem primeru rešen?"
Bihangama: "Yes, in that case he would escape his fate"
Bihangama: »Da, v tem primeru bi se izognil svoji usodi.«
"But then a fresh danger would await him"
"Toda potem bi ga čakala nova nevarnost"
"When the king's son reaches the palace"
"Ko kraljev sin pride v palačo"
"When he sits at a feast prepared for him"
»Ko sedi pri gostiji, ki mu je pripravljena«
"The head of a fish will be cooked for him"
"Zanj bo kuhana ribja glava"
"He will put into his mouth the head of the fish"
»V usta si bo dal glavo ribe«
"But the head of the fish will stick in his throat"
"Ampak glava ribe se mu bo zataknila v grlu"
"And he will choke to death on the head of the fish"
"In zadavil se bo na glavi ribe."
Bihangami: "But suppose someone snatches the fish"
Bihangami: »Ampak recimo, da nekdo ukrade ribo«
"Suppose someone takes the head of the fish from his plate"
"Recimo, da nekdo vzame ribjo glavo s krožnika."
"Suppose he can't put the fish's head in his mouth"
"Recimo, da ne more dati ribje glave v usta."
"Will not the king's son in that case be saved?"
„Ali ne bo kraljev sin v tem primeru rešen?"
Bihangama: "Yes, in that case he will escape his fate"
Bihangama: »Da, v tem primeru se bo izognil svoji usodi.«
"But a fresh danger would await him"
"Vendar ga je čakala nova nevarnost"
"When the prince and princess retire after dinner"
"Ko se princ in princesa po večerji umakneta"
"When they go into their sleeping apartment"

"Ko gredo v svoje spalno stanovanje"
"They will lie together in bed"
"Ležala bosta skupaj v postelji "
"A terrible cobra will come into the room"
"V sobo bo prišla grozna kobra"
"And the cobra will bite the king's son to death"
"In kobra bo kraljevega sina ugriznila do smrti."
Bihangami: "But suppose someone was in the room"
Bihangami: »Predpostavimo, da je bil nekdo v sobi«
"Suppose this person was waiting for the snake"
"Recimo, da je ta oseba čakala na kačo."
"And suppose that this person cuts the snake into pieces"
"In predpostavimo, da ta oseba razreže kačo na koščke"
"Will not the king's son in that case be saved?"
„Ali ne bo kraljev sin v tem primeru rešen?"
Bihangama: "Yes, in that case he will escape his fate"
Bihangama: »Da, v tem primeru se bo izognil svoji usodi.«
"In that case the life of the king's son will be saved"
"V tem primeru bo kraljev sin rešen."
"But he who saves him can't repeat these words"
"Toda tisti, ki ga reši, teh besed ne more ponoviti."
"If he tells his secret he will be turned into marble"
"Če bo povedal svojo skrivnost, se bo spremenil v marmor"
Bihangami: "Can the statue be returned to life?"
Bihangami: »Ali je mogoče kip vrniti v življenje?«
Bihangama: "Yes, the marble statue can be restored to life"
Bihangama: »Da, marmorni kip je mogoče obuditi v življenje«
"The princess will give birth to a child"
"Princesa bo rodila otroka"
"They must wash the statue with the blood of the infant"
"Kip morajo oprati s krvjo dojenčka."
The prophetical birds had spoken until that point.
Preroške ptice so govorile do tistega trenutka.
But then they were interrupted by the craw of crows.
Potem pa jih je prekinilo kričanje vran.
The eastern sky tinted in a reddish hue.
Vzhodno nebo se je obarvalo v rdečkast odtenek.

And the travelers beneath the tree bestirred themselves.
In popotniki pod drevesom so se zganili.
The prophetic conversation came to an end.
Preroški pogovor se je končal.
But the prince's friend had heard everything.
Toda prinčev prijatelj je slišal vse.

The next morning they continued their journey.
Naslednje jutro so nadaljevali pot.
The prince, the princess, and the prince's friend.
Princ, princesa in prinčev prijatelj.
Soon they met the king's procession.
Kmalu so srečali kraljevo procesijo.
There was an elephant, a horse, and a palki.
Bili so slon, konj in palki.
And there was a large number of attendants.
In bilo je veliko število spremljevalcev.
These animals and men had been sent by the king.
Te živali in ljudi je poslal kralj.
The king heard his son was with his friend.
Kralj je slišal, da je njegov sin pri prijatelju.
And he had heard that his son had married.
In slišal je, da se je njegov sin poročil.
And he heard they were not far from the capital.
In slišal je, da niso daleč od prestolnice.
The elephant had been richly caparisoned.
Slon je bil bogato okrašen.
The elephant was intended for the prince.
Slon je bil namenjen princu.
The framework of the palki was of silver.
Ogrodje palki je bilo iz srebra.
The palki was meant for the princess.
Palki je bil namenjen princesi.
And the horse was for the prince's friend.
In konj je bil za prinčevega prijatelja .
The prince was about to mount on the elephant.
Princ se je ravno hotel vzpeti na slona.

But then his friend spoke to him.
Potem pa je njegov prijatelj spregovoril z njim.
"Allow me to ride on the elephant, please"
"Dovolite mi, da se prosim peljem na slonu"
"And you can ride back on horseback"
"In lahko se vrnete na konju."
The prince was not a little surprised.
Princ je bil nemalo presenečen.
The proposal had been made in a very cold manner.
Predlog je bil podan zelo hladnokrvno.
Maybe his friend felt a little too entitled.
Morda se je njegov prijatelj počutil malo preveč upravičenega.
And the king's son was slightly annoyed.
In kraljev sin je bil rahlo jezen.
But he remembered what his friend had done for him.
Vendar se je spomnil, kaj je njegov prijatelj storil zanj.
And he remembered how he saved the princess.
In spomnil se je, kako je rešil princeso.
So he mounted the horse without objecting.
Torej je brez ugovarjanja zajahal konja.
But his mind became somewhat alienated from him.
Toda njegov um se je od njega nekoliko odtujil.
The procession towards the capital started again.
Povorka proti prestolnici se je znova začela.
After some time they came in sight of the palace.
Čez nekaj časa so zagledali palačo.
The lion-gate had been gaily adorned.
Levja vrata so bila veselo okrašena.
There was a grand reception for the prince.
Za princa je bil pripravljen veličasten sprejem.
And the princess was equally anticipated.
In princesa je bila prav tako pričakovana.
But the prince's friend seemed to have an objection.
Toda zdelo se je, da ima prinčev prijatelj ugovor.
"I want the lion-gate to be broken down"
»Hočem, da se levja vrata podrejo«
The prince was astounded at the proposal.

Princ je bil nad predlogom osupel.
The request was very out of the ordinary.
Zahteva je bila zelo nenavadna.
And he had given no reason for his demand.
In za svojo zahtevo ni navedel nobenega razloga.
But he remembered all his friend had done for him.
Vendar se je spomnil vsega, kar je njegov prijatelj storil zanj.
And he remembered how he saved the princess.
In spomnil se je, kako je rešil princeso.
So he complied with the wish of his friend.
Zato je izpolnil željo svojega prijatelja.
And the beautiful lion-gate was torn down.
In čudovita levja vrata so bila porušena.
But his mind became even more estranged from him.
Toda njegov um se je od njega še bolj odtujil.
The procession now went into the palace.
Procesija se je sedaj odpravila v palačo.
The king gave a warm reception to his son.
Kralj je sina toplo sprejel.
He welcomed his daughter-in-law equally warmly.
Enako toplo je sprejel svojo snaho.
And he was very pleased to see the prince's friend.
In bil je zelo vesel, ko je videl prinčevega prijatelja.
The story of their adventures was related.
Zgodba o njihovih dogodivščinah je bila povezana.
The king expressed great astonishment at the tale.
Kralj je izrazil veliko začudenje nad zgodbo.
And his courtiers were equally impressed.
In njegovi dvorjani so bili enako navdušeni.
All praised the minister's son's devotion.
Vsi so hvalili predanost ministrovega sina.
And the ladies of the palace praised the princess.
In dame iz palače so hvalile princeso.
The connoisseurs of beauty praised the princess.
Poznavalci lepote so hvalili princeso.
Her complexion was a mixture of milk and vermilion.
Njena polt je bila mešanica mleka in rdečkaste barve.

Her neck was like that of a swan.
Njen vrat je bil kot labodji.
Her eyes were like those of a gazelle.
Njene oči so bile kot gazeline.
Her lips were as red as the berry bimba.
Njene ustnice so bile rdeče kot jagodna bimba.
Her cheeks were as lovely as they could be.
Njena lica so bila tako lepa, kot so le lahko bila.
And her nose was straight and high.
In njen nos je bil raven in visok.
Her hair reached down to her ankles.
Lasje so ji segali do gležnjev.
Her walk was as graceful as that of a young elephant.
Njena hoja je bila graciozna kot hoja mladega slona.
The princess whom destiny had brought to them.
Princesa, ki jima jo je prinesla usoda.
They sat around her wanting to know everything.
Sedeli so okoli nje in želeli vedeti vse.
And they put to her a thousand questions.
In postavili so ji tisoč vprašanj.
They asked her about her parents.
Vprašali so jo o njenih starših.
They asked her about the subterranean palace.
Vprašali so jo o podzemni palači.
And they asked her all about the serpent.
In vprašali so jo vse o kači.
The serpent which had killed all her relatives.
Kača, ki je pobila vse njene sorodnike.
Soon it was time for the new arrivals to dine.
Kmalu je bil čas, da novo prispeli kosijo.
The dinner was served up in dishes of gold.
Večerja je bila postrežena v zlatih posodah.
All sorts of delicacies were on the table.
Na mizi so bile vse vrste dobrot.
The most conspicuous dish was the head of a rohita fish.
Najbolj opazna jed je bila glava ribe rohita.
The large fish's head was placed in a golden cup.

Glavo velike ribe so položili v zlato skodelico.
And the cup was placed near the prince's plate.
In skodelica je bila postavljena blizu kneževega krožnika.
All were eating and retelling the adventure.
Vsi so jedli in pripovedovali dogodivščino.
And suddenly the prince's friend snatched the head.
In nenadoma je prinčev prijatelj iztrgal glavo.
He took the fish's head from the prince's plate.
Vzel je ribjo glavo s prinčevega krožnika.
"Let me, prince, eat this rohita's head"
"Naj, princ, pojem glavo tega rohita."
The king's son was quite indignant.
Kraljev sin je bil precej ogorčen.
But he remembered all his friend had done for him.
Vendar se je spomnil vsega, kar je njegov prijatelj storil zanj.
And he remembered how he saved the princess.
In spomnil se je, kako je rešil princeso.
And so he made no objection to the request.
In zato ni ugovarjal prošnji.
But he could not hide his terrible rage.
Vendar ni mogel skriti svoje strašne jeze.
Of course the prince's friend noticed this.
Seveda je prinčev prijatelj to opazil.
But there was nothing else he could have done.
Ampak ni mogel storiti ničesar drugega.
His conduct, however strange, was necessary.
Njegovo ravnanje, pa naj bo še tako nenavadno, je bilo nujno.
It was for the safety of his friend's life.
Šlo je za varnost življenja njegovega prijatelja.
Nor could he tell his friend the reason.
Tudi prijatelju ni mogel povedati razloga.
Else he would be transformed into a marble statue.
Sicer bi se spremenil v marmorni kip.
Soon the dinner was going to be over.
Kmalu bo večerja končana.
The prince's friend had one more request.
Prinčev prijatelj je imel še eno prošnjo.

The two friends had spent every night together.
Prijatelja sta vsako noč preživela skupaj.
But tonight he wanted to go to his own house.
Toda nocoj je želel iti v svojo hišo.
The prince was also shocked at his strange conduct.
Tudi princa je njegovo nenavadno vedenje šokiralo.
But he remembered all his friend had done for him.
Vendar se je spomnil vsega, kar je njegov prijatelj storil zanj.
And he remembered how he saved the princess.
In spomnil se je, kako je rešil princeso.
And he also agreed to this request of his friend.
In tudi s to prošnjo svojega prijatelja se je strinjal.
The prince's friend, however, had other plans.
Prinčev prijatelj pa je imel druge načrte.
He had no intentions of going to his own house.
Ni imel nobenega namena iti v svojo hišo.
He was resolved to avert the last peril.
Odločen je bil, da prepreči zadnjo nevarnost.
The last thing to threaten the life of his friend.
Zadnja stvar, ki bi ogrozila življenje njegovega prijatelja.
Accordingly, he took a sword into his hand.
Zato je vzel meč v roko.
And he stealthily entered the royal room.
In neopazno je vstopil v kraljevo sobo.
The room of the prince and the princess.
Soba princa in princese.
He ensconced himself under the bedstead.
Skril se je pod posteljo.
The bed was furnished with mattresses of down.
Postelja je bila opremljena z vzmetnicami iz puha.
The mosquito curtains were of the richest silk.
Zavese proti komarjem so bile iz najbogatejše svile.
And all the bedding was laced with gold.
In vsa posteljnina je bila posuta z zlatom.
Soon the prince and princess came into the bedroom.
Kmalu sta v spalnico prišla princ in princesa.
They undressed themselves and went to bed.

Slekla sta se in šla spat.
And soon the royal couple were asleep.
In kmalu je kraljevi par zaspal.
At midnight he heard the slithering of a snake.
Ob polnoči je zaslišal plazenje kače.
The sound was coming from a water passage.
Zvok je prihajal iz vodnega kanala.
A snake of gigantic size entered the room.
V sobo je vstopila kača ogromne velikosti.
The serpent climbed up the frame of the bed.
Kača je splezala po okvirju postelje.
The minister's son rushed out with the sword.
Ministrov sin je stekel ven z mečem.
And he killed the serpent with one blow.
In kačo je ubil z enim samim udarcem.
And then he cut the snake into smaller pieces.
In nato je kačo razrezal na manjše koščke.
He put the pieces in the dish for holding betel-leaves.
Koščke je dal v posodo za shranjevanje betelovih listov.
But as he did this, he spilled a drop of blood.
Toda pri tem je polil kapljico krvi.
The drop of blood fell on the breast of the princess.
Kaplja krvi je padla na princesine prsi.
Because the mosquito curtains had not been let down.
Ker komarniki niso bili spuščeni.
He worried for the health of the princess.
Skrbelo ga je za zdravje princese.
The blood might be of some sort of poison.
Kri je lahko nekakšen strup.
So he resolved to lick up the blood.
Zato se je odločil, da bo polizal kri.
But he could not look at the naked princess.
Vendar ni mogel pogledati gole princese.
It would have been a great sin.
To bi bil velik greh.
So he blindfolded himself with seven-fold cloth.
Zato si je zavezal oči s sedemkratno tkanino.

And he licked off the drop of blood.
In je polizal kapljico krvi.
But just at this time the princess awoke.
Toda ravno v tem času se je princesa zbudila.
Her scream roused her husband from his sleep.
Njen krik je moža prebudil iz spanca.
And he could not believe what he was seeing.
In ni mogel verjeti svojim očem.
The prince fell into a great rage.
Princ je padel v veliko jezo.
And he was prepared to kill his friend.
In bil je pripravljen ubiti svojega prijatelja.
But he gave his friend a chance to speak.
Vendar je prijatelju dal priložnost, da spregovori.
"Please, my friend, restrain your anger"
"Prosim, prijatelj moj, zadrži svojo jezo"
"I have done this only to save your life"
"To sem storil samo zato, da bi ti rešil življenje"
The prince was more confused than before.
Princ je bil bolj zmeden kot prej.
"I do not understand what you mean"
"Ne razumem, kaj misliš"
"From the time we came out of the subterranean palace"
"Odkar smo prišli iz podzemne palače"
"You have been behaving in a most extraordinary way"
"Obnašaš se na nadvse nenavaden način"
"First, you insisted on riding my elephant"
"Najprej si vztrajal, da boš jahal mojega slona"
"The elephant my father had sent for me"
"Slon, ki mi ga je poslal oče"
"I thought it was vain of you to ask"
"Mislil sem, da je nečimrno od tebe, da sprašuješ."
"But I remembered what you had done for me"
"Ampak spomnil sem se, kaj si storil zame."
"And I decided to let the matter pass"
"In odločil sem se, da zadevo pustim pri miru"
"And instead I rode back on horseback"

"In namesto tega sem se vrnil na konju"
"Secondly, you insisted on destroying the lion-gate"
»Drugič, vztrajali ste pri uničenju levjih vrat.«
"The lion-gate my father had adorned for me"
»Levja vrata mi je okrasil moj oče«
"I thought it was strange of you to ask"
"Mislil sem, da je čudno, da sprašuješ."
"But I remembered what you had done for me"
"Ampak spomnil sem se, kaj si storil zame."
"And I decided to let the matter pass"
"In odločil sem se, da zadevo pustim pri miru"
"And I had the lion-gate destroyed"
»In dal sem uničiti levja vrata«
"Thirdly, at dinner you behaved most shamefully"
"Tretjič, pri večerji si se obnašal zelo sramotno."
"You snatched the rohita's head from my plate"
"Ugrabil si glavo rohite z mojega krožnika."
"And you insisted on eating the fish head"
"In vztrajal si, da poješ ribjo glavo."
"I thought you felt too entitled"
"Mislil sem, da se počutiš preveč upravičeno."
"But I remembered what you had done for me"
"Ampak spomnil sem se, kaj si storil zame."
"So I decided to let the matter pass"
"Zato sem se odločil, da zadevo pustim pri miru"
"You then pretended that you were going home"
"Nato si se pretvarjal, da greš domov"
"And I was very glad you were going home"
"In zelo sem bil vesel, da greš domov."
"Because you had made yourself very disagreeable"
"Ker si se naredil zelo neprijetnega"
"And now you are actually in my bedroom"
"In zdaj si dejansko v moji spalnici"
"You are bending over the naked bosom of my wife"
"Sklanjaš se nad golimi prsmi moje žene"
"You must have had some evil plan"
"Verjetno si imel kakšen zlobni načrt"

"And now you pretend you are saving my life"
"In zdaj se pretvarjaš, da mi rešuješ življenje"
"But I don't believe you want to save my life"
"Ampak ne verjamem, da mi želiš rešiti življenje."
"I believe you want to destroy my wife's chastity"
"Mislim, da hočeš uničiti čistost moje žene."
The prince's friend knew how things looked.
Prinčev prijatelj je vedel, kako stvari izgledajo.
"Oh, do not harbor such thoughts in your mind"
"Oh, ne gojite takšnih misli v svojih mislih."
"Please do not think badly against me"
"Prosim, ne misli slabo o meni"
"The gods know what I have done"
"Bogovi vedo, kaj sem storil"
"They know I did it to save your life"
"Vedo, da sem to storil, da bi ti rešil življenje."
"You would see the reasonableness of my conduct"
"Videli bi razumnost mojega ravnanja"
"But I don't have liberty to state my reasons"
"Vendar nimam pravice navajati svojih razlogov"
The prince asked him to explain himself.
Princ ga je prosil, naj razloži.
"And why are you not at liberty?"
"In zakaj nisi na svobodi?"
"Who has put a seal upon your mouth?"
"Kdo ti je zapečatil usta?"
And the prince's friend answered.
In knežji prijatelj je odgovoril.
"Destiny has put a seal upon my mouth"
"Usoda mi je zapečatila usta"
"If I told you, I would be transformed into marble"
"Če bi ti povedal, bi se spremenil v marmor"
The prince grew angrier with his friend.
Princ se je še bolj razjezil na svojega prijatelja.
"You should be transformed into a marble statue!"
"Moral bi se spremeniti v marmorni kip!"
"You must take me to be a simpleton"

"Moraš me imeti za preprostega človeka."
"You can't expect me to believe this nonsense"
"Ne moreš pričakovati, da bom verjel tem neumnostim ."
The minister's son made one last request.
Ministrov sin je izrekel še zadnjo prošnjo.
"Do you wish me then, friend, for me to tell you?
„Ali potem želiš, prijatelj, da ti povem?"
"You would make your friend turn into stone?"
"Bi svojega prijatelja spremenil v kamen?"
The prince wanted to hear the reason.
Princ je želel slišati razlog.
He did not care about the consequences.
Posledice ga niso zanimale.
"Tell me, or else you are a dead man"
"Povej mi, sicer si mrtev človek"
The prince's friend wanted to clear his name.
Prinčev prijatelj je želel očistiti njegovo ime.
He wanted no foul accusations brought against him.
Ni želel, da bi proti njemu bili vloženi kakšni grdi obtožbi.
And he deemed it his duty to reveal the secret.
In menil je, da je njegova dolžnost, da razkrije skrivnost.
Even if this would put his life at risk.
Tudi če bi s tem ogrozil svoje življenje.
He again warned the prince not to ask him.
Ponovno je posvaril princa, naj ga ne sprašuje.
But the prince remained inexorable.
Toda princ je ostal neizprosen.
The prince's friend then told him his secret.
Prinčev prijatelj mu je nato povedal svojo skrivnost.
"While sleeping under a lofty tree one night"
"Medtem ko sem neke noči spal pod visokim drevesom"
"I overheard a conversation between two birds.
"Slučajno sem slišal pogovor med dvema pticama."
"The prophesizing birds Bihangama and Bihangami"
"Prerokujoči ptici Bihangama in Bihangami"
"Bihangama predicted all the dangers in your life"
"Bihangama je napovedal vse nevarnosti v tvojem življenju"

"First the bird predicted your father would send an elephant"
"Najprej je ptica napovedala, da bo tvoj oče poslal slona."
"The bird said you would fall from the elephant"
"Ptica je rekla, da boš padel s slona"
"And the bird said you would die from the fall"
"In ptica je rekla, da boš umrl zaradi padca."
At this point the minister's son's legs turned to stone.
V tem trenutku so se noge ministrovega sina spremenile v kamen.
"See? my legs have already turned to stone"
"Vidiš? Moje noge so se že spremenile v kamen."
"Go on with your story," said the prince.
„Nadaljuj s svojo zgodbo," je rekel princ.
And the prince's friend continued the story.
In prinčev prijatelj je nadaljeval zgodbo.
"The bird said the lion-gate would be gaily decorated"
"Ptica je rekla, da bodo levja vrata veselo okrašena."
"And the bird said the lion-gate would collapse on you"
"In ptica je rekla, da se bodo levja vrata zrušila nate."
"If the lion-gate had fallen on you, you would have died"
»Če bi se nate zrušila levja vrata, bi umrl.«
At this point the minister's son's torso turned to stone.
V tem trenutku se je trup ministrovega sina spremenil v kamen.
But the prince insisted the minister's son continues.
Toda princ je vztrajal, da ministrov sin nadaljuje.
"Go on with your story," said the prince.
„Nadaljuj s svojo zgodbo," je rekel princ.
"The bird said there would be the head of a fish"
"Ptica je rekla, da bo tam glava ribe"
"And the bird predicted you would choke on the fish"
"In ptica je napovedala, da se boš zadušil z ribo."
Now his head was the only thing not of stone.
Zdaj je bila njegova glava edina stvar, ki ni bila iz kamna.
"See? my whole body has turned to stone"
"Vidiš? Celo moje telo se je spremenilo v kamen."

"If I continue, I will become a man of stone"
"Če bom nadaljeval, bom postal človek iz kamna"
"Do you wish me to tell the rest"
"Ali želiš, da povem ostalo?"
"Go on with your story," said the prince.
„Nadaljuj s svojo zgodbo,“ je rekel princ.
"Very well, I will go on to the end"
"Prav, bom šel do konca."
"But you may repent after I tell you"
"Vendar se boste morda pokesali, potem ko vam povem"
"And you may wish to restore me to life"
"In morda me želite obuditi v življenje"
"I will tell you how to reverse the spell"
"Povedal ti bom, kako obrniti urok"
"In a few months the princess will bear a child"
"Čez nekaj mesecev bo princesa rodila otroka"
"Wait for the birth of the child"
"Počakajte na rojstvo otroka"
"Besmear my statue with the infant's blood"
"Pomažite moj kip z otrokovo krvjo"
"Only then will I be restored back to life"
»Šele takrat bom spet oživljen«
The last word left his lips, and he turned to stone.
Zadnja beseda mu je zapustila ustnice in se je spremenil v kamen.
The princess jumped out of bed.
Princesa je skočila iz postelje.
She opened the vessel for betel-leaves and spices.
Odprla je posodo za betelove liste in začimbe.
And she saw the pieces of a serpent.
In videla je kose kače.
The prince and the princess were now convinced.
Princ in princesa sta bila zdaj prepričana.
They saw the good faith of their departed friend.
Videli so dobro vero svojega pokojnega prijatelja.
They saw the benevolence of his actions.
Videli so dobrohotnost njegovih dejanj.

They went to the marble statue.
Šli so do marmornega kipa.
But the statue of their friend was lifeless.
Toda kip njunega prijatelja je bil brez življenja.
They let out a loud cry of lamentation.
Izpustili so glasen krik žalostinke.
But their cries were to no purpose.
Toda njihovi kriki so bili zaman.
Because the statue was not moved by tears.
Ker kipa solze niso ganile.
The prince and princess knew what they had to do.
Princ in princesa sta vedela, kaj morata storiti.
They concealed the marble figure in a safe place.
Marmorno figuro so skrili na varno mesto.
And they waited for the birth of their child.
In čakala sta na rojstvo otroka.
In process of time the hour came.
Sčasoma je prišla ura.
The princess's travail had arrived.
Princesine porodne muke so prišle.
The princess bore a beautiful boy.
Princesa je rodila čudovitega fantka.
The child was the perfect image of his mother.
Otrok je bil popolna podoba svoje matere.
The beauty of their child was striking.
Lepota njunega otroka je bila osupljiva.
And they were in awe of him.
In bili so nad njim v strahospoštovanju.
They would have spared his life.
Prizanesli bi mu življenje.
But they remembered their best friend.
A spomnili so se svojega najboljšega prijatelja.
They remembered all he had done for them.
Spominjali so se vsega, kar je storil zanje.
But now he was a lifeless stone.
A zdaj je bil brezživ kamen.
And they remembered the vows they had made.

In spomnili so se zaobljub, ki so jih dali.
And they cut the child into two.
In otroka so prerezali na dvoje.
They besmeared the statue with the child's blood.
Kip so pomazali z otrokovo krvjo.
And their friend became animated back to life.
In njihov prijatelj je spet oživel.
They were glad to see him alive again.
Veseli so bili, da so ga spet videli živega.
But the prince's friend was overwhelmed with grief.
Toda kneževa prijatelj je bil prevzet od žalosti.
Because he saw the new-born in a pool of blood.
Ker je videl novorojenčka v luži krvi.
So he picked up the dead infant.
Torej je pobral mrtvega dojenčka.
He carefully wrapped the child in a towel.
Otroka je skrbno zavil v brisačo.
And he resolved to get the child restored to life.
In odločil se je, da bo otroka oživil.
He consulted all the physicians of the country.
Posvetoval se je z vsemi zdravniki v državi.
They all told him the same thing.
Vsi so mu rekli isto.
A cure can be found for any illness.
Za vsako bolezen se da najti zdravilo.
But life requires the spark of life.
A življenje zahteva iskro življenja.
When the spark is gone, it is beyond their jurisdiction.
Ko iskra izgine, je to zunaj njihove pristojnosti.
And so they had to go on with their lives.
In tako so morali nadaljevati s svojim življenjem.

Eventually the prince's friend returned to his wife.
Končno se je prinčev prijatelj vrnil k svoji ženi.
She was a devoted worshipper of the goddess kali.
Bila je predana častilka boginje Kali.
She was the only one who could return life.

Bila je edina, ki je lahko vrnila življenje.
His wife was living in a distant town.
Njegova žena je živela v oddaljenem mestu.
So he set out on a journey to the town.
Zato se je odpravil na pot v mesto.
His wife still lived in her father's house.
Njegova žena je še vedno živela v očetovi hiši.
Adjoining the house there was a garden.
Ob hiši je bil vrt.
And in the garden there was a tree.
In na vrtu je bilo drevo.
The child had been stored in that tree.
Otrok je bil shranjen v tistem drevesu.
His wife was overjoyed to see her husband.
Njegova žena je bila presrečna, ko je zagledala svojega moža.
She had not seen him for a long time.
Dolgo ga ni videla.
But she was surprised when she saw him.
A ko ga je zagledala, je bila presenečena.
Her husband was very melancholy that day.
Njen mož je bil tisti dan zelo melanholičen.
He spoke very little to his wife.
Z ženo je govoril zelo malo.
And his wife knew that he was not himself.
In njegova žena je vedela, da ni bil on sam.
He was brooding over something in his mind.
V mislih je premišljeval o nečem.
She asked the reason for his melancholy.
Vprašala ga je, zakaj je tako potrt.
But he kept quiet, and wouldn't tell her.
Vendar je molčal in ji ni hotel povedati.
One night they were lying together in bed.
Neke noči sta ležala skupaj v postelji.
The wife got up and left the marital bed.
Žena je vstala in zapustila zakonsko posteljo.
She opened the door and went into the garden.
Odprla je vrata in šla na vrt.

Her husband had not been able to sleep well.
Njen mož ni mogel dobro spati.
Therefore he awoke from the movement of his wife.
Zato se je zbudil zaradi gibanja svoje žene.
He heard her leave in the dead of the night.
Slišal jo je oditi sredi noči.
And he was determined to follow her.
In bil je odločen, da ji bo sledil.
But he was also determined not to be noticed.
A bil je tudi odločen, da ga ne bodo opazili.
She went to a temple of the goddess kali.
Odšla je v tempelj boginje Kali.
The temple was at no great distance from her house.
Tempelj ni bil daleč od njene hiše.
She worshipped the goddess with flowers.
Boginjo je častila s cvetjem.
And she worshiped the goddess with sandal-wood perfume.
In boginjo je častila z vonjem po sandalovini.
"Oh mother kali! have mercy upon me"
"O, mati Kali! usmili se me!"
"Deliver me out of all my troubles"
»Reši me iz vseh mojih težav«
The goddess replied to the woman.
Boginja je odgovorila ženski.
"Why, what further grievance have you?
„Zakaj, kakšno pritožbo imate še?"
"You long prayed for the return of your husband"
"Dolgo si molila za vrnitev svojega moža"
"And your prayers have been answered"
"In vaše molitve so bile uslišane"
"Your husband has returned to you"
"Vaš mož se je vrnil k vam"
"So then, what ails thee now?"
"Torej, kaj te zdaj muči?"
The woman answered the goddess.
Ženska je odgovorila boginji.
"True, oh mother, my husband has come to me"

"Res je, mati, mož je prišel k meni."
"But he has come to me in a melancholy mood"
"Ampak prišel je k meni v melanholičnem razpoloženju"
"He hardly speaks to me when I speak to him"
"Ko jaz govorim z njim, komaj govori z mano"
"He takes no delight in me when he is with me"
»Ko je z mano, me ne veseli.«
"All he does is sit melancholy in a corner"
"Vse, kar počne, je, da melanholično sedi v kotu"
The goddess replied to her devotee.
Boginja je odgovorila svojemu privržencu.
"Ask your husband why he feels melancholy"
"Vprašajte moža, zakaj se počuti melanholično"
"When he tells you, let me know the reason"
"Ko ti pove, mi povej razlog."
The minister's son overheard the conversation.
Ministrov sin je prisluškoval pogovoru.
But he stayed unnoticed by the goddess.
Toda boginja ga ni opazila.
And his wife did not notice him either.
In tudi njegova žena ga ni opazila.
He quietly slunk away before his wife.
Tiho se je odplazil pred svojo ženo.
And he returned back to bed before her.
In vrnil se je v posteljo pred njo.
The following day the wife asked her husband.
Naslednji dan je žena vprašala moža.
"My dear husband, why are you in a melancholy mood?"
"Moj dragi mož, zakaj si tako melanholičnega razpoloženja?"
Her husband retold the whole story.
Njen mož je ponovno povedal celotno zgodbo.
He told her about the jewel serpent.
Povedal ji je o draguljasti kači.
He told her about the subterranean palace.
Povedal ji je o podzemni palači.
He told her about the princess being captured.
Povedal ji je o ujetju princese.

He told her how he freed the princess.
Povedal ji je, kako je osvobodil princeso.
And he told her about Bihangama and Bihangami.
In povedal ji je o Bihangami in Bihangamiju.
He told her how he had turned to stone.
Povedal ji je, kako se je spremenil v kamen.
And he told her how he was returned back to life.
In povedal ji je, kako se je vrnil v življenje.
So he told her also about the killing of the child.
Zato ji je povedal tudi o umoru otroka.
That night his wife left the bed again.
Tisto noč je njegova žena spet vstala iz postelje.
And she returned to the goddess kali's temple.
In vrnila se je v tempelj boginje Kali.
And she told the goddess of her husband's melancholy.
In boginji je povedala o moževi melanholiji.
The goddess listened intently to what was said.
Boginja je pozorno poslušala, kar je bilo povedano.
"Bring the child here and I will restore it to life"
"Pripeljite otroka sem in ga bom oživil."
The next night she left the marital bed again.
Naslednjo noč je spet zapustila zakonsko posteljo.
She went to the tree in the garden.
Šla je k drevesu na vrtu.
And she took the child from the tree.
In vzela je otroka z drevesa.
And she took the child to the goddess kali.
In otroka je odnesla k boginji Kali.
And the goddess kali returned the child back to life.
In boginja Kali je otroka vrnila v življenje.
The prince's friend was entranced with joy.
Prinčev prijatelj je bil očaran od veselja.
He picked up the reanimated child.
Dvignil je oživljenega otroka.
And he ran as fast as he could to his friend.
In stekel je tako hitro, kot je mogel, k svojemu prijatelju.
And he gave him his child, alive and well.

In dal mu je svojega otroka, živega in zdravega.
They all rejoiced with exceedingly great joy.
Vsi so se zelo veselili.
And they lived together happily till the day of their death.
In srečno sta živela skupaj do dneva svoje smrti.

The Indignant Brahman
Ogorčeni Brahman

There was once a poor Brahman.
Nekoč je živel ubogi brahman.
This poor Brahman had a wife.
Ta ubogi brahman je imel ženo.
And he also had four children.
In imel je tudi štiri otroke.
He was a very poor man.
Bil je zelo reven človek.
And he had no resources in the world.
In ni imel nobenih virov na svetu.
He lived from the charity of others.
Živel je od dobrodelnosti drugih.
During marriages he earned well.
Med zakonskimi zvezami je dobro zaslužil.
And he earned well during funerals.
In med pogrebi je dobro zaslužil.
But his parishioners did not marry daily.
Toda njegovi župljani se niso poročali vsak dan.
And they did not die every day either.
In tudi niso umirali vsak dan.
It was difficult to make the two ends meet.
Težko je bilo shajati.
His wife often rebuked him.
Žena ga je pogosto grajala.
"Why can you not support me?"
"Zakaj me ne moreš podpreti?"
"Our children run around naked"
"Naši otroci tekajo naokoli goli"
"And they suffer from hunger"
"In trpijo zaradi lakote"
Though poor, he was a good man.
Čeprav reven, je bil dober človek.
And he was diligent in his devotions.
In bil je marljiv v svojih pobožnostih.

Every day he said his prayers.
Vsak dan je molil.
He prayed at the same time each day.
Vsak dan je molil ob istem času.
His tutelary deity was the Goddess Durga.
Njegovo zaščitniško božanstvo je bila boginja Durga.
She is the consort of Shiva.
Je Šivina soproga.
She is the creative energy of the universe.
Ona je ustvarjalna energija vesolja.
Every day he wrote the name of Durga.
Vsak dan je pisal ime Durga.
He wrote the name in red ink.
Ime je napisal z rdečim črnilom.
At least one hundred and eight times.
Vsaj sto osemkrat.
He did not drink or eat till he did this.
Ni pil in ni jedel, dokler tega ni storil.
throughout the day he uttered prayers.
ves dan je izrekal molitve.
"O Durga! have mercy upon me"
"O Durga! usmili se me!"
He prayed whenever he felt anxious.
Molil je, kadar koli je čutil tesnobo.
And he often felt anxious.
In pogosto je čutil tesnobo.
Because he lived in poverty.
Ker je živel v revščini.
He prayed when his worries were too much.
Molil je, ko so bile njegove skrbi prevelike.
And there were many things he worried about.
In skrbelo ga je veliko stvari.
He worried about his wife and children.
Skrbelo ga je za ženo in otroke.
And he worried about supporting them.
In skrbelo ga je, kako jih bo podpiral.

One day he was very sad.
Nekega dne je bil zelo žalosten.
On this day he went to a forest.
Na ta dan je šel v gozd.
The forest was far outside the village.
Gozd je bil daleč zunaj vasi.
He let out all his grief.
Izlil je vso svojo žalost.
And he wept bitter tears.
In jokal je grenke solze.
"O Durga! O Mother Bhagavati!"
"O Durga! O mati Bhagavati!"
"Please put an end to my misery?"
"Prosim, naredite konec moji bedi?"
"I wish I were alone in the world"
"Želim si biti sam na svetu"
"Then my poverty wouldn't worry me"
"Takrat me moja revščina ne bi skrbela"
"But thou hast given me a wife"
"Ampak dal si mi ženo"
"And my wife has given me children"
"In moja žena mi je dala otroke"
"O Mother, I beg of you"
"O Mati, prosim te"
"Give me the means to support them"
"Dajte mi sredstva, da jih lahko preživim"
Shiva and his wife Durga happened to be there.
Šiva in njegova žena Durga sta bila tam slučajno.
They were taking their morning walk.
Odpravljali so se na jutranji sprehod.
The Goddess Durga saw the Brahman at a distance.
Boginja Durga je v daljavi zagledala Brahmana.
"O Lord of Kailas, do you see that Brahman?"
"O, Gospod Kailasa, ali vidiš tega Brahmana?"
"He is always taking my name on his lips"
"Vedno si izmišljuje moje ime"
"He prays I deliver him from his troubles"

"Moli, da ga rešim iz njegovih težav"
"Can we not do something for the poor Brahman?"
"Ali ne moremo storiti ničesar za ubogega Brahmana?"
"He is oppressed with many cares"
»Tlačijo ga številne skrbi«
"And he deeply cares for his growing family"
»In globoko skrbi za svojo rastočo družino.«
"We should make his life more comfortable"
"Morali bi mu narediti življenje udobnejše"
"Because the poor man never has enough to eat"
"Ker revež nikoli nima dovolj hrane"
"And his family doesn't have enough to eat either"
"In tudi njegova družina nima dovolj hrane."
"Let us give him a pot"
"Dajmo mu lonec"
"A pot with an infinite supply of murukku"
"Lonec z neskončno zalogo murukkuja"
The divine consort was right.
Božanska soproga je imela prav.
The Lord of Kailas agreed to the proposal.
Gospodar Kailasa se je strinjal s predlogom.
On the spot he created a magical pot.
Na kraju samem je ustvaril čarobni lonec.
Durga went to the poor Brahman.
Durga je šla k ubogemu Brahmanu.
"O Brahman! My loyal devotee"
"O Brahman! Moj zvesti bhakta!"
"I have often thought of your pitiable case"
"Pogosto sem razmišljal o tvojem žalostnem primeru"
"Your repeated prayers have moved my compassion"
»Vaše ponavljajoče se molitve so me ganile.«
"Here is a pot for you"
"Tukaj je lonec zate"
"You must turn the pot upside down"
"Lonec moraš obrniti na glavo"
"And then you must shake the pot"
"In potem moraš pretresti lonec"

"The finest murukku will pour out"
"Izlil se bo najboljši murukku"
"The murukku will keep pouring out forever"
»Murukku bo lil večno«
"Until you put the pot upright again"
"Dokler ne postaviš lonca nazaj pokonci"
"You can eat as much murukku as you like"
"Lahko poješ toliko murukkuja, kot želiš."
"Your wife and children will hunger no more"
»Tvoja žena in otroci ne bodo več lačni«
"And you can sell the murukku if you like"
"In murukku lahko prodaš, če želiš."
The Brahman was delighted beyond measure.
Brahman je bil neizmerno navdušen.
He had received a truly valuable treasure.
Prejel je resnično dragocen zaklad.
He made his deepest obeisance to the goddess.
Boginji se je globoko poklonil.
And he expressed his eternal gratefulness.
In izrazil je svojo večno hvaležnost.

The Brahman had started walking home.
Brahman se je začel odpravljati domov.
But first he had to test his magical pot.
Najprej pa je moral preizkusiti svoj čarobni lonec.
He wanted to see if the pot really worked.
Hotel je videti, če lonec res deluje.
He turned the pot upside down.
Lonec je obrnil na glavo.
And he shook the pot, as instructed.
In stresel je lonec, kot mu je bilo naročeno.
Lo and behold! The pot really did work.
Glej ga! Lonec je res deloval.
The finest murukku fell to the ground.
Najlepši murukku je padel na tla.
He tied the sweetmeat in his sheet.
Sladkor je zavezal v rjuho.

And he walked on, towards his village.

In je hodil naprej, proti svoji vasi.

By noon the Brahman had gotten hungry.

Do poldneva je brahman postal lačen.

But he could not eat without his ablutions.

Vendar ni mogel jesti brez umivanja.

First, he had to say his prayers.

Najprej je moral izreči svoje molitve.

There was an inn on his way.

Na poti je bila gostilna.

Close to the inn there was a water tank.

Blizu gostilne je bil vodni rezervoar.

So, he intended to halt there.

Torej, nameraval se je tam ustaviti.

In order to bathe and say his prayers.

Da bi se okopal in izrekel svoje molitve.

After this he could eat all the murukku.

Po tem je lahko pojedel ves murukku.

The Brahman sat at the innkeeper's shop.

Brahman je sedel v gostilničarjevi trgovini.

The shopkeeper was smoking tobacco.

Prodajalec je kadil tobak.

He put the pot near the shopkeeper.

Lonec je postavil blizu trgovca.

And he asked him to look after the pot.

In ga je prosil, naj pazi na lonec.

"Please take special care of this pot"

"Prosim, bodite še posebej previdni pri tem loncu."

"I must bathe and say my prayers"

"Moram se okopati in moliti"

"Please look after this pot for me"

"Prosim, pazi na ta lonec zame"

"Make sure nothing happens to this pot"

"Poskrbi, da se s tem loncem nič ne zgodi."

He thought it was a strange request.

Mislil je, da je to nenavadna prošnja.

But he agreed to look after the pot.

Ampak se je strinjal, da bo pazil na lonec.
And the Brahman gave him the pot.
In brahman mu je dal lonec.
He besmeared his body with mustard oil.
Telo si je namazal z gorčičnim oljem.
And he went to do his ablutions.
In šel je opravit umivanje.
The innkeeper grew curious about the pot.
Gostilničar je postal radoveden glede lonca.
"This pot must have something valuable in it"
"V tem loncu mora biti nekaj dragocenega."
"Why else would he be so careful?"
"Zakaj bi bil sicer tako previden?"
His curiosity had been excited.
Njegova radovednost je bila vzburjena.
So, he opened the pot.
Torej, odprl je lonec.
To his surprise the pot was empty.
Na njegovo presenečenje je bil lonec prazen.
"What can be the meaning of this?"
"Kaj bi to lahko pomenilo?"
"Why does he care so much for an empty pot?"
"Zakaj mu je tako mar za prazen lonec?"
He began to examine the pot more carefully.
Začel je natančneje pregledovati lonec.
During his inspection he turned the pot upside down.
Med pregledom je lonec obrnil na glavo.
And then the finest murukku fell out from the pot.
In potem je iz lonca padel najboljši murukku.
And the murukku didn't stop falling out.
In murukku se ni nehal prepirati.
The innkeeper called his wife and children.
Gostilničar je poklical ženo in otroke.
He wanted them to witness what had happened.
Želel je, da bi bili priča temu, kar se je zgodilo.
An unexpected stroke of good fortune!
Nepričakovana sreča!

The pot gave copious showers of sugared paddy.
Iz lonca je padal obilen dež sladkanega riža.
He filled all his pots and jars.
Napolnil je vse svoje lonce in vrče.
He knew he had to have this pot.
Vedel je, da mora imeti ta lonec.
So, he replaced the pot with another one.
Torej je lonec zamenjal z drugim.
He had a pot of the same size and color.
Imel je lonec enake velikosti in barve.

The Brahman had finished his ablutions.
Brahman je končal svoje umivanje.
He had performed all of his devotions.
Opravil je vse svoje pobožnosti.
He came back to the shop in wet clothes.
V trgovino se je vrnil v mokrih oblačilih.
He was still reciting holy texts of the Vedas.
Še vedno je recitiral sveta besedila Ved.
He put back on his dry clothes.
Spet si je oblekel suha oblačila.
In red ink he wrote the name of Durga.
Z rdečim črnilom je napisal ime Durga.
He wrote her name one hundred and eight times.
Njeno ime je napisal sto osemkrat.
After doing this he broke his fast.
Po tem je prekinil post.
And he ate the murukku he had in his sheet.
In pojedel je murukku, ki ga je imel na rjuhi.
He was refreshed from the meal.
Obrok ga je osvežil.
Now he could resume his journey home.
Zdaj je lahko nadaljeval pot domov.
So he called to the innkeeper.
Zato je poklical gostilničarja.
"Please could I get my pot back"
"Prosim, ali lahko dobim svoj lonec nazaj?"

The innkeeper gave him back his pot.
Gostilničar mu je vrnil lonec.
"There, sir, here is your pot"
"Izvolite, gospod, tukaj je vaš lonec."
"The pot is exactly where you had put it"
"Lonec je točno tam, kjer si ga postavil/a."
"Your pot is just as you left it"
"Tvoj lonec je točno takšen, kot si ga pustil/a"
"I made sure no one has touched your pot"
"Poskrbel sem, da se nihče ni dotaknil tvojega lonca."
The Brahman didn't suspect a thing.
Brahman ni ničesar posumil.
He picked up the pot.
Pobral je lonec.
And he proceeded on his journey home.
In nadaljeval je pot domov.

On his journey he had to think.
Na svoji poti je moral razmišljati.
He congratulated his good fortune.
Čestital mu je za srečo.
"My wife will be most pleasantly surprised!"
"Moja žena bo zelo prijetno presenečena!"
"The children will devour the murukku!"
"Otroci bodo požrli murukku!"
"I shall soon become rich"
"Kmalu bom obogatel"
"I will be able to lift my head up high"
"Lahko bom dvignil glavo visoko"
The pains of travelling had been reduced.
Bolečine pri potovanju so se zmanjšale.
Now his problems were much more pleasant.
Zdaj so bile njegove težave veliko prijetnejše.
Only anticipation made the journey difficult.
Le pričakovanje je otežilo pot.
He finally reached his home again.
Končno je spet prišel do svojega doma.

He called to his wife and children.
Poklical je ženo in otroke.
"Look at what I have brought"
"Poglej, kaj sem prinesel"
"This pot is an unfailing source of wealth".
"Ta lonec je neizčrpen vir bogastva."
"We will never have to struggle again"
"Nikoli več se nam ne bo treba mučiti"
"I will turn the pot upside down"
"Lonec bom obrnil na glavo"
"And then you will see something.
"In potem boš nekaj videl."
"Something you've never seen before"
"Nekaj, česar še niste videli"
"A stream of the finest murukku will flow"
"Potok najboljšega murukkuja bo tekel"
You can imagine what his wife was thinking.
Lahko si predstavljate, kaj je razmišljala njegova žena.
"My husband has gone mad," she thought.
„Mojemu možu se je zmešalo," je pomislila.
She was soon confirmed in her opinion.
Kmalu se je v svojem mnenju potrdila.
Nothing fell from the pot, as promised.
Nič ni padlo iz lonca, kot je bilo obljubljeno.
He turned the pot upside down again and again.
Lonec je vedno znova obračal na glavo.
The Brahman was overwhelmed with grief.
Brahmana je preplavila žalost.
He realized that he had been tricked.
Spoznal je, da je bil prevaran.
The innkeeper must have swapped the pot.
Gostilničar je moral zamenjati lonec.
He must have stolen Durga's pot.
Verjetno je ukradel Durgin lonec.
And he must have replaced the pot with a normal one.
In lonec je moral zamenjati z navadnim.
He went back to the innkeeper the next day.

Naslednji dan se je vrnil h gostilničarju.
And he accused him of having changed his pot.
In ga je obtožil, da mu je zamenjal lonec.
At first the innkeeper acted surprised.
Sprva se je gostilničar delal presenečenega.
Then he pretended to be angry at the accusation.
Nato se je pretvarjal, da je jezen zaradi obtožbe.
Finally, he chased him out of his shop.
Končno ga je pregnal iz svoje trgovine.

He had no way of getting the pot back.
Ni imel možnosti, da bi lonec dobil nazaj.
The Brahman knew what he had to do.
Brahman je vedel, kaj mora storiti.
He went to see the goddess Durga again.
Šel je ponovno pogledat boginjo Durgo.
Siva and Durga honored him with their presence.
Šiva in Durga sta ga počastila s svojo prisotnostjo.
Durga spoke to the poor Brahman.
Durga je spregovorila z ubogim Brahmanom.
"So, you have lost the pot I gave you"
"Torej si izgubil lonec, ki sem ti ga dal."
"I take pity on your situation"
"Smili se mi tvoje situacije"
"Here is another magical pot"
"Tukaj je še en čarobni lonček"
"Take this pot, and make good use of it"
"Vzemi ta lonec in ga dobro izkoristi"
The Brahman was elated with joy.
Brahman je bil vzhičen od veselja.
He made obeisance to the divine couple.
Priklonil se je božanskemu paru.
And he took the pot with him.
In lonec je vzel s seboj.
Again he had to see if the pot worked.
Spet je moral preveriti, ali lonec deluje.
He turned the pot upside down.

Lonec je obrnil na glavo.
And he shook the pot as before.
In stresel je lonec kakor prej.
And he waited for the murukku to fall out.
In čakal je, da murukku izpade.
But no, horror of horrors!
Ampak ne, groza groze!
Murukku did not fall from the pot.
Murukku ni padel iz lonca.
Instead of murukku, demons jumped out.
Namesto murukkuja so skočili ven demoni.
They began to beat the astonished Brahman.
Začeli so pretepati osupnjenega Brahmana.
The Brahman received punches and kicks.
Brahman je prejemal udarce in brce.
But he kept his presence of mind.
Vendar je ohranil prisebnost.
He turned the pot the right way up.
Lonec je obrnil na pravo stran.
And he covered the pot up again.
In spet je pokril lonec.
Fortunately his quick thinking worked.
Na srečo je delovalo njegovo hitro razmišljanje.
The demons disappeared as soon as he did this.
Demoni so izginili takoj, ko je to storil.
The Brahman tried to understand what this meant.
Brahman je poskušal razumeti, kaj to pomeni.
It must be to punish the innkeeper!
To mora biti zato, da se kaznuje gostilničar!
So he went to the innkeeper again.
Zato je spet šel h gostilničarju.
He gave him the new pot.
Dal mu je novi lonec.
He begged of him to look after the pot.
Prosil ga je, naj pazi na lonec.
Just like he had done before.
Tako kot je to počel že prej.

He went for his ablutions and prayers.
Šel je k umivanju in molitvi.
The innkeeper was delighted.
Gostilničar je bil navdušen.
He had been given a second godsend.
Dobil je drugi božji dar.
He agreed to take the greatest care of the pot.
Strinjal se je, da bo za lonec skrbel z vso močjo.
He waited for the Brahman to go.
Čakal je, da Brahman odide.
And he called his wife and children.
In poklical je ženo in otroke.
"This is another pot from the Brahman"
"To je še en lonec od Brahmana"
"This time I hope it is not murukku"
"Tokrat upam, da ne bo murukku."
"I hope this pot is full of sandesa"
"Upam, da je ta lonec poln sandese."
"Come, be ready with the baskets"
"Pridite, pripravite košare."
"I will turn the pot upside down"
"Lonec bom obrnil na glavo"
"And then I will shake the pot"
"In potem bom stresel lonec"
And he did what he said he would do.
In storil je, kar je rekel, da bo storil.
But the room did not fill with food.
Vendar se soba ni napolnila s hrano.
This time the room filled with demons.
Tokrat se je soba napolnila z demoni.
The demons caught hold of the innkeeper.
Demoni so zgrabili gostilničarja.
And the demons also caught his family.
In demoni so ujeli tudi njegovo družino.
And the demons beat them mercilessly.
In demoni so jih neusmiljeno pretepali.
They would have completely destroyed the shop.

Trgovino bi popolnoma uničili.
But the victims ran to the Brahman.
Toda žrtve so stekle k Brahmanu.
The Brahman had returned from his ablutions.
Brahman se je vrnil s svojega umivanja.
The Brahman showed mercy to them.
Brahman jim je izkazal usmiljenje.
And he accepted their request.
In sprejel je njihovo prošnjo.
But there was one condition to his help.
Vendar je bil za njegovo pomoč en pogoj.
"I will only help if I get my pot back"
"Pomagal bom le, če dobim svoj lonec nazaj"
The innkeeper didn't have much choice.
Gostilničar ni imel veliko izbire.
He had to accept the Brahman's conditions.
Moral je sprejeti Brahmanove pogoje.
The Brahman put the pot upright again.
Brahman je lonec spet postavil pokonci.
And he put the lid on the pot.
In je pokril lonec.
He took his pot back from the innkeeper.
Vzel je svoj lonec nazaj od gostilničarja.
And he returned back to his village.
In vrnil se je nazaj v svojo vas.
Now the Brahman had two magical pots.
Brahman je imel zdaj dva čarobna lonca.
The Brahman shut the door of his house.
Brahman je zaprl vrata svoje hiše.
And he called his family again.
In spet je poklical svojo družino.
He turned the murukku-pot upside down.
Lonec murukku je obrnil na glavo.
And he shook the murukku-pot as before.
In stresel je murukku-lonec kot prej.
This time the magic pot worked.
Tokrat je čarobni lonec deloval.

An endless stream of the finest murukku.

Neskončen tok najboljših murukkujev.

The family devoured the sweetmeat.

Družina je požrla sladko meso.

They ate to their hearts' content.

Najedli so se do mile volje.

All the pots and pans were filled.

Vsi lonci in ponve so bili napolnjeni.

The next day the Brahman became confectioner.

Naslednji dan je brahman postal slaščičar.

He opened a shop in his house.

V svoji hiši je odprl trgovino.

And he sold the best murukku.

In prodal je najboljši murukku.

The whole village came to the Brahman's house.

Vsa vas se je zbrala v brahmanovo hišo.

They all wanted to buy the wonderful murukku.

Vsi so želeli kupiti čudoviti murukku.

They had never seen such murukku in their life.

Takšnega murukkuja v življenju še niso videli.

It was the most delicious murukku they ever had.

To je bil najbolj okusen murukku, kar so jih kdaj jedli.

No one had ever made anything like this dessert.

Nihče še ni naredil česa podobnega tej sladici.

The reputation of the Brahman's murukku spread.

Sloves o brahmanovem murukkuju se je razširil.

Soon people from outside the city came.

Kmalu so prišli ljudje od zunaj mesta.

Cartloads of the sweetmeat were sold every day.

Vsak dan so prodajali polne vozove sladkega mesa.

The Brahman quickly became very rich.

Brahman je hitro postal zelo bogat.

He built a large brick house.

Zgradil je veliko opečnato hišo.

And he lived like a nobleman of the land.

In živel je kot pravi plemič.

Once, however, his luck almost changed.
Nekoč pa se mu je sreča skoraj obrnila na stran.
His children had taken the wrong pot.
Njegovi otroci so vzeli napačen lonec.
A large number of demons came out.
Izšlo je veliko število demonov.
And they caught hold of the Brahman's wife.
In zgrabili so brahmanovo ženo.
And they also caught his children.
In ujeli so tudi njegove otroke.
They were striking them mercilessly.
Neusmiljeno so jih udarjali.
Fortunately the Brahman came back into the house.
Na srečo se je brahman vrnil v hišo.
He turned the pot back to its proper position.
Lonec je obrnil nazaj v pravilen položaj.
He wanted to prevent a similar catastrophe.
Želel je preprečiti podobno katastrofo.
So the Brahman had a private room built.
Torej je brahman dal zgraditi zasebno sobo.
And he put the pot in a secret place.
In lonec je postavil na skrivno mesto.
Mortals, however, do not have the luck of Gods.
Smrtniki pa nimajo sreče kot bogovi.
Uninterrupted prosperity is not their fortune.
Neprekinjena blaginja ni njihova sreča.
The demon-pot had been put out of the way.
Demonski lonec je bil odstranjen.
But why might accident not befall the murukku pot?
Zakaj pa se murukku lonec ne bi mogel nepričakovano
zgoditi?
One day the Brahman and his wife were absent.
Nekega dne sta bila brahman in njegova žena odsotna.
The children decided to shake the pot.
Otroci so se odločili, da bodo stresli lonec.
Each of them wanted to do the honors.
Vsak od njih je želel izkazati čast.

So there was a fight to get the pot.
Torej je bil boj za lonec.
In the struggle the pot fell to the ground.
V boju je lonec padel na tla.
Like any other earthen pot, it broke.
Kot vsak drug lončeni lonec se je tudi ta razbil.
Eventually the Braham came back home again.
Sčasoma se je Braham spet vrnil domov.
You can imagine how the news grieved him.
Lahko si predstavljate, kako ga je novica užalostila.
Of course the children were well cudgeled.
Seveda so bili otroci dobro potešeni.
But anger could not replace the pot.
Toda jeza ni mogla nadomestiti lonca.
After some days he went to the forest again.
Čez nekaj dni je spet odšel v gozd.
He offered many a prayer for Durga's favor.
Velikokrat je molil za Durgino naklonjenost.
At last Siva and Durga appeared to him.
Končno sta se mu prikazala Šiva in Durga.
They listened to how the pot had been broken.
Poslušali so, kako se je lonec razbil.
Durga decided to give him another pot.
Durga se je odločila, da mu da še en lonec.
But this pot was accompanied with a caution.
Toda ta lonec je spremljala previdnost.
"Brahman, take care of this pot"
"Brahman, poskrbi za ta lonec."
"Do not break or lose this pot again"
"Ne razbij ali izgubi tega lonca več"
"Next time I will not give you another pot"
"Naslednjič ti ne bom dal še enega lonca"
The Brahman made obeisance to the Gods.
Brahman se je poklonil bogovom.
And he went straight back to his house.
In se je odpravil naravnost nazaj v svoj dom.
This time he did not halt at the innkeeper's.

Tokrat se ni ustavil pri gostilničarju.
He shut the door of his house.
Zaprl je vrata svoje hiše.
He called his family to him.
Poklical je k sebi svojo družino.
And he turned the pot upside down.
In lonec je obrnil na glavo.
And then he began to shake the pot.
In potem je začel stresati lonec.
They were only expecting murukku.
Pričakovali so le murukku.
But this time it was not murukku.
Ampak tokrat ni bil murukku.
A stream of beautiful sandesa poured out.
Izlil se je tok čudovite sandese.
It was the finest sandesa you can imagine.
Bila je najboljša sandesa, kar si jih lahko zamislite.
It truly was the food of Gods.
Resnično je bila to hrana bogov.
The Brahman set up another shop.
Brahman je odprl še eno trgovino.
Now he was selling sandesa.
Zdaj je prodajal sandeso.
The fame of his shop soon drew large crowds.
Slava njegove trgovine je kmalu pritegnila velike množice.
People came from all over the country.
Ljudje so prihajali z vse države.
At all festivals and marriage feasts.
Na vseh praznikih in poročnih gostijah.
And at all funeral celebrations in the area.
In na vseh pogrebnih slovesnostih v okolici.
No one bought any other sandesa.
Nihče ni kupil nobene druge sandese.
All day long the pot produced sandesa.
Ves dan je lonec proizvajal sandeso.
Gigantic jars were filled with sweet.
Ogromni kozarci so bili napolnjeni s sladkarijami.

And the jars were sent all over the country.
In kozarci so bili poslani po vsej državi.

The Brahman's wealth made the Zemindar jealous.
Brahmanovo bogastvo je Zemindarje vzbudilo ljubosumje.
In these days all villages had a Zemindar.
V tistih časih so imele vse vasi Zemindarja.
He had heard strange things about the sandesa.
Slišal je čudne stvari o sandesi.
He heard the dessert came from a magic pot.
Slišal je, da sladica prihaja iz čarobnega lonca.
So he devised a plan to get this pot.
Zato si je zasnoval načrt, kako dobiti ta lonec.
His son was going to get married.
Njegov sin se je nameraval poročiti.
To celebrate there was a great feast.
Za praznovanje je bila velika pojedina.
Many hundreds of people were invited.
Povabljenih je bilo več sto ljudi.
Mountain-loads of sandesa were required.
Potrebne so bile gore sandese.
The Zemindar made a proposal to the Brahman.
Zemindar je brahmanu podal predlog.
"Bring the magical pot to my house"
"Prinesi čarobni lonec v mojo hišo"
At first the Brahman refused to bring the pot.
Brahman sprva ni hotel prinesti lonca.
But the Zemindar insisted.
Toda Zemindar je vztrajal.
"I will have hundreds of guests"
"Imel bom na stotine gostov"
"I will need mountains of sandesa"
"Potreboval bom gore sandese"
"More sandesa than you can carry"
"Več sandese, kot jo lahko nosiš"
"Bring the vessel to my house"
"Prinesi posodo v mojo hišo"

"It will be easier for you and me"
"Lažje bo zate in zame"
Eventually the Brahman agreed.
Sčasoma se je Brahman strinjal.
Himalayas of sandesa were shaken out.
Himalaje sandese so bile pretresene.
But the Zemindar got hold of the pot.
Toda Zemindar se je dokopal do lonca.
The Zemindar insulted the Brahman.
Zemindar je užalil Brahmana.
And he chased him out of his house.
In ga je pregnal iz hiše.
The Brahman didn't give vent to anger.
Brahman ni dal duška jezi.
Instead, he quietly went back to his house.
Namesto tega se je tiho vrnil domov.
He went to the private room.
Šel je v zasebno sobo.
And he took out the demon-pot.
In vzel je ven demonski lonec.
He came back to the Zemindar's house.
Vrnil se je v Zemindarjevo hišo.
And he went to the door of the Zemindar.
In šel je do vrat Zemindarja.
He turned the pot upside down.
Lonec je obrnil na glavo.
And then shook the magical pot.
In nato stresel čarobni lonec.
A hundred demons fell out of the pot.
Sto demonov je padlo iz lonca.
The chaos was impossible to describe.
Kaosa je bilo nemogoče opisati.
The unearthly visitors flooded the party.
Nezemeljski obiskovalci so preplavili zabavo.
They caught hundreds of the guests.
Ujeli so na stotine gostov.
And the demons beat them mercilessly.

In demoni so jih neusmiljeno pretepali.
The women were dragged by their hair.
Ženske so vlekli za lase.
The Zemindar was chased from room to room.
Zemindarja so preganjali iz sobe v sobo.
The demons' mischief was getting out of hand.
Demonska nagajivost je uhajala izpod nadzora.
Someone had to put an end to their mischief.
Nekdo je moral narediti konec njihovim nagajivostim.
Else all the men would have been killed.
Sicer bi bili vsi moški ubiti.
And the house would have been torn to the ground.
In hiša bi bila porušena do tal.
The Zemindar fell at the feet of the Brahman.
Zemindar je padel pred noge Brahmana.
And he begged to be shown mercy.
In prosil je za usmiljenje.
The Brahman showed him great mercy.
Brahman mu je izkazal veliko usmiljenje.
And he put the demons back in the pot.
In demone je spet spravil v lonec.
The Zemindar never disturbed the Brahman again.
Zemindar ni nikoli več motil Brahmana.
Nor was he disturbed by anyone else.
Prav tako ga ni motil nihče drug.
And he lived for many happy years.
In živel je še mnogo srečnih let.

The Story of the Rakshasas
Zgodba o Rakšasih

There was once a poor dimwitted Brahman.
Nekoč je živel ubogi, neumni brahman.
This dimwitted man had a wife, but no children.
Ta neumen mož je imel ženo, a ne otrok.
But him not having children was probably for the best.
Ampak to, da ni imel otrok, je bilo verjetno najboljše.
Because he was barely able to meet his own needs.
Ker je komaj zmogel zadovoljiti lastne potrebe.
And he could hardly supply enough for his wife.
In komaj je lahko priskrbel dovolj za svojo ženo.
But his dimwittedness was not even his biggest problem.
A njegova neumnost niti ni bila njegov največji problem.
This dimwitted man was also a rather lazy man!
Ta neumen mož je bil tudi precej len!
He was averse to making any long journeys.
Bil je nenaklonjen kakršnim koli dolgim potovanjem.
Had he travelled further he might have had enough.
Če bi potoval dlje, bi imel morda dovolj.
He could have got presents from rich men.
Lahko bi dobil darila od bogatih moških.
This would have enabled them to live comfortably.
To bi jim omogočilo udobno življenje.
There was a great king in a neighbouring country.
V sosednji deželi je živel velik kralj.
The mother of the great king had just died.
Mati velikega kralja je pravkar umrla.
So this king was celebrating the funeral obsequies.
Torej je ta kralj praznoval pogrebno slovesnost.
And the funeral was celebrated with great pomp.
In pogreb so praznovali z veliko pompoznostjo.
Brahmans and beggars were coming from faraway lands.
Brahmani in berači so prihajali iz daljnih dežel.
They all came expecting to receive rich presents.
Vsi so prišli v pričakovanju bogatih daril.

The Brahman's wife requested him to also go.

Brahmanova žena ga je prosila, naj gre tudi on.

"Seize this opportunity and get us a little money"

"Izkoristite to priložnost in nam priskrbite nekaj denarja"

But his constitutional indolence stood in the way.

Toda njegova ustavna lenoba je stala na poti.

The woman, however, gave her husband no rest.

Vendar ženska svojemu možu ni dala počitka.

Finally she extorted from him the promise.

Končno ga je obljubo izsilila.

He promised his wife that he would go.

Ženi je obljubil, da bo šel.

The good woman, accordingly, cut down a plantain tree.

Dobra ženska je zato posekala trpotec.

And she burnt the plantain tree to ashes.

In trpotec je sežgala v pepel.

With the ashes she cleaned the clothes of her husband.

S pepelom je očistila moževa oblačila.

And she made his clothes as white as any cleaner could.

In njegova oblačila je naredila tako bela, kot jih je lahko pobelila katera koli čistilka.

Her husband was going to the palace of a great king.

Njen mož je šel v palačo velikega kralja.

The king could not be approached by men in rags.

Kralju se niso mogli približati moški v cunjah.

Besides, Brahman are bound to appear neat and clean.

Poleg tega so Brahmani videti urejeni in čisti.

At last, one morning the Brahman left his house.

Končno je nekega jutra brahman zapustil svojo hišo.

And he made his way to the palace of the great king.

In odpravil se je v palačo velikega kralja.

I have already mentioned he was a dimwitted man.

Že omenil sem, da je bil neumen človek.

He did not inquire which road he should take.

Ni se spraševal, katero pot naj ubere.

Instead, he walked on and on without directions.

Namesto tega je hodil naprej in naprej brez navodil.

And he followed wherever his nose pointed him.
In sledil je, kamor koli ga je vodil njegov nos.
I don't need to say he was not on the right road.
Ni mi treba posebej poudarjati, da ni bil na pravi poti.
The regions he wandered became less and less inhabited.
Regije, po katerih je taval, so postajale vse manj naseljene.
Soon he met no human being for many miles.
Kmalu na dolge razdalje ni srečal nobenega človeka.
But there were many other things he saw there.
Vendar je tam videl še marsikaj drugega.
Things he had never seen in all his life.
Stvari, ki jih v življenju še nikoli ni videl.
He saw hillocks of cowries on the roadside.
Ob cesti je zagledal gričke kaurijev.
Cowries were shells used as money in those times.
Kauri so bile školjke, ki so se v tistih časih uporabljale kot
denar.
He kept going and saw hillocks of jewels.
Nadaljeval je in zagledal gomile draguljev.
Next, he saw hillocks of four-anna pieces.
Nato je zagledal kupčke štirih ana.
Further along were hillocks of eight-anna pieces.
Nadalje so bile gomile osemannskih figur.
And further yet were hillocks of rupees.
In še dlje so bile gomile rupij.
But the Brahman's surprise did not end there.
Toda brahmanovo presenečenje se tu ni končalo.
Next there was a hill of burnished gold-mohurs.
Sledil je hrib poliranih zlatih mohurjev.
The burnished gold-mohurs were shining brightly.
Zlati mohurji, polirani v poliranem stanju, so se močno svetili.
Because the gold-mohurs had been freshly minted.
Ker so bili zlati mohurji sveže skovani.
Close to the hill of gold-mohurs was a large house.
Blizu hriba zlatih mohurjev je stala velika hiša.
The house looked like the palace of a powerful king.
Hiša je bila videti kot palača mogočnega kralja.

At the door stood a lady of exquisite beauty.
Pri vratih je stala gospa izjemne lepote.
The lady, seeing the Brahman, said;
Gospa je, zagledavši brahmana, rekla;
"Come to me, my beloved husband"
"Pridi k meni, moj ljubljeni mož"
"You married me when I was young"
"Poročil si se z mano, ko sem bil mlad"
"But you never came back after our marriage"
"Ampak po najini poroki se nisi nikoli vrnil."
"Though I have been daily expecting you"
"Čeprav sem te pričakoval vsak dan"
"Blessed be this day," said the lady.
„Blagoslovljen bodi ta dan," je rekla gospa.
"On this day I see the face of my husband"
"Na ta dan vidim obraz svojega moža"
"Come, my sweet, come in," she asked of him.
„Pridi, dragi moj, vstopi," ga je prosila.
"You must be fatigued from your long journey"
"Verjetno ste utrujeni od dolge poti"
"Wash your feet and rest, and eat and drink"
»Umij si noge, počivaj, jej in pij«
"And after that we shall make ourselves merry"
"In potem se bomo veselili"
The Brahman was astonished beyond measure.
Brahman je bil neizmerno osupel.
He had no recollection marrying twice.
Ni se spomnil, da bi se dvakrat poročil.
He remembered marrying the wife he left at home.
Spomnil se je poroke z ženo, ki jo je pustil doma.
But he did not remember marrying this lady.
Vendar se ni spomnil, da bi se poročil s to gospo.
But he remembered that he was a Kulin Brahman.
Vendar se je spomnil, da je bil Kulin Brahman.
Perhaps his father got him married as a child.
Morda ga je oče poročil že kot otroka.
But what he thought did not matter much.

Ampak kaj si je mislil, ni bilo preveč pomembno.
The woman was certain he was her husband.
Ženska je bila prepričana, da je to njen mož.
And he had no reason to say he was not her husband.
In ni imel razloga, da bi rekel, da ni njen mož.
Because her beauty was more than he could fathom.
Ker je bila njena lepota večja, kot si je lahko predstavljal.
As beautiful as the Goddesses of Indra's heaven.
Lepa kot boginje Indrinih nebes.
And he was sure that she was wealthy too.
In bil je prepričan, da je tudi ona bogata.
These thoughts went through the Brahman's mind.
Te misli so šle Brahmanu skozi glavo.
But the lady interrupted his flow of thought.
Toda gospa je prekinila njegov tok misli.
"Are you doubting whether I am your wife?"
"Dvomiš, ali sem tvoja žena?"
"Have you lost all memories of that happy event?
„Si izgubil vse spomine na ta srečni dogodek?"
"All the pomp and circumstance of our nuptials"
"Vsa pompoznost in okoliščine najine poroke"
"Come in, beloved; this is your house"
"Vstopi, ljubljeni; to je tvoja hiša."
"Because whatever is mine is thine also"
"Ker je vse, kar je moje, je tudi tvoje"
The fair lady easily persuaded the Brahman.
Lepa dama je zlahka prepričala brahmana.
And he succumbed to her loving entreaties.
In podlegel je njenim ljubečim prošnjam.
And he went into the house of the lady.
In šel je v hišo gospe.
The house was not an ordinary one.
Hiša ni bila navadna.
The house was in fact a magnificent palace.
Hiša je bila pravzaprav veličastna palača.
All the apartments were large and lofty.
Vsa stanovanja so bila velika in visoka.

Every room in the palace was richly furnished.
Vsaka soba v palači je bila bogato opremljena.
But one thing surprised the Brahman very much.
Toda ena stvar je brahmana zelo presenetila.
There was no other person in all the house.
V celotni hiši ni bilo nikogar drugega.
The only one there was the lady herself.
Edina tam je bila gospa sama.
He could not account for the strange phenomenon.
Ni si mogel razložiti nenavadnega pojava.
They meet anyone on their walks either.
Na sprehodih srečajo tudi kogarkoli.
The fact was that the lady was not a human being.
Dejstvo je bilo, da gospa ni bila človeško bitje.
What the lady really was was a Rakshasi.
Gospa je bila v resnici Rakšasi.
She had eaten up the king and queen.
Pojedla je kralja in kraljico.
And she had eaten all the members of the royal family.
In pojedla je vse člane kraljeve družine.
And gradually she had eaten their servants too.
In postopoma je pojedla tudi njihove služabnike.
This was why there were no humans far and wide.
Zato daleč naokoli ni bilo ljudi.
The Rakshasi and the Brahman now lived together.
Rakšasi in brahman sta zdaj živela skupaj.
After a week the former said to the latter;
Čez teden dni je prvi rekel drugemu;
"I am very anxious to see my sister"
"Zelo sem zaskrbljen/a, da bom videl/a svojo sestro"
"As you know, my sister is your other wife"
"Kot veš, je moja sestra tvoja druga žena ."
"You must go and fetch my sister; your other wife"
"Moraš iti in pripeljati mojo sestro, tvojo drugo ženo."
"Then we shall all live together happily"
"Potem bomo vsi živeli srečno skupaj"
"You must go to get her early tomorrow"

"Jutri moraš iti zgodaj ponjo."
"I will give you clothes and jewels for her"
"Dal ti bom oblačila in nakit zanjo."
Next morning the Brahman set out for his home.
Naslednje jutro se je brahman odpravil domov.
He was furnished with fine clothes.
Opremljen je bil z lepimi oblačili.
And he wore around his wrists costly ornaments.
In okoli zapestij je nosil drage okraske.

The poor woman was in great distress.
Uboga ženska je bila v veliki stiski.
The funeral ceremony of the king's mother was over.
Pogrebna slovesnost kraljeve matere je bila končana.
All the Brahmans and Pandits had returned.
Vsi brahmani in panditi so se vrnili.
And they were loaded with donations.
In bili so polni donacij.
But her husband had not returned.
Toda njen mož se ni vrnil.
No one could give any news of him.
Nihče ni mogel dati nobenih novic o njem.
Because no one had seen him there.
Ker ga tam nihče ni videl.
The woman therefore could only come to one conclusion.
Ženska je zato lahko prišla le do enega sklepa.
He must have been murdered on the road by highwaymen.
Verjetno so ga na cesti umorili cestni razbojniki.
She was in this terrible suspense.
Bila je v tej grozni napetosti.
But then one day she heard some rumors.
Nekega dne pa je slišala govorice.
People in her village were talking about her husband.
Ljudje v njeni vasi so govorili o njenem možu.
They said they saw him coming back.
Rekli so, da so ga videli, ko se je vračal.
And they said he was dressed in fine clothes.

In rekli so, da je bil oblečen v lepa oblačila.
And they said he had fine jewels for his wife.
In rekli so, da ima za svojo ženo lepe dragulje.
And sure enough the Brahman soon appeared.
In res se je kmalu pojavil Brahman.
And he was carrying fine jewels for his wife.
In nosil je lepe dragulje za svojo ženo.
On seeing his wife the Brahman thus accosted her;
Ko je brahman zagledal svojo ženo, jo je tako ogovoril;
"Come with me, my dearest wife"
"Pridi z mano, moja najdražja žena"
"I have found my first wife"
"Našel sem svojo prvo ženo"
"She lives in a stately palace"
"Živi v veličastni palači"
"Near her palace are hillocks of rupees"
"V bližini njene palače so griči rupij"
"And there is a large hill of gold-mohurs"
"In tam je velik hrib zlatih mohurjev"
"Why should you pine away in wretchedness?"
"Zakaj bi moral hirati v bedi?"
"Why would you stay in this horrible place?"
"Zakaj bi ostal na tem groznem kraju?"
"Come with me to the house of my first wife"
"Pojdi z mano v hišo moje prve žene"
"There we shall all live together happily"
"Tam bomo vsi živeli srečno skupaj"
At first, she thought her half-witted man had gone mad.
Sprva je mislila, da se je njenemu neumnemu moškemu
zmešalo.
She could not imagine the hillocks of rupees.
Ni si mogla predstavljati gomil rupij.
And she could not imagine a hill of gold-mohurs.
In si ni mogla predstavljati hriba zlatih mohurjev.
But then she saw how he was beautifully dressed.
Potem pa je videla, kako lepo je oblečen.
Beautiful clothes of exquisite silks and satins.

Čudovita oblačila iz izvrstne svile in satena.
Ornaments set with diamonds and precious stones.
Okraski, okrašeni z diamanti in dragimi kamni.
Clothes fit for the queen of the land.
Oblačila, primerna za kraljico dežele.
Clothes only princesses were in the habit of putting on.
Oblačila, ki so jih imele navado nositi samo princese.
She concluded in her mind that something was amiss:
V mislih je sklenila, da je nekaj narobe:
Her stupid husband must have been tricked.
Njenega neumnega moža so morali prevarati.
He must have fallen into the meshes of a Rakshasi.
Verjetno je padel v mreže kakšnega Rakšasija.
The Brahman, however, insisted his wife went with him.
Brahman pa je vztrajal, da gre z njim njegova žena.
"Feel free to stay here and pine away in poverty"
"Prosto ostanite tukaj in hvalite v revščini"
"As for me, I will return to the palace of my first wife"
"Kar se mene tiče, se bom vrnil v palačo svoje prve žene."
The good woman did her best to stop her husband.
Dobra ženska se je po svojih najboljših močeh trudila ustaviti moža.
But in the end she resolved to go with him.
A na koncu se je odločila, da gre z njim.
Perhaps she could judge the matter better at the palace.
Morda bi lahko zadevo bolje presodila v palači.

They set out accordingly the next morning.
V skladu s tem so se naslednje jutro odpravili na pot.
They went the same road the Brahman had travelled.
Šli so po isti poti, po kateri je potoval Brahman.
The woman was not a little surprised by what she saw.
Ženska je bila nemalo presenečena nad tem, kar je videla.
She saw the hillocks of cowries and of jewels.
Videla je gričke kaurijev in draguljev.
And she saw hillocks of eight-anna pieces.
In videla je gomile osem anna kovancev.

And she saw the hillocks of rupees too.

In videla je tudi gomile rupij.

And last of all she saw a lofty hill of gold-mohurs.

In nazadnje je zagledala vzvišen hrib zlatih mohurjev.

She saw also an exceedingly beautiful lady.

Videla je tudi izjemno lepo damo.

The lady of the palace was hastening towards her.

Gospa palače se je hitela proti njej.

The lady fell on the neck of the Brahman woman.

Gospa je padla na vrat brahmanke.

And she wept tears of joy, and said:

In jokala je od veselja in rekla:

"Welcome, beloved sister!"

"Dobrodošla, ljubljena sestra!"

"This is the happiest day of my life!"

"To je najsrečnejši dan v mojem življenju!"

"I see the face of my dearest sister again!"

"Spet vidim obraz svoje najdražje sestre!"

The husband and his two wives entered the palace.

Mož in njegovi dve ženi sta vstopila v palačo.

Now he was lodged in a stately mansion.

Zdaj je bil nastanjen v veličastni vili.

The most delectable food appeared, as if by enchantment.

Kot bi bila začarana, se je pojavila najbolj okusna hrana.

He was caressed and endeared by his two wives.

Njegovi dve ženi sta ga božali in ga občudovali.

Both wives did their best to make him happy.

Obe ženi sta se po svojih najboljših močeh trudili, da bi bil srečen.

Both wives did their best to make him comfortable.

Obe ženi sta se potrudili, da bi mu bilo udobno.

His two wives were competing for his love.

Njegovi dve ženi sta se potegovali za njegovo ljubezen.

The Brahman had a jolly time of it.

Brahman se je imel veselo.

He was steeped in an ocean of enjoyment.

Bil je prepojen z oceanom užitka.

The Brahman lived in this state of Elysian pleasure.
Brahman je živel v tem stanju elizejskega užitka.
Some fifteen or sixteen years he spent this way.
Tako je preživel kakih petnajst ali šestnajst let.
During this time his two wives presented him with two sons.
V tem času sta mu njegovi dve ženi podarili dva sinova.
The Rakshasi's son was the elder.
Rakšasijev sin je bil starejši.
He looked more like a god than a human being.
Bolj je bil podoben bogu kot človeku.
He was named Sahasra-Dal.
Imenovali so ga Sahasra-Dal.
His name meant the thousand-branched.
Njegovo ime je pomenilo tisočraven.
The son of the Brahman woman was a year younger.
Sin brahmanke je bil leto mlajši.
He was named Champa-Dal
Imenovali so ga Čampa-Dal
His name meant the branch of a champaka tree.
Njegovo ime je pomenilo veja drevesa champaka.
The two brothers loved each other dearly.
Brata sta se imela zelo rada.
They were both sent to the same school.
Oba sta bila poslana v isto šolo.
The school was several miles distant from the palace.
Šola je bila od palače oddaljena več kilometrov.
Every day they rode their two little ponies to school.
Vsak dan so se v šolo peljali na svojih dveh malih ponijih.
The Brahman woman had always been suspicious.
Brahmanka je bila vedno sumničava.
A thousand little circumstances gave her clues.
Tisoč majhnih okoliščin ji je dalo namige.
She knew her sister-in-law was not a human being.
Vedela je, da njena svakinja ni človeško bitje.
She was sure her sister-in-law was a Rakshasi.
Bila je prepričana, da je njena svakinja Rakšasi.

But her suspicion had not yet ripened into certainty.
Toda njen sum še ni dozorel v gotovost.
Because the Rakshasi exercised great self-restraint.
Ker so Rakšasi kazali veliko samokontrolo.
She never did anything which human beings did not do.
Nikoli ni storila ničesar, česar ne bi storili ljudje.
But she couldn't hide her demonic nature forever.
Vendar svoje demonske narave ni mogla skrivati za vedno.
Her demonic nature was eventually going to reveal itself.
Njena demonska narava se je sčasoma razkrila.

The Brahman had little to keep him busy.
Brahman je imel malo dela, s katerim bi se zaposlil.
In order to pass his time he went hunting.
Da bi si krajšal čas, je hodil na lov.
The first day he returned with an antelope.
Prvi dan se je vrnil z antilopo.
The antelope was laid in the courtyard of the palace.
Antilopo so položili na dvorišče palače.
The Rakshasi saw the antelope with great interest.
Rakšasi so z velikim zanimanjem opazovali antilopo.
At the sight of the raw meat her mouth began to water.
Ob pogledu na surovo meso so se ji začele cediti sline.
The antelope was never taken to the kitchen.
Antilope niso nikoli odpeljali v kuhinjo.
Instead, the Rakshasi took the antelope to another room.
Namesto tega je Rakšasi odpeljal antilopo v drugo sobo.
In this room she began devouring the antelope.
V tej sobi je začela požirati antilopo.
The Brahman woman saw everything from a secret room.
Brahmanka je vse videla iz skrivne sobe.
Her Rakshasi sister tore a leg off the antelope.
Njena sestra Rakshasi je antilopi odtrgala nogo.
She saw how she opened her tremendous jaw.
Videla je, kako je odprla svojo ogromno čeljust.
And in one mouthful she swallowed up the leg.
In v enem grižljaju je pogoltnila nogo.

The other limbs were devoured in the same manner.
Druge okončine so bile požrte na enak način.
And opening her jaw even further, she swallowed the body.
In ko je še bolj odprla čeljust, je pogoltnila telo.
Only a little bit of the meat was kept for the kitchen.
Le majhen košček mesa so obdržali za kuhinjo.
On the second day the Brahman caught another antelope.
Drugi dan je brahman ujel še eno antilopo.
On the third day the Brahman caught another antelope.
Tretji dan je brahman ujel še eno antilopo.
The Rakshasi was unable to restrain her appetite.
Rakšasi ni mogla zadržati svojega apetita.
The raw flesh brought out her demonic nature.
Surovo meso je razkrilo njeno demonsko naravo.
And she devoured each antelope like the last.
In vsako antilopo je požrla kot prejšnjo.
On the third day the Brahman woman expressed her surprise.
Tretji dan je brahmanka izrazila svoje presenečenje.
"Nearly three whole antelopes have disappeared"
"Izginile so skoraj tri antilope"
"All that is left is a little bit of meat"
"Ostalo je le še malo mesa"
The Rakshasi did not appreciate the accusation.
Rakšasi obtožbe niso cenili.
"Do I eat raw flesh?" she asked fiercely.
„Ali naj jem surovo meso?" je jezno vprašala.
"Perhaps you do eat raw flesh," replied the Brahman woman.
»Morda res jeste surovo meso,« je odgovorila brahmanka.
"I have nothing to prove the contrary"
"Nimam ničesar, kar bi dokazalo nasprotno"
The Rakshasi knew she had been discovered.
Rakšasi so vedeli, da so jo odkrili.
Her eyes became even fiercer than before.
Njene oči so postale še bolj divje kot prej.
And she vowed to get her revenge.

In prisegla je, da se bo maščevala.
The Brahman woman concluded her fate was sealed.
Brahmanka je sklenila, da je njena usoda zapečatena.
She thought her husband would meet the same fate.
Mislila je, da bo njenega moža doletela ista usoda.
She did not expect her son to be spared either.
Tudi ni pričakovala, da bo njenemu sinu prizaneseno.
That night she hardly slept at all.
Tisto noč skoraj ni spala.
The Rakshasi had prevented her from seeing her husband.
Rakšasi so ji preprečili, da bi videla moža.
Early next morning Champa-Dal went to school.
Zgodaj naslednje jutro je Champa-Dal šel v šolo.
Before he went to school she gave her son a golden bottle.
Preden je šel sinu v šolo, je dala sinu zlato steklenico.
In the golden bottle was her own breast milk.
V zlati stekленički je bilo njeno materino mleko.
"Carefully watch the colour of the milk"
"Pazljivo opazujte barvo mleka"
"If the milk turns red, your father has been killed"
"Če mleko postane rdeče, je bil tvoj oče ubit"
"If the milk turns redder, then I have been killed"
"Če mleko postane bolj rdeče, potem sem bil ubit"
"If the milk turns red you must gallop away"
"Če mleko postane rdeče, moraš odgalopirati stran."
"Gallop as fast as your horse can carry you"
"Galopiraj tako hitro, kot te konj lahko nese"
"If you do not run away, you will be devoured"
"Če ne pobegneš, te bodo požrli"
**That morning the Rakshasi made a suggestion to her
husband.**
Tisto jutro je Rakšasi svojemu možu predlagala nekaj.
"Let us bathe in the river this morning"
"Zjutraj se okopajmo v reki."
She would not take no for an answer.
Ni sprejela ne kot odgovor.
The river was some distance from the palace.

Reka je bila kar precej oddaljena od palače.
The Brahman followed her as meekly as a lamb.
Brahman ji je sledil krotko kot jagnje.
The Brahman woman saw that her doom was near.
Brahmanka je videla, da se bliža njena usoda.
But it was beyond her power to avert the catastrophe.
Vendar je bilo zunaj njenih moči, da bi preprečila katastrofo.
The Brahman and the Rakshasi did indeed reach the river.
Brahman in Rakšasi sta res dosegla reko.
Soon after the Rakshasi changed into her real dimensions.
Kmalu zatem se je Rakshasi spremenila v svojo pravo velikost.
She tore the Brahman limb from limb.
Brahmanu je raztrgala ud za udom.
She devoured him like she had devoured the antelope.
Požrla ga je, kot je požrla antilopo.
Then she ran back to her palace.
Nato je stekla nazaj v svojo palačo.
The wife's fate was the same as the Brahman's.
Usoda žene je bila enaka kot usoda brahmana.

Young Champ Dal had done as his mother instructed.
Mladi Champ Dal je storil, kot mu je naročila mama.
He was diligently observing the golden bottle.
Pridno je opazoval zlato steklenico.
He paid special attention to the colour of the milk.
Posebno pozornost je namenil barvi mleka.
He was horror-struck to find the milk redden a little.
Z grozo ga je prešinilo, ko je mleko nekoliko pordelo.
"My father has been killed," he cried.
„Mojega očeta so ubili," je zavpil.
Soon after the milk completely reddened.
Kmalu zatem je mleko popolnoma pordečelo.
"Now my mother has been killed too," he cried.
„Zdaj je bila ubita tudi moja mama," je zavpil.
Quickly he rushed to mount his pony.
Hitro je stekel zajahat svojega ponija.
His half-brother, Sahasra-Dal, was surprised.

Njegov polbrat, Sahasra-Dal, je bil presenečen.
"Where are you going, Champa?"
"Kam greš, Čampa?"
"Why are you crying, brother?"
"Zakaj jokaš, brat?"
"Let me accompany you to wherever you are going"
"Naj te spremljam, kamor koli greš"
But Champa-Dal now feared his brother.
Toda Champa-Dal se je zdaj bal svojega brata.
"Oh! do not come to me," he objected.
„Oh! Ne hodi k meni,“ je ugovarjal.
"Your mother has devoured my father and mother"
»Tvoja mati je požrla mojega očeta in mater.«
"Don't you come and devour me"
"Ne pridi in me požri"
"I will not devour you," he promised his brother.
»Ne bom te požrl,« je obljubil bratu.
"I'll save you," he promised his brother.
„Rešil te bom,“ je obljubil bratu.
And he galloped after his brother, Champa-Dal.
In galopiral je za svojim bratom, Champa-Dalom.
Soon his mother, the Rakshasi, appeared at a distance.
Kmalu se je v daljavi pojavila njegova mati, Rakšasi.
She demanded Champa-Dal to come to her.
Zahtevala je, da Champa-Dal pride k njej.
But Champa-Dal knew better than to go to the Rakshasi.
Toda Champa-Dal je vedel, da je bolje, da ne gre k Rakšasijem.
"Champa-Dal will not come to you, but I will"
"Čampa-Dal ne bo prišel k tebi, ampak jaz bom."
And instead, Sahasra-Dal went to his mother.
In namesto tega je Sahasra-Dal šel k svoji materi.
The young prince always carried a sword with him.
Mladi princ je vedno nosil meč s seboj.
With his sword he cut off his mother's head.
Z mečem je odsekal glavo svoji materi.
Champa-Dal had not stayed to witness this.
Champa-Dal ni ostal, da bi bil priča temu.

He had galloped off as far as his pony could carry him.
Odgalopiral je, kolikor daleč ga je lahko nesel njegov poni.
Because he was running for his life.
Ker je tekel, da si reši življenje.
But Sahasra-Dal soon caught up with his brother.
Toda Sahasra-Dal je kmalu dohitel svojega brata.
And he told him that his mother was no more.
In povedal mu je, da njegove matere ni več.
This was small consolation to Champa-Dal.
To je bila za Champa-Dala slaba tolažba.
The Rakshasi had already devoured both his parents.
Rakšasi so že požrli oba njegova starša.
But he could still not trust Sahasra-Dal's friendship.
Vendar še vedno ni mogel zaupati Sahasra-Dalovemu prijateljstvu.
They both rode as fast as their horses could carry them.
Oba sta jezdila tako hitro, kot so ju konji lahko nesli.
And their horses could carry them very far.
In njihovi konji so jih lahko peljali zelo daleč.
Because their horses were Pakshirajes horses.
Ker so bili njihovi konji pakshirajski konji.
Pakshirajes horses are the kings of birds.
Pakshirajski konji so kralji ptic.
On their horses they travelled over hundreds of miles.
Na konjih so prepotovali več sto kilometrov.
An hour or two before sundown they reached a village.
Uro ali dve pred sončnim zahodom so prispeli do vasi.
Here they became the guests of a respectable family.
Tu so postali gostje ugledne družine.
But the two brothers saw the family was in gloom.
Toda brata sta videla, da je družina v težkem položaju.
Something was agitating the family very much.
Nekaj je zelo vznemirjalo družino.
Some of the family held private consultations.
Nekateri družinski člani so imeli zasebne posvete.
And others in the family were weeping.
In drugi v družini so jokali.

The mother was the eldest lady in the house.
Mati je bila najstarejša gospa v hiši.
"I will go, as I am the eldest," she said.
„Šla bom, saj sem najstarejša," je rekla.
"I have lived long enough"
"Živel sem že dovolj dolgo"
"At most my life would be cut short by a year or two"
"Moje življenje bi se skrajšalo kvečjemu za leto ali dve"
The youngest member of the house was a little girl.
Najmlajša članica hiše je bila majhna deklica.
"I will go, as I am young," she said.
„Šla bom, saj sem mlada," je rekla.
"I am useless to the family"
"Za družino sem nekoristen"
"If I die, I shall not be missed"
"Če umrem, me ne bodo pogrešali"
The head of the house was the son of the old lady.
Glava hiše je bil sin stare gospe.
"I am the representative of the family," he said.
"Jaz sem predstavnik družine," je dejal.
"It is but reasonable that I should give up my life"
"Razumno je, da se odpovem svojemu življenju"
He also had a younger brother.
Imel je tudi mlajšega brata.
"You are the pillar of the family," he said.
"Ti si steber družine," je rekel.
"If you go the whole family is ruined"
"Če greš, je vsa družina uničena"
"It is not reasonable that you should go"
"Ni razumno, da bi šel/šla"
"I will go, as I shall not be much missed"
"Šel bom, saj me ne bodo preveč pogrešali."
The two strangers listened to all this conversation.
Neznanca sta poslušala ves ta pogovor.
You can imagine their curiosity was not little.
Lahko si predstavljate, da njihova radovednost ni bila majhna.
They wondered what the discussion could be about.

Spraševali so se, o čem bi lahko bila razprava.
Sahasra-Dal took the risk of being thought meddlesome.
Sahasra-Dal je tvegal, da bi ga imeli za vsiljivega.
"What is the subject of your consultations?"
"Kaj je predmet vaših posvetovanj?"
"What is the reason for your deep miserable?"
"Kaj je razlog za tvojo globoko nesrečo?"
"Why are your words full of countenances?"
"Zakaj so tvoje besede polne obraza?"
The head of the house gave the following answer.
Vodja hiše je dal naslednji odgovor.
"There is something you must know, me worthy guests"
"Nekaj morate vedeti, cenjeni gostje."
"These lands are infested by a terrible Rakshasi"
"Te dežele okužuje grozen Rakšasi"
"This Rakshasi has depopulated all the regions here"
"Ta Rakšasi je izpraznil vse regije tukaj"
"This town, too, would have been depopulated"
"Tudi to mesto bi bilo izpraznjeno"
"But that our king became suppliant to the Rakshasi"
"Toda da je naš kralj postal prosil Rakšasije"
"He begged her to show mercy to us his people"
»Prosil jo je, naj izkaže usmiljenje do našega ljudstva.«
The Rakshasi replied to the king.
Rakšasi je odgovoril kralju.
"I will consent to show mercy to your subjects"
"Privolil bom v milost tvojim podložnikom"
"But there is one condition for my mercy"
"Vendar obstaja en pogoj za moje usmiljenje"
"Every night I demand one human being"
"Vsako noč zahtevam eno človeško bitje"
"I don't mind if it is a male or a female"
"Vseeno mi je, ali je moški ali ženska"
"Put the human being in a temple for me to feast"
"Postavite človeka v tempelj, da se bom lahko gostil."
"If I get a human being every night, I will rest satisfied"
"Če bom vsako noč dobil človeka, bom zadovoljen."

"Promise me this and I will commit no further depredations"
"Obljubi mi to in ne bom več plenil."
"Your subjects will be spared from my ravenous hunger"
"Tvoji podložniki bodo prizaneseni moji požrešni lakoti"
"Our king had no other alternative than to agree"
»Naš kralj ni imel druge možnosti, kot da se strinja.«
"What human can ever hope to contend against a Rakshasi?"
"Kateri človek se sploh lahko upa spopasti z Rakšasijem?"
"From that day the king made a new law"
»Od tistega dne je kralj izdal nov zakon«
"Every family has to send one member to the temple"
»Vsaka družina mora poslati enega člana v tempelj«
"To appease the wrath of the terrible Rakshasi"
"Da bi pomiril jezo strašnega Rakšasija"
"To satisfy the endless hunger of the Rakshasi"
"Da bi potešili neskončno lakoto Rakšasijev"
"All the families in this neighbourhood have had their turn"
»Vse družine v tej soseski so že prišle na vrsto.«
"This night it is the turn of our family"
"To noč je na vrsti naša družina"
"One of us is to devote ourself to destruction"
"Eden izmed nas se mora posvetiti uničenju"
"We are therefore discussing who should go to the Rakshasi"
"Zato razpravljamo o tem, kdo naj gre v Rakšasi."
"You can now perceive the cause of our distress"
"Zdaj lahko razumete vzrok naše stiske"
The two friends consulted together for a few minutes.
Prijatelja sta se nekaj minut posvetovala.
After this time they concluded their consultation.
Po tem času so zaključili posvetovanje.
Sahasra-Dal was the spokesman for the brothers.
Sahasra-Dal je bil tiskovni predstavnik bratov.
"Most worthy host, do not any longer be sad"
"Najvrednejši gostitelj, ne bodite več žalostni."
"You have been very kind to us"

"Zelo prijazni ste bili do nas"
"We have resolved to requite your hospitality"
"Odločeni smo, da vam povrnemo gostoljubje."
"We will go to the temple instead of you"
»Mi bomo šli v tempelj namesto tebe.«
"We shall go as your representatives"
"Šli bomo kot vaši predstavniki"
"We will become the food of the Rakshasi"
"Postali bomo hrana Rakšasov"
The whole family protested against the proposal.
Vsa družina je protestirala proti predlogu.
They declared that guests were like gods.
Izjavili so, da so gostje kot bogovi.
"The host must ensure the comfort of the guests"
"Gostitelj mora poskrbeti za udobje gostov"
"The guests must not suffer for the host"
"Gostje ne smejo trpeti za gostitelja"
But the two strangers could not be persuaded.
Toda neznancev se ni dalo prepričati.
"We will stand as proxies for your family"
"Stali bomo kot pooblaščenci vaše družine"
There was a great deal of objection to the proposal.
Predlogu je bilo veliko nasprotovanja.
But eventually the guests persuaded their hosts.
A sčasoma so gostje prepričali svoje gostitelje.
Finally the hosts consented to the arrangement.
Končno so gostitelji privolili v dogovor.

Sahasra-Dal and Champa-Dal rode off on their horses.
Sahasra-Dal in Champa-Dal sta odjahala na svojih konjih.
Immediately after candle light they reached the temple.
Takoj po prižigu sveč so prispeli v tempelj.
They went into the temple, and shut the door.
Šli so v tempelj in zaprli vrata.
Sahasra told his brother to go to sleep.
Sahasra je rekla svojemu bratu, naj gre spat.
"I will guard over your sleep"

»Varoval bom tvoj spanec«
"I will watch out for the terrible Rakshasi"
"Pazil bom na groznega Rakšasija."
Champa was soon in a fine sleep.
Čampa je kmalu zaspal.
Sahasra lay awake, waiting for the Rakshasi.
Sahasra je ležal buden in čakal na Rakshasije.
Nothing happened during the early hours of the night.
V zgodnjih nočnih urah se ni zgodilo nič.
But then the gong of the king's bell sounded.
Tedaj pa je zazvonil gong kraljevega zvona.
It was midnight, the dead hour of the night.
Bila je polnoč, mrtva ura noči.
Sahasra heard the sound as of a rushing tempest.
Sahasra je slišala zvok kot divjajočo nevihto.
He used the knowledge he had of Rakshasas.
Uporabil je znanje, ki ga je imel o Rakšasih.
He concluded the Rakshasi was nigh.
Sklepal je, da je Rakšasi blizu.
A thundering knock was heard at the door.
Na vratih se je zaslišalo gromozansko trkanje.
The following words accompanied the knock at the door:
Trkanje na vrata so spremljale naslednje besede:
"How, mow, khow! A human being I smell"
"Kako, kositi, khow! Voham človeka."
"Who keeps guard inside this temple?"
"Kdo stražari v tem templju?"
To this question Sahasra-Dal made the following reply:
Na to vprašanje je Sahasra-Dal odgovoril takole:
"Sahasra-Dal keeps guard inside this temple"
»Sahasra-Dal stražari v tem templju.«
"Champa-Dal keeps guard inside this temple"
»Čampa-Dal stražari v tem templju.«
"Two winged horses keep guard inside this temple"
»Dva krilata konja varujeta ta tempelj.«
Rakshasa blood flowed through Sahasra-Dal's veins.
Rakšasina kri je tekla po Sahasra-Dalovih žilah.

The Rakshasi knew Sahasra-Dal was not human.
Rakshasi so vedeli, da Sahasra-Dal ni človek.
And so the Rakshasi turned away with a groan.
In tako se je Rakšasi s stokanjem obrnil stran.
After an hour the Rakshasi returned to the temple.
Po eni uri se je Rakšasi vrnil v tempelj.
The Rakshasi thundered at the door again.
Rakšasi je spet zagrmel na vrata.
"How, mow, khow! A human being I smell"
"Kako, kositi, khow! Voham človeka."
"Who keeps guard inside this temple?"
"Kdo stražari v tem templju?"
To this question Sahasra-Dal again replied:
Na to vprašanje je Sahasra-Dal ponovno odgovoril:
"Sahasra-Dal keeps guard inside this temple"
»Sahasra-Dal stražari v tem templju.«
"Champa-Dal keeps guard inside this temple"
»Čampa-Dal stražari v tem templju.«
"Two winged horses keep guard inside this temple"
"Dva krilata konja varujeta ta tempelj ."
The Rakshasi again groaned and went away.
Rakšasi je spet zastokal in odšel.
At two o'clock the Rakshasi appeared once more.
Ob dveh se je Rakšasi spet pojavil.
And at three o'clock the Rakshasi came again.
In ob treh je Rakšasi spet prišel.
Each time the Rakshasi made the same inquiry.
Rakšasi je vsakič postavil isto vprašanje.
And each time the Rakshasi left with a groan.
In vsakič je Rakšasi odšel s stokanjem.
After three o'clock, however, Sahasra-Dal felt very sleepy.
Po tretji uri pa je Sahasra-Dal postal zelo zaspan.
He could not any longer keep awake.
Ni mogel več ostati buden.
He therefore roused Champa.
Zato je zbudil Čampo.
And he told him to keep guard over the temple.

In mu je naročil, naj straži v templju.
"The Rakshasi will come again in an hour"
"Rakšasi bodo spet prišli čez eno uro"
"The Rakshasi will ask who keeps guard here"
"Rakšasi bodo vprašali, kdo tukaj stražari."
"You must mention Sahasra's name first"
"Najprej moraš omeniti Sahasrino ime"
Having given these instructions he went to sleep.
Ko je dal ta navodila, je šel spat.
At four o'clock the Rakshasi again made her appearance.
Ob štirih se je Rakšasi spet pojavila.
The Rakshasi thundered at the door, and said:
Rakšasi je zagrmel na vrata in rekel:
"How, mow, khow! A human being I smell"
"Kako, kositi, khow! Voham človeka."
"Who keeps guard inside this temple?"
"Kdo stražari v tem templju?"
Champa-Dal was in a terrible fright.
Čampa-Dal je bil grozno prestrašen.
He had forgotten the instructions of his brother.
Pozabil je na bratova navodila.
"Champa-Dal keeps guard inside this temple"
»Čampa-Dal stražari v tem templju.«
"Sahasra-Dal keeps guard inside this temple"
»Sahasra-Dal stražari v tem templju.«
"Two winged horses keep guard inside this temple"
»Dva krilata konja varujeta ta tempelj.«
The Rakshasi uttered a shout of exultation.
Rakšasi je vzkliknil od navdušenja.
And the Rakshasi laughed how only demons can laugh.
In Rakšasi so se smejali, kako se smejejo samo demoni.
With a dreadful noise the door broke open.
Z grozljivim hrupom so se vrata odprla.
The noise roused Sahasra from his sleep.
Hrup je Sahasro prebudil iz spanca.
Within a moment he sprung to his feet.
V trenutku je skočil na noge.

He had his sword with him not only by day.
Svoj meč ni imel s seboj le podnevi.
He had his sword with him by night too.
Tudi ponoči je imel s seboj meč.
His sword was as supple as a palm-leaf.
Njegov meč je bil prožen kot palmov list.
And he cut off the head of the Rakshasi.
In odsekal je glavo Rakšasiju.
The huge mountain of a body fell to the ground.
Ogromna gora telesa je padla na tla.
The body made a great noise when it fell.
Telo je ob padcu povzročilo velik hrup.
And the body covered many surrounding acres.
In truplo je prekrilo veliko okoliških hektarjev.
Sahasra-Dal kept the severed head of the Rakshasi.
Sahasra-Dal je obdržal odrezano glavo Rakshasija.
And he slept again with the head near him.
In spet je zaspal z glavo blizu sebe.

Early in the morning some wood-cutters came.
Zgodaj zjutraj so prišli drvarji.
The wood-cutters were passing near the temple.
Drvarji so se peljali mimo templja.
The wood-cutters saw the huge body on the ground.
Drvarji so na tleh zagledali ogromno telo.
So they walked towards the temple.
Tako so se odpravili proti templju.
Soon they saw that it was a carcass.
Kmalu so videli, da gre za truplo.
The carcass of the terrible Rakshasi.
Truplo strašnega Rakšasija.
The Rakshasi that had nearly depopulated the land.
Rakšasi, ki so skoraj izpraznili deželo.
There had been a bounty for this Rakshasi.
Za tega Rakšasija je bila razpisana nagrada.
The king offered the hand of his daughter.
Kralj je ponudil roko svoje hčerke.

And the king had offered half the kingdom.
In kralj je ponudil polovico kraljestva.
He would trade it all for the head of the Rakshasi.
Vse bi zamenjal za glavo Rakšasija.
The wood-cutters saw no claimant at hand.
Drvarji niso videli nobenega prosilca v bližini.
So they went to get the reward.
Zato so šli iskat nagrado.
Each wood-cutter cut off a limb from the Rakshasi.
Vsak drvar je Rakšasiju odsekal vejo.
And each wood-cutter went to the king.
In vsak drvar je šel h kralju.
And each wood-cutter tried to claim the reward.
In vsak drvar si je poskušal prislužiti nagrado.
"I am the destroyer of the great man eater"
"Jaz sem uničevalec velikega ljudožderca"
"I have come to claim my reward"
"Prišel sem po svojo nagrado"
The king knew there could only be one hero.
Kralj je vedel, da je lahko samo en junak.
So he made an inquiry with his minister.
Zato je povprašal svojega ministra.
"What family's turn was it last night?"
"Katera družina je bila sinoči na vrsti?"
"And who is the head of that family?"
"In kdo je glava te družine?"
The king's minister set out to find the family.
Kraljev minister se je odpravil iskat družino.
He brought the head of the family to the king.
Glavo družine je pripeljal h kralju.
And the head of the family told of his guests.
In glava družine je povedala o svojih gostih.
"Last night two youthful travelers came to me"
"Sinoči sta k meni prišla dva mlada popotnika"
"We offered to be their hosts for the night"
"Ponudili smo se, da jim bomo za to noč gostitelji"
"Soon they discovered the problem we had"

»Kmalu so odkrili težavo, ki smo jo imeli«
"And they volunteered to take our place"
"In prostovoljno so se javili, da bodo zavzeli naše mesto"
"They went to the temple, instead of one of us"
»Oni so šli v tempelj namesto enega od nas.«
The king took his men to the temple.
Kralj je svoje može odpeljal v tempelj.
The door of the temple was broken open.
Vrata templja so bila vlomljena.
They found the two brothers sleeping.
Našli so oba brata speča.
And the horses were safe in the temple too.
In tudi konji so bili v templju varni.
And the head of the Rakshasi was there too.
In tam je bil tudi vodja Rakšasija.
There was no doubt about who had killed the monster.
Ni bilo dvoma o tem, kdo je ubil pošast.
The real hero had been discovered.
Pravi junak je bil odkrit.
And the king kept true to his word.
In kralj je držal svojo besedo.
He gave the hand of his daughter to Sahasra-Dal.
Roko svoje hčerke je dal Sahasra-Dalu.
And he gave him half his kingdom too.
In dal mu je tudi polovico svojega kraljestva.
Champa-Dal remained with his friend.
Čampa-Dal je ostal s svojim prijateljem.
And he rejoiced in Sahasra-Dal's prosperity.
In veselil se je blaginje Sahasra-Dala.
And they lived together happily for some time.
In nekaj časa sta srečno živela skupaj.

But one day a misunderstanding arose between them.
Nekega dne pa je med njima prišlo do nesporazuma.
The queen-mother had a certain maid-servant.
Kraljica mati je imela neko služkinjo.
This maid-servant was the most useful domestic.

Ta služkinja je bila najbolj uporabna hišna pomočnica.
She could turn her hand to any task.
Znala se je lotiti katerega koli opravila.
And she had uncommon strength for a woman.
In imela je nenavadno moč za žensko.
Her intelligence was not lacking either.
Tudi inteligence ji ni manjkalo.
And she had a remarkable amount of energy.
In imela je izjemno veliko energije.
She would have been quickly missed in the palace.
V palači bi jo hitro pogrešali.
The zenana was completely dependent on her.
Zenana je bila popolnoma odvisna od nje.
Hence her services were highly valued.
Zato so bile njene storitve zelo cenjene.
The queen-mother appreciated her very much.
Kraljica mati jo je zelo cenila.
And the ladies of the palace valued her too.
In tudi palačne dame so jo cenile.
But this valuable woman was not a woman.
Toda ta dragocena ženska ni bila ženska.
What this woman was was a Rakshasi.
Ta ženska je bila Rakšasi.
She had put on the appearance of a woman.
Nadela si je videz ženske.
She had her own nefarious reasons for doing this.
Za to je imela svoje zlobne razloge.
And then she took service in the royal household.
In nato je prevzela službo v kraljevem gospodinjstvu.
At night she used to assume her own real form.
Ponoči je prevzemala svojo pravo podobo.
When everyone in the palace was asleep.
Ko so vsi v palači spali.
And then she went about in search of food.
In potem se je odpravila naokoli iskat hrano.
Because her hunger was not satisfied at the palace.
Ker njena lakota v palači ni bila potešena.

A Rakshasi needs much more food than a man or woman.
Rakšasi potrebuje veliko več hrane kot moški ali ženska.
At this time Champa-Dal had no wife.
V tem času Champa-Dal ni imel žene.
So he often slept outside the zenana.
Zato je pogosto spal zunaj zenane.
He was not far from the outer gate of the palace.
Ni bil daleč od zunanjih vrat palače.
And from there he could observe her.
In od tam jo je lahko opazoval.
He saw her devouring sundry goats and sheep.
Videl jo je, kako požira različne koze in ovce.
And he saw her devouring horses and elephants.
In videl jo je, kako požira konje in slone.
This of course was not good for the maid-servant.
To seveda ni bilo dobro za služkinjo.
Champa-Dal was in the way of her supper.
Čampa-Dal ji je bil na poti pri večerji.
So she was determined to get rid of him.
Zato je bila odločena, da se ga znebi.
One day she went to the queen-mother.
Nekega dne je šla k kraljici materi.
"Queen-mother," she said to her.
„Kraljica mati,“ ji je rekla.
"I can no longer work in the palace"
"Ne morem več delati v palači"
"Why?" asked the queen-mother.
„Zakaj?“ je vprašala kraljica-mati.
"What is the matter, Dasi" she wanted to know.
„Kaj je narobe, Dasi?“ je želela vedeti.
"How can I go on without you?"
"Kako naj grem naprej brez tebe?"
"Tell me your reasons for leaving"
"Povej mi razloge za odhod"
The maid-servant explained her situation.
Služkinja je razložila svojo situacijo.
"I am but a poor woman in this palace"

"V tej palači sem le uboga ženska"

"A woman like me can't preserve her honor here"

"Ženska, kot sem jaz, tukaj ne more ohraniti svoje časti"

"Your son-in-law has a friend, Champa-Dal"

"Tvoj zet ima prijatelja, Champa-Dala."

"He always cracks indecent jokes with me"

"Vedno se z mano šali o nespodobnih stvareh"

"I would rather beg for my rice than to lose my honor"

"Rajši bi prosil za riž, kot da bi izgubil čast"

"If Champa-Dal remains in the palace I must go away"

"Če Champa-Dal ostane v palači, moram oditi."

The maid-servant was irreplicable in the palace.

Služkinja je bila v palači neponovljiva.

The queen-mother knew what sacrifice to make.

Kraljica mati je vedela, kakšno žrtev mora dati.

Champa-Dal was going to have to leave the palace.

Champa-Dal je moral zapustiti palačo.

And she told Sahasra-Dal all her reasons.

In Sahasra-Dalu je povedala vse svoje razloge.

"Champa-Dal is a bad man"

"Čampa-Dal je slab človek"

"His character and morals are loose"

"Njegov značaj in morala sta ohlapna"

"He must leave this palace at once"

"Takoj mora zapustiti to palačo."

Sahasra-Dal did his best to persuade her otherwise.

Sahasra-Dal se je po svojih najboljših močeh trudil, da bi jo prepričal v nasprotno.

He earnestly pleaded on behalf of his friend.

Iskreno je prosil v imenu svojega prijatelja.

But his efforts were in vain.

Toda njegova prizadevanja so bila zaman.

The queen-mother had made up her mind.

Kraljica mati se je odločila.

He had to be driven out of the palace.

Izgnati so ga morali iz palače.

Sahasra-Dal had not the courage to tell his friend.

Sahasra-Dal ni imel poguma, da bi to povedal svojemu prijatelju.
He therefore wrote a letter to him.
Zato mu je napisal pismo.
In the letter he was vague about the reason.
V pismu je bil glede razloga nejasen.
But either way, he was going to have to leave.
Ampak v vsakem primeru je moral oditi.
Champa-Dal went to have a bath.
Čampa-Dal se je šel kopat.
And the letter was put in his room.
In pismo so dali v njegovo sobo.
Champa-Dal was grieved upon reading the letter.
Čampa-Dal je bil ob branju pisma žalosten.
He mounted his fleet of horses.
Zajahal je svojo floto konj.
And on his horses, he left the palace.
In na konjih je zapustil palačo.

Champa's horses were uncommonly fleet.
Čampini konji so bili nenavadno hitri.
Soon he had traversed thousands of miles.
Kmalu je prepotoval na tisoče kilometrov.
And eventually he reached a new city.
In končno je prispel v novo mesto.
He stood at the gateway of a magnificent palace.
Stal je pred vrati veličastne palače.
He dismounted from his horse.
Sestopil je s konja.
And he entered the palace.
In vstopil je v palačo.
But in the palace he met not a single creature.
Toda v palači ni srečal niti enega samega bitja.
He went from apartment to apartment.
Hodil je iz stanovanja v stanovanje.
All the rooms were richly furnished.
Vse sobe so bile bogato opremljene.

But none of the rooms were lived in.
Vendar v nobeni od sob ni bilo prebivalcev.
But in the end he came to a different room.
A na koncu je prišel v drugo sobo.
In this room there was a young lady.
V tej sobi je bila mlada dama.
The young lady was of heavenly beauty.
Mlada dama je bila nebeške lepote.
And she was lying down on a splendid bedstead.
In ležala je na čudoviti postelji.
The beautiful young lady was asleep.
Lepa mladenka je spala.
Champa-Dal looked upon the sleeping beauty.
Čampa-Dal je pogledal spečo lepotico.
He was captivated by what he was seeing.
Bil je očaran nad tem, kar je videl.
He had not seen any woman so beautiful.
Še ni videl tako lepe ženske.
Upon the bed there were two sticks.
Na postelji sta bili dve palici.
The two sticks were near the woman's head.
Palici sta bili blizu ženske glave.
One of the sticks was made of silver.
Ena od palic je bila narejena iz srebra.
And the other stick was made of gold.
In druga palica je bila narejena iz zlata.
Champa took the silver stick into his hand.
Čampa je vzel srebrno palico v roko.
And with the stick he touched the body of the lady.
In s palico se je dotaknil telesa dame.
But no change was perceptible to her sleep.
Vendar v njenem spanju ni bilo opaziti nobene spremembe.
He then took up the gold stick.
Nato je vzel zlato palico.
And with the stick he touched the body of the lady.
In s palico se je dotaknil telesa gospe.
This time the young lady did awake.

Tokrat se je mlada dama res zbudila.

Eyeing the stranger, she inquired who he was.

Z očmi je pogledala neznanca in ga vprašala, kdo je.

"I am Champa-Dal," he told her.

„Jaz sem Čampa-Dal,“ ji je rekel.

"There was once a poor dimwitted Brahman"

"Nekoč je bil ubogi, neumni brahman"

"This dimwitted man had a wife, but no children"

»Ta bedak je imel ženo, a ne otrok.«

"But him not having children was probably for the best"

"Ampak to, da ni imel otrok, je bilo verjetno najboljše."

"Because he was barely able to meet his own needs"

"Ker je komaj zmogel zadovoljiti lastne potrebe"

"And he could hardly supply enough for his wife"

"In komaj je lahko priskrbel dovolj za svojo ženo"

"But his dimwittedness was not even his biggest problem"

"Vendar njegova neumnost sploh ni bila njegov največji problem"

And he continued the story as we have followed it.

In nadaljeval je zgodbo, kot smo ji sledili.

"My mother concluded her fate was sealed"

"Moja mama je sklenila, da je njena usoda zapečatena"

"And she thought my father would meet the same fate"

"In mislila je, da bo mojega očeta doletela ista usoda."

"And she did not expect me to be spared either"

"In tudi ona ni pričakovala, da mi bo prizaneseno."

"That night she hardly slept at all"

"Tisto noč skoraj ni spala"

"The Rakshasi had prevented her from seeing my father"

"Rakšasi so ji preprečili, da bi videla mojega očeta."

"Early next morning I went to school"

"Zgodaj naslednje jutro sem šel v šolo"

"Before I went to school she gave me a golden bottle"

"Preden sem šel v šolo, mi je dala zlato steklenico"

"In the golden bottle was her own breast milk"

"V zlati steklenički je bilo njeno materino mleko"

"I was told to carefully watch the colour of the milk"

"Rečeno mi je bilo, naj pozorno spremljam barvo mleka."
And he continued the story as we have followed it.
In nadaljeval je zgodbo, kot smo ji sledili.
"We will stand as proxies for your family"
"Stali bomo kot pooblaščenci vaše družine"
"There was a great deal of objection to our proposal"
"Naš predlog je bil deležen številnih ugovorov"
"But eventually we persuaded our hosts"
"Ampak sčasoma smo prepričali naše gostitelje"
"Finally the hosts consented to the arrangement"
"Končno so gostitelji privolili v dogovor"
And he continued the story as we have followed it.
In nadaljeval je zgodbo, kot smo ji sledili.
"So I often slept outside the zenana"
"Zato sem pogosto spal zunaj zenane"
"I was not far from the outer gate of the palace"
"Nisem bil daleč od zunanjih vrat palače"
"And from there I could observe her"
"In od tam sem jo lahko opazoval"
"I saw her devouring sundry goats and sheep"
"Videl sem jo, kako je požirala različne koze in ovce "
"And I saw her devouring horses and elephants"
"In videl sem jo, kako požira konje in slone"
And he continued the story as we have followed it.
In nadaljeval je zgodbo, kot smo ji sledili.
"One day a letter was put in my room"
"Nekega dne so mi v sobo dali pismo"
"I was grieved upon reading the letter"
"Ko sem prebral pismo, sem bil žalosten"
"I mounted my fleet of horses"
"Zajahal sem svojo floto konj"
"And on my horses he left the palace"
"In na mojih konjih je zapustil palačo"
"My horse are uncommonly fleet"
"Moji konji so nenavadno hitri"
"Soon I had traversed thousands of miles"
»Kmalu sem prepotoval tisoče kilometrov«

"And eventually I reached a new city"
"In končno sem prispel v novo mesto"
And he continued the story as we have followed it.
In nadaljeval je zgodbo, kot smo ji sledili.
"I took the silver stick into his hand"
"Vzel sem mu srebrno palico v roko"
"And with the stick I touched your body"
"In s palico sem se dotaknil tvojega telesa"
"But no change was perceptible to your sleep"
"Vendar v tvojem spanju ni bilo opaziti nobene spremembe."
"I then took up the gold stick"
"Nato sem vzel zlato palico"
And with the stick he touched your body.
In s palico se je dotaknil tvojega telesa.
"This time you did awake from your sleep"
"Tokrat si se zbudil iz spanca"
The young lady had listened to Champa-Dal's story.
Mlada dama je poslušala Champa-Dalovo zgodbo.
The young lady was in fact a princess.
Mlada dama je bila v resnici princesa.
"Unhappy man! why have you come here?"
"Nesrečni mož! Zakaj si prišel sem?"
"This is the country of Rakshasas"
"To je dežela Rakšasov"
"No less than seven hundred Rakshasas live here"
»Tukaj živi kar sedemsto Rakšasov«
"Every morning the Rakshasas leave"
"Vsako jutro Rakšase odidejo"
"They go to the other side of the ocean"
"Grejo na drugo stran oceana"
"And they search for provisions there"
"In tam iščejo zaloge hrane"
"And before dusk they return again"
"In pred mrakom se spet vrnejo"
"My father was king in these regions"
"Moj oče je bil kralj v teh krajih"
"His kingdom had millions of subjects"

»Njegovo kraljestvo je imelo milijone podložnikov«
"They lived in flourishing towns and cities"
»Živeli so v cvetočih mestih in vaseh«
"But some years ago the Rakshasas invaded"
"Toda pred nekaj leti so napadli Rakšasi."
"And they devoured all the subjects of the kingdom"
»In požrli so vse podložnike kraljestva«
"The Rakshasas devoured my father and my mother"
"Rakšasi so požrli mojega očeta in mater"
"The Rakshasas devoured my brothers and sisters"
"Rakšase so požrle moje brate in sestre"
"And they devoured all the cattle of the country"
»In požrli so vso živino v deželi«
"There is no living human being in these regions"
"V teh regijah ni živega človeka"
"I am the last human living left"
"Sem zadnji živi človek, ki je ostal"
"I too would have been devoured long ago"
"Tudi mene bi že zdavnaj požrli"
"But an old Rakshasi took a liking to me"
"Ampak nekemu staremu Rakšasiju sem bil všeč"
"She prevents the other Rakshasas from eating me"
"Preprečuje drugim Rakšasam, da bi me pojedle"
"Do you see those sticks of silver and gold?"
"Vidiš tiste srebrne in zlate palčke?"
"Every morning she kills me with the silver stick"
"Vsako jutro me ubije s srebrno palico"
"Every evening she re-animates me with the gold stick"
"Vsak večer me oživi z zlato palico"
"I do not know how to advise you"
"Ne vem, kako naj vam svetujem"
"If the Rakshasas see you, you are a dead man"
"Če te Rakšase vidijo, si mrtev človek."
Then they talked in a very affectionate manner.
Nato sta se zelo prisrčno pogovarjala.
And they laid their heads together.
In položili so glave skupaj.

And they thought to devise a means of escape.
In pomislili so, kako bi si izmislili način za pobeg.
Some way to get out of the hands of the Rakshasas.
Nekaj, kar bi se lahko rešilo izpod rok Rakšasov.

The hour of the return of the Rakshasas was coming.
Bližala se je ura vrnitve Rakšasov.
The seven hundred flesh-eaters were soon returning.
Sedemsto mesojedcev se je kmalu vrnilo.
Keshavati called out to Champa-Dal.
Keshavati je poklical Champa-Dala.
(Because that was the name of the princess)
(Ker je bilo to ime princesi)
"Hide yourself in the heaps of the sacred trefoil"
"Skrij se v kupe svete triliste"
But first Champ Dal picked up the silver stick.
Najprej pa je Champ Dal pobral srebrno palico.
He touched Keshavati with the silver stick.
S srebrno palico se je dotaknil Kešavatija.
And as soon as he touched her, she died.
In takoj ko se je dotaknil, je umrla.
Then he went to the center of the temple of Siva.
Nato je odšel v središče Šivinega templja.
And he hid beneath the heaps of sacred trefoil.
In skril se je pod kupe svetega trilistnega cveta.
From his hiding place he heard the sound of wind rushing.
Iz svojega skrivališča je slišal šumenje vetra.
Then he heard terrible noises in the palace.
Nato je v palači zaslišal grozne zvoke.
The Rakshasas had come home from their hunt.
Rakšasi so se vrnili domov z lova.
They had filled their stomachs with meat.
Napolnili so si želodce z mesom.
Sundry goats, sheep, cows, horses, buffaloes.
Razne koze, ovce, krave, konji, bivoli.
And they had devoured elephants too.
In požrli so tudi slone.

The old Rakshasi returned to the palace too.

Tudi stari Rakšasi se je vrnil v palačo.

She went to the room of the sleeping princess.

Šla je v sobo speče princese.

And she woke her with the stick made of gold.

In zbudila jo je z zlato palico.

"Hye, mye, khye! A human being I smell"

"Hye, mye, khye! Voham človeka."

"I am the only human being here," said the princess.

„Tukaj sem edino človeško bitje," je rekla princesa.

"Eat me if you like," added Keshavati.

»Pojej me, če želiš,« je dodal Keshavati.

To this the Rakshasi replied:

Na to je Rakšasi odgovoril:

"Let me eat up your enemies"

"Naj požrem tvoje sovražnike"

"Why should I eat you?" she asked the princess.

„Zakaj bi te morala pojesti?" je vprašala princeso.

She laid herself down on the ground.

Ulegla se je na tla.

She was as long and high as the Vindhya Hills.

Bila je dolga in visoka kot hribi Vindhya.

And in this position she fell asleep.

In v tem položaju je zaspala.

The other Rakshasas and Rakshasis soon fell asleep too.

Tudi drugi Rakšasi in Rakšasiji so kmalu zaspali.

Because they were tired from their gigantic labor.

Ker so bili utrujeni od svojega velikanskega dela.

Keshavati also composed herself to sleep.

Tudi Kešavati se je umirila in zaspala.

But Champa did not dare to come out from under the leaves.

Toda Čampa si ni upal priti izpod listja.

And he tried his best to pray to the god of repose.

In po svojih najboljših močeh se je trudil moliti k bogu počitka.

At daybreak all seven hundred Rakshasas got up again.

Ob zori se je vseh sedemsto Rakšasov spet zbudilo.

They went on their usual predatory excursion.

Odpravili so se na svoj običajni plenilski izlet.

And along with them went the old Rakshasi.

In skupaj z njimi je šel tudi stari Rakšasi.

But first the old Rakshasi picked up the silver stick.

Najprej pa je stari Rakšasi pobral srebrno palico.

And she touched Keshavati with the silver stick.

In dotaknila se je Kešavatija s srebrno palico.

Soon the coast was clear for Champa-Dal.

Kmalu je bila obala prosta za Champa-Dal.

And he dared to come out from under the pile of leaves.

In si je drznil priti izpod kupa listja.

He walked back into the room of the princess.

Vrnil se je v sobo princese.

And he touched her with the golden stick.

In dotaknil se jo je z zlato palico.

And the princess revived from her death again.

In princesa je spet oživela iz svoje smrti.

They sauntered about in the gardens.

Sprehajali so se po vrtovih.

They enjoyed the cool breeze of the morning.

Uživali so v hladnem jutranjem vetriču.

They bathed in a lucid pool of water.

Kopali so se v bistri vodi.

And they ate and drank food in the palace.

In jedli in pili so v palači.

And they spent the day in sweet converse.

In dan sta preživela v sladkem pogovoru.

And they concocted a plan for their deliverance.

In skovali so načrt za svojo rešitev.

Keshavaity was going to speak to the old Rakshasi.

Kešavaiti se je nameraval pogovoriti s starim Rakšasijem.

She was going to ask on what a Rakshasa's life depended.

Vprašala ga bo, od česa je odvisno življenje Rakšase.

And with that secret they were going to act accordingly.

In s to skrivnostjo so nameravali temu primerno ravnati.

The hour of the return of the Rakshasas was coming again.

Ura vrnitve Rakšasov se je spet bližala.

And events unfolded as they had the evening before.

In dogodki so se odvijali tako kot prejšnji večer.

The seven hundred flesh-eaters were returning to the palace.

Sedemsto mesojedcev se je vračalo v palačo.

Champ Dal touched Keshavati with the silver stick.

Champ Dal se je Keshavatija dotaknil s srebrno palico.

She died like the had died the night before.

Umrla je, kot je umrla prejšnjo noč.

Champa-Dal went to the center of the temple of Siva.

Čampa-Dal je šel v središče Šivinega templja.

He hid beneath the heaps of sacred trefoil again.

Spet se je skril pod kupe svetega trilistnega cveta.

He heard the sound of wind rushing.

Slišal je šumenje vetra.

And he heard terrible noises in the palace.

In v palači je slišal grozne zvoke.

The Rakshasas had come home from their hunt.

Rakšasi so se vrnili domov z lova.

They had filled their stomachs with meat.

Napolnili so si želodce z mesom.

Sundry goats, sheep, cows, horses, buffaloes.

Razne koze, ovce, krave, konji, bivoli.

And they had devoured elephants too.

In požrli so tudi slone.

The old Rakshasi returned to the palace too.

Tudi stari Rakšasi se je vrnil v palačo.

She went to the room of the sleeping princess.

Šla je v sobo speče princese.

And she woke her with the stick made of gold.

In zbudila jo je z zlato palico.

"Hye, mye, khye! A human being I smell"

"Hye, mye, khye! Voham človeka."

"I am the only human being here," said the princess.

„Tukaj sem edino človeško bitje," je rekla princesa.

"Eat me if you like," added Keshavati.

»Pojej me, če želiš,« je dodal Keshavati.
To this the Rakshasi replied:
Na to je Rakšasi odgovoril:
"Let me eat up your enemies"
"Naj požrem tvoje sovražnike"
"Why should I eat you?" she asked the princess.
„Zakaj bi te morala pojesti?" je vprašala princeso.
She laid herself down on the ground.
Ulegla se je na tla.
And she looked like a part of the Himalaya mountains.
In izgledala je kot del Himalaje.
Keshavati had a phial of heated mustard oil.
Kešavati je imel stekleničko segretega gorčičnega olja.
And she approached the foot of the Rakshasi.
In približala se je vznožju Rakšasija.
"Mother, your feet are sore from walking"
"Mama, noge te bolijo od hoje."
"Let me rub your sore feet with oil"
"Naj ti natrim boleče noge z oljem"
And she began to rub with oil the Rakshasi's feet.
In začela je mazati Rakšasijeve noge z oljem.
Then a few tear-drops fell from the eyes of the princess.
Nato je iz princesinih oči padlo nekaj solz.
And the tear-drops landed on the monster's legs.
In solze so pristale na nogah pošasti.
The Rakshasi tasted the tear-drops with her lips.
Rakšasi je z ustnicami okusila solze.
And she found the tear-drops tasted briny.
In ugotovila je, da so solze imele slan okus.
"Why are you weeping, darling?" asked the Rakshasi.
„Zakaj jokaš, draga?" je vprašal Rakšasi.
"What aileth thee?" she wanted to know.
„Kaj se ti dogaja?" je želela vedeti.
The princess tried to stop herself from crying.
Princesa se je poskušala zadržati, da ne bi jokala.
"Mother, I am weeping because you are old"
"Mama, jokam, ker si stara"

"When you die one of the Rakshasas will devour me"
"Ko boš umrl, me bo požrl eden od Rakšasov."
"When I die?! Don't be foolish, girl"
"Ko bom umrla?! Ne bodi neumna, dekle."
"Don't you know that Rakshasas never die?"
"Ali ne veš, da Rakšase nikoli ne umrejo?"
"We are not naturally immortal"
"Po naravi nismo nesmrtni"
"There is a secret to our strength"
"V naši moči se skriva skrivnost"
"But no human can unravel this secret"
"Vendar noben človek ne more razvozlati te skrivnosti"
"But let me tell you the secret"
"Ampak naj vam povem skrivnost"
"So that you are comforted a little"
"Da se boste malo potolažili"
"Do you see the pool of water in the palace?"
"Vidiš bazen vode v palači?"
"In that pool of water is a Sphatikasthamba"
"V tistem bazenu vode je Sphatikasthamba"
"The Sphatikasthamba is deep in the water"
"Sphatikasthamba je globoko v vodi"
"And on the Sphatikasthamba are two bees"
"In na Sphatikasthambi sta dve čebeli"
"A human being would have to dive into the water"
"Človek bi se moral potopiti v vodo"
"The human being would have to bring the bees onto dry land"
"Človek bi moral čebele pripeljati na suho ."
"Then the human being would have to kill the two bees"
"Potem bi moral človek ubiti obe čebeli."
"But not a drop of their blood must touch the ground"
"Vendar se niti kapljica njihove krvi ne sme dotakniti tal."
"Only then can a human kill a Rakshasa"
"Šele takrat lahko človek ubije Rakšaso"
"But if the blood touches the ground, a thousand Rakshasas will rise"

"Če pa se kri dotakne tal, se bo dvignilo tisoč Rakšasov."
"But what human will find out this secret?"
"Toda kateri človek bo odkril to skrivnost?"
"And what human can achieve this feat?"
"In kateri človek lahko doseže ta podvig?"
"No human knows the secret to the life of a Rakshasa"
"Noben človek ne pozna skrivnosti življenja Rakšase"
"And no human can achieve such a feat"
"In noben človek ne more doseči takšnega podviga"
"So there is no reason to be sad, my darling"
"Torej ni razloga za žalost, draga moja."
"I am practically immortal," she confirmed.
»Praktično sem nesmrtna,« je potrdila.
Keshavati treasured the secret in her memory.
Kešavati je skrivnost hranila v svojem spominu.
And then she went back to sleep.
In potem je spet zaspala.

Next morning the Rakshasas, as usual, went away.
Naslednje jutro so Rakšase kot običajno odšle.
Champa came out of his hiding-place.
Čampa je prišel iz svojega skrivališča.
And he roused Keshavati from her sleep.
In zbudil je Kešavati iz spanca.
The princess told him the secret she had learnt.
Princesa mu je povedala skrivnost, ki jo je izvedela.
Champa-Dal immediately started to prepare himself.
Champa-Dal se je takoj začel pripravljati.
He brought to the pool a knife.
V bazen je prinesel nož.
And he brought a quantity of ashes.
In prinesel je veliko pepela.
He took off his heavy clothes.
Slekel je težka oblačila.
He put a drop or two of mustard oil into each ear.
V vsako uho je kanil kapljico ali dve gorčičnega olja.
To prevent water from entering into his ears.

Da prepreči vdor vode v ušesa.
He swam out into the middle of the water.
Zaplaval je na sredo vode.
And from there he dove down into the pool.
In od tam se je potopil v bazen.
Soon he reached the top of the crystal pillar.
Kmalu je dosegel vrh kristalnega stebra.
And on Sphatikasthamba were the two bees.
In na Sphatikasthambi sta bili dve čebeli.
He caught hold of the two bees he found there.
Ujel je dve čebeli, ki ju je tam našel.
And he swam up again in a singular breath.
In v enem samem vdihu je spet priplaval navzgor.
He took the knife he had left at the edge of the water.
Vzel je nož, ki ga je pustil na robu vode.
And over the ashes he cut up the bees.
In nad pepelom je posekal čebele.
A drop or two of the blood fell from the bees.
Z čebel je padla kapljica ali dve krvi.
But their blood did not touch the ground.
Toda njihova kri se ni dotaknila tal.
Instead, their blood landed on the ashes.
Namesto tega je njihova kri pristala na pepelu.
A terrible scream was heard at a distance.
V daljavi se je zaslišal grozljiv krik.
The scream was the wailing of the Rakshasas.
Krik je bil jok Rakšasov.
They were all running home as fast as they could.
Vsi so tekli domov, kolikor hitro so mogli.
They wanted to prevent the bees from being killed.
Želeli so preprečiti pogin čebel.
But they could not reach the palace in time.
Vendar niso mogli pravočasno prispeti do palače.
Because the bees had already perished.
Ker so čebele že poginile.
The moment the bees were killed, all the Rakshasas died.
V trenutku, ko so bile čebele ubite, so poginili vsi Rakšasi.

Their carcasses fell on the very spot they were standing.
Njihova trupla so padla na mesto, kjer so stala.
Their carcasses now blocked the gateway of the palace.
Njihova trupla so zdaj blokirala vhod v palačo.
In this manner the seven hundred Rakshasas were destroyed.
Na ta način je bilo uničenih sedemsto Rakšasov.

Afterwards Champa-Dal and Keshavati got married.
Kasneje sta se Champa-Dal in Keshavati poročila.
They made the traditional exchange of garlands of flowers.
Izvedli so tradicionalno izmenjavo cvetličnih vencev.
The princess had never been out of the house.
Princesa ni bila nikoli zunaj hiše.
So she naturally expressed a desire to see the outer world.
Zato je seveda izrazila željo, da bi videla zunanji svet.
Every morning and evening they went on long walks.
Vsako jutro in večer so hodili na dolge sprehode.
There was a large river Keshavati wished to bathe in.
Bila je velika reka, v kateri se je Kešavati želel okopati.
As she bathed one of Keshavati's hairs came off.
Med kopanjem je Kešavati odpadel eden od las.
There was a special custom in those times.
V tistih časih je veljal poseben običaj.
A woman never threw away a hair away by itself.
Ženska ni nikoli vrgla stran niti enega lasu samega od sebe.
A sea-shell was floating in the water.
V vodi je plavala morska školjka.
So Keshavati tied the strand of hair to the sea-shell.
Kešavati je torej privezala pramen las k morski školjki.
And then the couple returned to the palace.
In potem se je par vrnil v palačo.
Meanwhile the sea-shell floated down the stream.
Medtem je školjka plavala po potoku.
And in due time the sea-shell reached another bathing spot.
In ob pravem času je školjka dosegla drugo kopališče.
This was the bathing spot Sahasra-Dal went to.

To je bilo kopališče, kamor je šla Sahasra-Dal.
Here Champa-Dal's brother performed his ablutions.
Tu je Champa-Dalov brat opravil svoje umivanje.
On this day Sahasra-Dal was in the water.
Na ta dan je bila Sahasra-Dal v vodi.
He was bathing and swimming with his friends.
S prijatelji se je kopal in plaval.
And so the sea-shell floated past the men.
In tako je morska školjka lebdela mimo moških.
The men were in a playful mood that day.
Moški so bili tisti dan igrivo razpoloženi.
"Whoever gets to the sea-shell first wins"
"Kdor prvi pride do školjke, zmaga"
And so they all swam towards the sea-shell.
In tako so vsi plavali proti morski školjki.
Sahasra-Dal was the strongest swimmer among his friends.
Sahasra-Dal je bil najmočnejši plavalec med svojimi prijatelji.
And so he was the first the reach the sea-shell.
In tako je bil prvi, ki je dosegel morsko školjko.
Examining the seashell, he found a hair tied to it.
Ko je pregledal školjko, je na njej našel privezan las.
But it was a hair of extraordinary length.
Ampak bil je las izjemno dolg.
He had never seen such a long hair.
Še nikoli ni videl tako dolgih las.
The strand of hair was exactly seven cubits long.
Pramen las je bil dolg natanko sedem komolcev.
"This strand of hair must belong to a woman"
"Ta pramen las mora pripadati ženski"
"And this woman must be very remarkable"
"In ta ženska mora biti zelo izjemna"
"I must see who this remarkable woman is"
"Moram videti, kdo je ta izjemna ženska"
Sahasra-Dal was determined to find the remarkable woman.
Sahasra-Dal je bila odločena, da bo našla izjemno žensko.
He went home from the river in a pensive mood.
Zamišljeno se je vrnil od reke domov.

And he did not proceed to the zenana for breakfast.
In ni šel na zajtrk k zenani.
Instead he remained in the outer part of the palace.
Namesto tega je ostal v zunanjem delu palače.
The queen-mother heard about Sahasra-Dal's melancholy.
Kraljica-mati je slišala za Sahasra-Dalino melanholijo.
And she heard he had not come to breakfast.
In slišala je, da ni prišel na zajtrk.
So she went to him and asked the reason.
Zato je šla k njemu in ga vprašala za razlog.
He showed her the strand of hair he had found.
Pokazal ji je pramen las, ki ga je našel.
"I must see the woman who's head this strand of hair
adorned"
"Moram videti žensko, ki ima okrašen ta pramen las."
The queen-mother was happy to help her son-in-law.
Kraljica mati je z veseljem pomagala svojemu zetu.
"Very well," she said to him.
„Prav," mu je rekla.
"You shall soon have that lady in the palace"
"Kmalu boste imeli to damo v palači."
"I promise you to bring her here"
"Obljubim ti, da jo bom pripeljal sem."
The queen mother already had a plan.
Kraljica mati je že imela načrt.
Her favourite maid-servant would be good at the job.
Njena najljubša služkinja bi bila dobra v tem delu.
Because this maid-servant was very resourceful.
Ker je bila ta služkinja zelo iznajdljiva.
Of course the queen-mother did not really know her maid.
Seveda kraljica mati svoje služkinje ni zares poznala.
She did not know her favourite maid was a Rakshasi.
Ni vedela, da je njena najljubša služkinja Rakšasi.
"Please find the owner of this strand of hair," she asked.
„Prosim, poiščite lastnika tega pramena las," je prosila.
And her maid-servant more than politely agreed.
In njena služkinja se je več kot vljudno strinjala.

"It would my pleasure to find this woman"
"Z veseljem bi našel to žensko"
"I will soon bring her to the palace"
"Kmalu jo bom pripeljal v palačo."
"I will need a boat build from Hajol wood"
"Potreboval bom izdelavo čolna iz lesa Hajol."
"The oars of the boat must be made from Mon-Paban wood"
"Vesla čolna morajo biti narejena iz lesa Mon-Paban."
The boat makers soon made the boat.
Čolnarji so kmalu izdelali čoln.
And the boat was launched on the stream.
In čoln so spustili na potok.
The maid-servant went on board of the boat.
Služkinja se je vkrcala na čoln.
With her she took some baskets of wicker.
S seboj je vzela nekaj košar iz vrbovega protja.
The baskets of wicker were of curious workmanship.
Košare iz vrbovega protja so bile nenavadne izdelave.
She also took with her some sweetmeats.
S seboj je vzela tudi nekaj sladkarij.
Into the sweetmeats some poison had been mixed.
V sladkarije je bil vmešan strup.
She snapped her fingers thrice.
Trikrat je tlesknila s prsti.
And then she uttered the following charm:
In nato je izrekla naslednji urok:
"Boat of Hajol! Oars of Mon Paban!"
"Čoln Hajol! Vesla Mon Paban!"
"Take me to the Ghat,"
"Peljite me do Ghata,"
"The Ghat in which Keshavati bathes"
"Ghat, v katerem se Kešavati kopa"
The boat heeded to her command.
Čoln je ubogal njen ukaz.
And the boat flew like lightning over the waters.
In čoln je letel kakor strela nad vodo.
And the boat left many towns and cities behind.

In čoln je za seboj pustil mnoga mesta in vasi.
At last the boat stopped at a bathing-place.
Končno se je čoln ustavil na kopališču.
The Rakshasi maid-servant had reached her goal.
Rakšaška služkinja je dosegla svoj cilj.
She concluded it was the bathing ghat of Keshavati.
Sklenila je, da je to kopalni ghat Kešavatija.
She landed with the sweetmeats in her hand.
Pristala je s sladkarijami v roki.
She went to the gate of the palace, and cried aloud:
Šla je do vrat palače in na glas vzkliknila:
"Oh Keshavati! Keshavati! I am your aunt"
"Oh, Kešavati! Kešavati! Jaz sem tvoja teta."
"Oh Keshavati, I am your mother's sister"
"Oh, Kešavati, jaz sem sestra tvoje matere."
"I have come to see you, my darling"
"Prišel sem te pogledat, dragi moj"
"I have come after so many years"
"Prišel sem po toliko letih"
"Are you home, Keshavati?" she asked.
„Si doma, Keshavati?“ je vprašala.
The princess heard the words of the false-aunt.
Princesa je slišala besede lažne tete.
She came out of her room and to the entrance of the palace.
Prišla je iz svoje sobe in se odpravila do vhoda v palačo.
She had no doubt that it was really her aunt.
Ni dvomila, da je to res njena teta.
And she embraced and kissed her aunt.
In objela je in poljubila svojo teto.
They both wept rivers of joy.
Oba sta jokala reke veselja.
Although you should know the Rakshasi wept first.
Čeprav bi moral vedeti, da je Rakšasi jokal prvi.
Keshavati wept with her out of empathy.
Keshavati je iz empatije jokala z njo.
Champa-Dal also believed the Rakshasi to be her aunt.
Čampa-Dal je tudi verjela, da je Rakšasi njena teta.

They all ate and drank and enjoyed the happy occasion.
Vsi so jedli in pili ter uživali v srečnem dogodku.
And then they took rest in the middle of the day.
In potem so sredi dneva počivali.
And they celebrated again in the evening.
In zvečer so spet praznovali.

The next day the celebrations continued at breakfast.
Naslednji dan se je praznovanje nadaljevalo pri zajtrku.
Champa-Dal had a habit of sleeping after breakfast.
Champa-Dal je imel navado spati po zajtrku.
Towards afternoon, the supposed aunt said to Keshavati:
Proti popoldnevu je domnevna teta rekla Kešavatiju:
"Let us both go to the river and wash ourselves:
"Pojdiva oba k reki in se umijeva:
Keshavati replied, "How can we go now?"
Kešavati je odgovoril: »Kako naj zdaj gremo?«
"My husband is sleeping," she explained.
„Moj mož spi," je pojasnila.
"Do not worry about your husband's sleep," said the aunt.
„Ne skrbi za možev spanec," je rekla teta.
"Let him sleep as much as he likes"
"Naj spi, kolikor hoče."
"Let me put these sweetmeats near his bedside"
"Naj te sladkarije postavim blizu njegove postelje."
"That way, when he awakes, he has something to eat"
"Tako bo imel, ko se zbudi, kaj za jesti."
Then they then went to the river-side.
Nato so šli na obalo reke.
They went close to the spot where the boat was.
Približali so se mestu, kjer je bil čoln.
From a distance Keshavati saw the baskets of wicker-work.
Kešavati je od daleč zagledala košare iz protja.
"Aunt, what beautiful things are those!"
"Teta, kako lepe stvari so to!"
"I wish I could get some of those wicker baskets"
"Želim si, da bi lahko dobil nekaj tistih pletenih košar"

Her aunt happily obliged her.
Teta ji je z veseljem ustregla.
"Come, my child, and look at the wicker baskets"
"Pridi, otrok moj, in poglej pletene košare"
"You can have as many baskets as you like"
"Lahko imaš toliko košar, kot želiš"
Keshavati at first refused to go into the boat.
Kešavati sprva ni hotel iti v čoln.
But her aunt was very persuasive.
Toda njena teta je bila zelo prepričljiva.
And finally she went onto the boat.
In končno je šla na čoln.
But once on the boat her aunt did a strange thing.
Ko pa je bila enkrat na ladji, je njena teta storila nekaj čudnega.
The aunt snapped her fingers thrice and said:
Teta je trikrat tlesknila s prsti in rekla:
"Boat of Hajol! Oars of Mon-Paban!"
"Čoln Hajol! Vesla Mon-Paban!"
"Take me to the Ghat,"
"Peljite me do Ghata,"
"The Ghat in which Sahasra-Dal bathes"
"Ghat, v katerem se kopa Sahasra-Dal"
And the boat heeded to her command.
In čoln je ubogal njen ukaz.
And the boat flew like an arrow over the waters.
In čoln je letel kakor puščica nad vodo.
Keshavati was frightened and began to cry.
Kešavati se je prestrašila in začela jokati.
But the boat went on despite her crying.
A čoln je kljub njenemu joku plul naprej.
And the boat left behind many towns and cities.
In čoln je za seboj pustil mnoga mesta in vasi.
In a trice the boat reached its destination.
V hipu je čoln dosegel cilj.
The ghat where Sahasra-Dal was in the habit of bathing.
Ghat, kjer se je Sahasra-Dal navadno kopala.
Keshavati was taken to the palace.

Kešavatija so odpeljali v palačo.

Sahasra-Dal admired her beauty and the length of her hair.

Sahasra-Dal je občudovala njeno lepoto in dolžino njenih las.

And the ladies of the palace tried their best to comfort her.

In dame v palači so se po svojih najboljših močeh trudile, da bi jo potolažile.

But she set up a loud cry of protest.

Vendar je sprožila glasen protestni krik.

And she wanted to be taken back to her husband.

In želela se je vrniti k možu.

Finally she saw that she had been taken captive.

Končno je videla, da so jo ujeli.

So she spoke to the ladies of the palace.

Zato je spregovorila z damami v palači.

"Upon marriage I made a vow to my husband"

»Ob poroki sem dala zaobljubo svojemu možu«

"I promised not to look upon the face of any other man"

"Obljubil sem, da ne bom pogledal v obraz nobenega drugega moškega"

"I promised to uphold this vow for six months"

"Obljubil sem, da bom to zaobljubo držal šest mesecev"

She was then lodged away from the others in the palace.

Nato so jo nastanili ločeno od drugih v palači.

And she was given a small house to live in.

In dobila je majhno hišo za bivanje.

The window of the house overlooked the road.

Okno hiše je gledalo na cesto.

There she spent the livelong day.

Tam je preživela cel dan.

And there she spent the livelong night.

In tam je preživela dolgo noč.

Because she had very little sleep.

Ker je zelo malo spala.

Because her time was spent in sighing and weeping.

Ker je svoj čas preživela v vzdihovanju in joku.

In the meantime Champa-Dal awoke from his sleep.

Medtem se je Champa-Dal prebudil iz spanca.
He was distracted with the grief of not finding his wife.
Zmotila ga je žalost, ker ni našel svoje žene.
His suspicions turned to the aunt of Keshavati.
Njegovi sumi so se obrnili na Kešavatijevo teto.
He knew she was a cheat and an impostor.
Vedel je, da je prevarantka in sleparka.
It must have been her who carried away Keshavati.
Verjetno je ona odpeljala Kešavatija.
He did not eat the sweetmeats left for him.
Ni jedel sladkarij, ki so mu jih pustili.
Because he suspected the sweets to have been poisoned.
Ker je sumil, da so bile sladkarije zastrupljene.
He threw one of the sweets to a crow.
Enega od sladkarij je vrgel vrani.
The moment the crow ate the sweet, it dropped down dead.
V trenutku, ko je vrana pojedla sladkost, je padla mrtva na tla.
This confirmed his suspicion of the pretend aunt.
To je potrdilo njegov sum o lažni teti.
Maddened with grief, he rushed out of the house.
Zmeden od žalosti je stekel iz hiše.
He was determined to go wherever his feet took him.
Odločen je bil, da bo šel, kamor koli ga bodo ponesle noge.
Like a madman he blubbered, "Oh Keshavati! Oh Keshavati!"
Kot norec je zajokal: »Oh, Kešavati! Oh, Kešavati!«
He travelled on foot day after day.
Dan za dnem je hodil peš.
And he followed whatever way his feet took him.
In sledil je poti, kamor so ga vodile noge.
Six months he spent travelling in this wearisome manner.
Šest mesecev je potoval na ta naporen način.
After six month he reached the capital of Sahasra-Dal.
Po šestih mesecih je prispel v prestolnico Sahasra-Dala.
He passed by the gate of the palace.
Šel je mimo vrat palače.
And from the road he could see a small house.

In s ceste je lahko videl majhno hišo.

And from in the house he could hear sighs.

In iz hiše je slišal vzdihe.

Champa-Dal instantly recognized his wife.

Champa-Dal je takoj prepoznal svojo ženo.

And Keshavita instantly recognized her husband.

In Kešavita je takoj prepoznala svojega moža.

Keshavita told her husband everything that had happened.

Kešavita je možu povedala vse, kar se je zgodilo.

"The woman asked to go bathing after breakfast"

"Ženska je prosila, da se po zajtrku lahko kopa."

"At the river there was a boat"

"Ob reki je bil čoln"

"The woman persuaded me onto the boat"

"Ženska me je prepričala, da grem na čoln"

"And then the boat took us to this place"

"In potem nas je čoln odpeljal na ta kraj"

"I realized that I had been made captive"

"Spoznal sem, da sem postal ujetnik"

"So I told them of my vows to you"

"Zato sem jim povedal o svojih zaobljubah tebi."

"But tomorrow will be the end of six month"

"Ampak jutri bo konec šestih mesecev."

There was a custom in those days.

V tistih časih je obstajal običaj.

The fulfilments of vows were publicly recited.

Izpolnitve zaobljub so bile javno recitirane.

This was normally fulfilled by a learned Brahman.

To je običajno izpolnil učen brahman.

They planned for Champa-Dal to take on this role.

Načrtovali so, da bo to vlogo prevzel Champa-Dal.

And so that evening the palace drum was beat.

In tako je tisti večer zaigral palačni boben.

The king wanted a learned Brahman to make a recitation.

Kralj je želel, da bi učeni brahman recitiral.

The story of Keshavati on the fulfilment of her vow.

Zgodba o Kešavati o izpolnitvi njene zaobljube.

Champa-Dal touched the drum and volunteered.
Čampa-Dal se je dotaknil bobna in se javil.
"I will make the recitation of Keshavita's vows"
"Izrekel bom Kešavitine zaobljube."
The next morning all assembled in the courtyard.
Naslednje jutro so se vsi zbrali na dvorišču.
The old king and the queen mother.
Stari kralj in kraljica mati.
Sahasra-Dal and his wife were there.
Sahasra-Dal in njegova žena sta bila tam.
All the courtiers and the learned Brahmans of the country.
Vsi dvorjani in učeni brahmani v državi.
All royalty was under a huge canopy of silk.
Vsa kraljeva družina je bila pod ogromno svileno krošnjo.
Keshavati was also there, but behind a veil.
Tudi Kešavati je bila tam, vendar za tančico.
So that she wouldn't be exposed to the rude gaze of people.
Da ne bi bila izpostavljena nesramnim pogledom ljudi.
Champa-Dal, the reciter, sat on a dais.
Recitator Champa-Dal je sedel na odru.
And he began to tell the story of Keshavati.
In začel je pripovedovati zgodbo o Kešavatiju.
"There was once a poor dimwitted Brahman"
"Nekoč je bil ubogi, neumni brahman"
"This dimwitted man had a wife, but no children"
»Ta bedak je imel ženo, a ne otrok.«
"But him not having children was probably for the best"
"Ampak to, da ni imel otrok, je bilo verjetno najboljše."
"Because he was barely able to meet his own needs"
"Ker je komaj zmogel zadovoljiti lastne potrebe"
"And he could hardly supply enough for his wife"
"In komaj je lahko priskrbel dovolj za svojo ženo"
"But his dimwittedness was not even his biggest problem"
"Vendar njegova neumnost sploh ni bila njegov največji problem"
And he continued the story as we have followed it.
In nadaljeval je zgodbo, kot smo ji sledili.

And sometimes he turned around to Keshavati.
In včasih se je obrnil proti Kešavatiju.
And he asked her if he was telling the story correctly.
In vprašal jo je, če zgodbo pripoveduje pravilno.
And she told him he was telling the story correctly.
In mu je rekla, da zgodbo pripoveduje pravilno.
"The Brahman woman concluded her fate was sealed"
»Brahmanka je sklenila, da je njena usoda zapečatena«
"And she thought her husband would meet the same fate"
"In mislila je, da bo njenega moža doletela ista usoda."
"And she did not expect her son to be spared either"
"In tudi ni pričakovala, da bo njenemu sinu prizaneseno."
"That night she hardly slept at all"
"Tisto noč skoraj ni spala"
"The Rakshasi had prevented her from seeing her husband"
»Rakšasi so ji preprečili, da bi videla moža.«
"Early next morning Champa-Dal went to school"
"Zgodaj naslednje jutro je Champa-Dal šel v šolo."
"Before he went to school, she gave her son a golden bottle"
"Preden je šel sinu v šolo, je dala sinu zlato steklenico"
"In the golden bottle was her own breast milk"
"V zlati stekленički je bilo njeno materino mleko"
"Carefully watch the colour of the milk"
"Pazljivo opazujte barvo mleka "
During the recitation the Rakshasi maid-servant grew pale.
Med recitiranjem je rakšasijeva služkinja pobledela.
**She perceived that her real character was going to be
discovered.**
Čutila je, da bo njen pravi značaj odkrit.
**And Sahasra-Dal was astonished at the knowledge of the
reciter.**
In Sahasra-Dal je bila osupla nad znanjem recitatorja.
The reciter clearly told the history of the prince's life.
Recitator je jasno povedal zgodovino knezovega življenja.
"A drop or two of the blood fell from the bees"
"Kapljica ali dve krvi sta padli s čebel"
"But their blood did not touch the ground"

»Vendar se njihova kri ni dotaknila tal«
"Instead, their blood landed on the ashes"
»Namesto tega je njihova kri pristala na pepelu«
"A terrible scream was heard at a distance"
"V daljavi se je zaslišal grozen krik"
"The scream was the wailing of the Rakshasas"
"Krik je bil jok Rakšasov"
"They were all running home as fast as they could"
"Vsi so tekli domov, kolikor hitro so mogli"
"They wanted to prevent the bees from being killed"
"Želeli so preprečiti pogin čebel"
"But they could not reach the palace in time"
"Vendar niso mogli pravočasno priti do palače"
"Because the bees had already been killed"
"Ker so bile čebele že pobite"
"The moment the bees were killed, all the Rakshasas died"
"V trenutku, ko so bile čebele ubite, so poginili vsi Rakšasi."
"Their carcasses fell on the very spot they were standing"
»Njihova trupla so padla na mesto, kjer so stala«
"Their carcasses now blocked the gateway of the palace"
»Njihova trupla so zdaj blokirala vhod v palačo.«
**"In this manner the seven hundred Rakshasas were
destroyed"**
»Na ta način je bilo uničenih sedemsto Rakšasov.«
All where enthralled by the story of the Rakshasas.
Vse je očarala zgodba o Rakšasih.
Because the story was being told by a true storyteller.
Ker je zgodbo pripovedoval pravi pripovedovalec.
All enjoyed the story except for the maid-servant.
Vsi so uživali v zgodbi, razen služkinje.
Because her real character was bound to be discovered.
Ker je bil njen pravi značaj neizogibno odkrit.
"Champa-Dal touched the drum and volunteered.
„Čampa-Dal se je dotaknil bobna in se javil."
"I will make the recitation of Keshavita's vows"
"Izrekel bom Kešavitine zaobljube."
"The next morning all assembled in the courtyard"

"Naslednje jutro so se vsi zbrali na dvorišču"
"The old king and the queen mother"
"Stari kralj in kraljica mati"
"Sahasra-Dal and his wife were there"
"Sahasra-Dal in njegova žena sta bila tam"
"All the courtiers and the learned Brahmans of the country"
"Vsi dvorjani in učeni brahmani države"
"All royalty was under a huge canopy of silk"
"Vsa kraljeva družina je bila pod ogromno svileno krošnjo"
"Keshavati was also there, but behind a veil"
»Tudi Kešavati je bila tam, vendar za tančico«
"So that she wouldn't be exposed to the rude gaze of people"
"Da ne bi bila izpostavljena nesramnim pogledom ljudi"
"Champa-Dal, the reciter, sat on a dais"
»Recitator Champa-Dal je sedel na odru.«
"And he began to tell the story of Keshavati"
"In začel je pripovedovati zgodbo o Kešavatiju."
Sahasra-Dal jumped up from his seat.
Sahasra-Dal je skočil s svojega sedeža.
And he embraced the reciter of the story.
In objel je recitatorja zgodbe.
"You can be none other than my brother Champa-Dal"
"Ne moreš biti nihče drug kot moj brat Champa-Dal."
Then the prince was inflamed with rage.
Tedaj je princa prevzela jeza.
He ordered the maid-servant to come into his presence.
Služki je ukazal, naj pride prednj.
A hole the height of a man was dug in the ground.
V zemljo so izkopali luknjo, visoko kot človek.
And the maid-servant was put into the hole, standing.
In deklo so vrgli v luknjo, kjer je ostala stoje.
Prickly thorns were heaped around her.
Okoli nje so bili nagrmadeni bodičasti trni.
Up to the crown of her head she was covered in thorns.
Do vrha glave je bila prekrita s trnjem.
In this way the maid-servant was buried alive.
Na ta način so služkinjo živo pokopali.

After this all lived happily together for many years.
Po tem so vsi živeli srečno skupaj dolga leta.
Sahasra-Dal and his princess, and Champa-Dal and Keshavati.
Sahasra-Dal in njegova princesa ter Champa-Dal in Keshavati.

The Story of Swet and Bachanta
Zgodba o Swet in Bachanti

There was once upon a time a rich merchant.
Nekoč je bil bogat trgovec.
This rich merchant had only one son.
Ta bogati trgovec je imel samo enega sina.
And he loved his only son very much.
In svojega edinega sina je imel zelo rad.
He gave to his son whatever he wanted.
Sinu je dal, kar je želel.
Of course his son wanted a beautiful house.
Seveda si je njegov sin želel lepo hišo.
And he also wanted to have a large garden.
In želel si je imeti tudi velik vrt.
So a beautiful house was built for him.
Tako so mu zgradili čudovito hišo.
And a fine garden was made for him too.
In tudi zanj je bil narejen lep vrt.
The merchant's son was pleased with the garden.
Trgovčev sin je bil z vrtom zadovoljen.
And he enjoyed walking in the garden.
In užival je v sprehodih po vrtu.
One day a bird's nest caught his attention.
Nekega dne je njegovo pozornost pritegnilo ptičje gnezdo.
This bird happens to be called Toontooni.
Ta ptica se imenuje Toontooni.
He put his hand into the small bird's nest.
Roko je potisnil v majhno ptičje gnezdo.
And in the nest he found an egg.
In v gnezdu je našel jajce.
He took the egg out of its nest.
Vzel je jajce iz gnezda.
There was an almirah in the wall of his house.
V steni njegove hiše je bila almira.
So he put the egg in the almirah.
Torej je dal jajce v almiro.

He closed the door of the almirah.
Zaprl je vrata almire.
And then he thought no more of the egg.
In potem ni več mislil na jajce.
The merchant's son had a house of his own.
Trgovčev sin je imel svojo hišo.
But he had a house without a household.
Imel pa je hišo brez gospodinjstva.
So in his house there was no cook.
Torej v njegovi hiši ni bilo kuharja.
But he had no need for his own cook.
Vendar ni potreboval lastnega kuharja.
Because his mother regularly sent him food.
Ker mu je mama redno pošiljala hrano.
In the morning she sent him breakfast.
Zjutraj mu je poslala zajtrk.
And every day she had dinner sent to him.
In vsak dan mu je pošiljala večerjo.
One day the egg in the almirah burst.
Nekega dne je jajce v almiri počilo.
But it was not a bird that came out of the egg.
Ampak iz jajca ni prišla ptica.
Out of the egg came a beautiful infant.
Iz jajca je prišel čudovit dojenček.
The infant was not a bird, but a human girl.
Dojenček ni bil ptica, ampak človeško dekle.
But the merchant's son knew nothing of the event.
Toda trgovčev sin ni vedel ničesar o dogodku.
He had forgotten everything about the egg.
Vse o jajcu je pozabil.
The door of the wall-almirah had been kept closed.
Vrata obzidne almire so bila zaprta.
However, the merchant's son did not lock the door.
Vendar trgovčev sin ni zaklenil vrat.
The child grew up within the wall-almirah.
Otrok je odraščal znotraj zidu-almire.
She had no knowledge of the merchant's son.

Ni vedela ničesar o trgovčevem sinu.
Nor did she know of anyone else.
Pa tudi ni poznala nikogar drugega.
When the child could walk it grew curious.
Ko je otrok znal hoditi, je postal radoveden.
And out of curiosity she opened the door.
In iz radovednosti je odprla vrata.
That day, too, the mother had sent breakfast.
Tudi tisti dan je mama poslala zajtrk.
And the breakfast had been put on the floor.
In zajtrk je bil položen na tla.
The child saw the food that was on the floor.
Otrok je videl hrano, ki je bila na tleh.
Of course the child ate from the food.
Seveda je otrok jedel od hrane.
And then the child returned into the wall.
In potem se je otrok vrnil v steno.
The merchant's mother always made a lot of food.
Trgovčeva mati je vedno veliko kuhala.
It was more food than he could possibly eat.
Bilo je več hrane, kot jo je sploh lahko pojedel.
So he didn't notice that any food was missing.
Torej ni opazil, da bi mu manjkala kakšna hrana.
The girl of the wall-almirah came out every day.
Dekle z zidne almire je prihajalo ven vsak dan.
And every day she ate a part of the food.
In vsak dan je pojedla del hrane.
After eating the food she returned to the almirah.
Ko je pojedla hrano, se je vrnila v almiro.
But with time the girl got older and older.
A sčasoma je deklica postajala starejša in starejša.
And with age she got bigger and bigger.
In s starostjo je postajala vedno večja.
And the bigger she got the hungrier she got.
In večja kot je postajala, bolj je bila lačna.
And she began to eat more of the food each day.
In vsak dan je začela jesti več te hrane.

Eventually the merchant's son noticed the missing food.
Končno je trgovčev sin opazil manjkajočo hrano.
But he had no way of knowing where the food went.
Ampak ni imel načina vedeti, kam je šla hrana.
The last thing he suspected was a girl from inside the almirah.
Zadnja stvar, na katero je posumil, je bila deklica iz almire.
And so he came to a very different conclusion.
In tako je prišel do povsem drugačnega zaključka.
"Why is mother sending such a small quantity of food?".
"Zakaj mama pošilja tako majhno količino hrane?"
And he had a message sent to his mother.
In materi je poslal sporočilo.
"Why am I being sent insufficient food?".
"Zakaj mi pošiljajo premalo hrane?"
"And why is the dish served so slovenly?".
"In zakaj je jed postrežena tako površno?"
Of course we know why the food was insufficient.
Seveda vemo, zakaj je bilo hrane premalo.
And we know why the food was presented slovenly.
In vemo, zakaj je bila hrana postrežena površno.
The girl from in the wall ate from his food.
Dekle iz zidu je jedlo njegovo hrano.
And as she ate she fingered the rice and curry.
In medtem ko je jedla, je s prsti otipala riž in curry.
And she always hurried back into her cell in the wall.
In vedno se je hitela nazaj v svojo celico v steni.
So that she would not be seen by anyone.
Da je nihče ne bi videl.
She had no time to put the rice in proper order.
Ni imela časa, da bi riž pravilno pripravila.
The mother was astonished at her son's complaint.
Mati je bila osupla nad sinovo pritožbo.
She gave him more than he could eat.
Dala mu je več, kot je lahko pojedel.
The food was served up on a silver plate.
Hrana je bila postrežena na srebrnem krožniku.

And she neatly arranged the food herself.
In hrano je sama lepo aranžirala.
But her son repeated the same complaint again.
Toda njen sin je ponovil isto pritožbo.
Day after day he complained of the small portions.
Dan za dnem se je pritoževal nad majhnimi porcijami.
Day after day he complained of the messy food.
Iz dneva v dan se je pritoževal nad neurejeno hrano.
And so his mother began to suspect foul play.
In tako je njegova mama začela sumiti na nepošteno igro.
She told her son to watch over the food.
Sinu je rekla, naj pazi na hrano.
"See if anyone is eating your food".
"Poglej, če kdo je tvojo hrano."
The next day a servant brought the food.
Naslednji dan je služabnik prinesel hrano.
The servant laid the food in a clean place.
Služabnik je hrano položil na čisto mesto.
Normally the merchant's son took a bath.
Običajno se je trgovčev sin kopal.
But this day he did not go for a bath.
Ampak ta dan se ni šel kopat.
Instead, on this day he hid himself nearby.
Namesto tega se je tistega dne skril v bližini.
From his hiding place he could see the food.
Iz svojega skrivališča je lahko videl hrano.
The merchant's son did not have to wait for long.
Trgovčev sin ni moral dolgo čakati.
Soon he saw the wall-almirah open.
Kmalu je zagledal odprto stensko almiro.
And he saw a beautiful damsel step out.
In zagledal je lepo dekle, ki je stopilo ven.
She could not have been more than sixteen.
Ni mogla biti starejša od šestnajst let.
She sat on the carpet by the breakfast.
Sedla je na preprogo ob zajtrku.
And she began to eat from the food left on the floor.

In začela je jesti hrano, ki je ostala na tleh.
The merchant's son came out of his hiding-place.
Trgovčev sin je prišel iz svojega skrivališča.
And the damsel could not escape from him.
In dekle mu ni moglo ubežati.
"Who are you, beautiful creature?".
"Kdo si, čudovito bitje?"
"You do not seem to be earth-born".
"Zdi se, da nisi rojen na Zemlji."
"Are you one of the daughters of the gods?".
"Si ena od hčera bogov?"
The girl replied, "I do not know who I am".
Dekle je odgovorilo: "Ne vem, kdo sem."
"But there is one thing I do know," the girl continued.
„Ampak eno stvar vem,“ je nadaljevalo dekle.
"One day I found myself in the almirah in the wall".
"Nekega dne sem se znašel v almiri v steni."
"And since then I have been living in the wall".
"In od takrat živim v steni."
The merchant's son thought her story was strange.
Trgovčev sin je menil, da je njena zgodba nenavadna.
But then he thought a bit more about the story.
Potem pa je o zgodbi še malo razmislil.
And he remembered what happened sixteen years ago.
In spomnil se je, kaj se je zgodilo pred šestnajstimi leti.
He remembered the nest of the toontoori bird.
Spomnil se je gnezda ptice toontoori.
And he remembered finding an egg in the nest.
In spomnil se je, da je v gnezdu našel jajce.
And he remembered putting the egg in the almirah.
In spomnil se je, da je dal jajce v almiro.
The wall-almirah girl was of uncommon beauty.
Dekle z zidu almira je bilo nenavadne lepote.
And the merchant's son was struck by her beauty.
In trgovčevega sina je prevzela njena lepota.
Her beauty made a deep impression on his mind.
Njena lepota se je globoko vtisnila v njegove misli.

And he resolved in his mind to marry her.
In v mislih se je odločil, da se bo z njo poročil.
From then on the girl didn't stay in the almirah.
Od takrat naprej dekle ni več ostalo v almiri.
She was given a room in the merchant's son's house.
Dobila je sobo v hiši trgovčevega sina.
The next day the merchant's son wrote a message.
Naslednji dan je trgovčev sin napisal sporočilo.
And he had the message sent to his mother.
In sporočilo je poslal svoji materi.
You can guess the general theme of the message.
Lahko uganete splošno temo sporočila.
The merchant's son said he would like to get married.
Trgovčev sin je rekel, da bi se rad poročil.
The mother of the merchant's son reproached herself.
Mati trgovčevega sina se je oštela.
She had not tried to find a wife for his son.
Ni poskušala najti žene za njegovega sina.
She felt she should have thought of his marriage.
Čutila je, da bi morala pomisliti na njegovo poroko.
And so she promptly replied to her son's message.
In tako je takoj odgovorila na sinovo sporočilo.
She and her father were going to send out ghataks.
Z očetom sta nameravala poslati ghatake.
The ghataks were going to go to different countries.
Ghataki so nameravali oditi v različne države.
There they were going to look for suitable brides.
Tam so iskali primerne neveste.
But the merchant's son said there would be no need.
Toda trgovčev sin je rekel, da ne bo potrebe.
He had secured himself a lovely young lady.
Zagotovil si je ljubko mlado damo.
If they had no objection, he would introduce her to them.
Če ne bi imeli nobenih ugovorov, bi jim jo predstavil.
And so the young lady was taken to the merchant's house.
In tako so mlado damo odpeljali v trgovčevo hišo.
The merchant and his wife welcomed the stranger.

Trgovec in njegova žena sta pozdravila tujca.
And they were also struck by her unmatched beauty.
In presenetila jih je tudi njena neprekosljiva lepota.
The girl was of perfect loveliness and grace.
Dekle je bilo popolne lepote in gracioznosti.
The parents made no questions to her birth.
Starši niso imeli nobenih vprašanj o njenem rojstvu.
And the nuptials were celebrated there and then.
In poroka je bila praznovana tam in takrat.

In the course of time the merchant's son had two sons.
Sčasoma se je trgovčevemu sinu rodila dva sinova.
The elder of the sons he named Swet.
Starejšemu od sinov je dal ime Swet.
And the younger son he named Basanta.
In mlajšemu sinu je dal ime Basanta.
After the passing of more time the old merchant died.
Po preteku daljšega časa je stari trgovec umrl.
So the merchant's son now became the merchant.
Tako je trgovčev sin postal trgovec.
And after some time his mother died too.
In čez nekaj časa je umrla tudi njegova mama.
Swet and Basanta grew up to be fine lads.
Swet in Basanta sta odrasla v pridna fanta.
And the elder son was in due time married.
In starejši sin se je pravočasno poročil.
Sometime after Swet's marriage his mother also died.
Nekaj časa po Swetovi poroki je umrla tudi njegova mati.
The girl from in the wall was no more.
Dekleta iz stene ni bilo več.
The widower lost no time in marrying again.
Vdovec ni izgubljal časa in se je znova poročil.
And he had a new young and beautiful wife.
In imel je novo mlado in lepo ženo.
Swet's wife was older than his stepmother.
Swetova žena je bila starejša od njegove mačehe.
So his wife became the mistress of the house.

Tako je njegova žena postala gospodarica hiše.
The stepmother was like all stepmothers are.
Mačeha je bila takšna kot vse mačehe.
She hated Swet and Basanta with a perfect hatred.
S popolnim sovraštvom je sovražila Sweta in Basanto.
And the two ladies also couldn't stand each other.
In tudi gospe se nista mogle prenašati.
It so happened one day that a fisherman came.
Nekega dne se je zgodilo, da je prišel ribič.
The fisherman brought to the merchant a fish.
Ribič je trgovcu prinesel ribo.
This fish was of singular and remarkable beauty.
Ta riba je bila edinstvene in izjemne lepote.
It was unlike any other fish that had been seen.
Bila je drugačna od vseh drugih rib, ki so jih videli.
And the fish had other qualities too.
In riba je imela tudi druge lastnosti.
The fisherman explained the wonders of the fish.
Ribič je razložil čudeže rib.
"Two things will happen if you eat this fish".
"Če pojeste to ribo, se bosta zgodili dve stvari."
"When you laugh maniks will drop from your mouth".
"Ko se boš smejal, ti bodo manike padale iz ust."
"And when you weep pearls will drop from your eyes".
"In ko boš jokal, ti bodo biseri padali iz oči."
The merchant was astounded by what he had heard.
Trgovec je bil osupel nad tem, kar je slišal.
And he wanted the wonderful properties of the fish.
In želel si je čudovitih lastnosti ribe.
And so he bought the fish at one thousand rupees.
In tako je kupil ribo za tisoč rupij.
And he put the fish into the hands of Swet's wife.
In ribo je dal v roke Swetove žene.
Because Swet's wife was the mistress of the house.
Ker je bila Swetova žena gospodarica hiše.
He strictly instructed her to cook the fish well.
Strogo ji je naročil, naj ribo dobro skuha.

And he told her to give the fish to him alone to eat.
In ji je rekel, naj mu da ribo, da jo poje sam.
The house-mother however knew the fish's secret.
Vendar je gospodinja poznala skrivnost ribe.
She had overheard what the fisherman had said.
Slišala je, kaj je rekel ribič.
Secretly she made a different plan in her mind.
Na skrivaj je v mislih skovala drugačen načrt.
She was going to cook the fish for her husband.
Ribo je nameravala skuhati za svojega moža.
And she was going to share the fish with his brother.
In ribo bo delila z njegovim bratom.
For her father-in-law she was going to prepare a frog.
Za svojega tasta je nameravala pripraviti žabo.
Soon she had finished cooking the marvelous fish.
Kmalu je končala s kuhanjem čudovite ribe.
And she had finished cooking a frog too.
In tudi žabo je že skuhala.
But from the kitchen she could hear a squabble.
Toda iz kuhinje je slišala prepir.
She could hear who it was that was arguing.
Slišala je, kdo se je prepiral.
Her stepmother-in-law and her husband's brother.
Njena mačeha in brat njenega moža.
And she understood the cause of the argument.
In razumela je vzrok prepira.
Basanta was still but a young lad.
Basanta je bil še mlad fant.
But he was passionately fond of his pigeons.
Ampak je imel strastno rad svoje golobe.
And he tamed his pigeons very well.
In svoje golobe je zelo dobro ukrotil.
Nonetheless, one of his pigeons had escaped.
Kljub temu je eden od njegovih golobov pobegnil.
And the pigeon flew into his stepmother's room.
In golob je priletel v sobo svoje mačehe.
His stepmother hid the pigeon in her clothes.

Njegova mačeha je goloba skrila v svoja oblačila.
Basanta rushed after the pigeon into the room.
Basanta je stekla za golobom v sobo.
And he loudly demanded to have the pigeon back.
In glasno je zahteval, da mu vrnejo goloba.
His stepmother denied having the pigeon.
Njegova mačeha je zanikala, da ima goloba.
Swet, however, did know she had the pigeon.
Swet pa je vedela, da ima goloba.
And the older brother forcibly took the bird.
In starejši brat je ptico na silo vzel.
And he freed the pigeon from her clothes.
In golobo je osvobodil njenih oblačil.
And he gave the pigeon back to his brother.
In goloba je vrnil svojemu bratu.
The stepmother cursed and swore, and added;
Mačeha je preklinjala in zaklinjala ter dodala;
"Wait until the head of the house comes home".
"Počakajte, da pride domov glava hiše."
"He will get no water till he sheds your blood".
"Ne bo dobil vode, dokler ne prelije tvoje krvi."
Swet's wife called her husband and said to him;
Swetova žena je poklicala moža in mu rekla;
"My dearest lord, that woman is a most wicked woman".
"Moj dragi gospod, ta ženska je zelo hudobna ženska."
"And she has boundless influence over my father-in-law".
"In ima neizmeren vpliv na mojega tasta."
"She will make him do what she has threatened".
"Prisilila ga bo, da stori to, kar mu je grozila."
"All our lives are in imminent danger".
"Vsa naša življenja so v neposredni nevarnosti."
"But let us first eat a little," she added.
„Ampak najprej malo pojejmo," je dodala.
"And then let us all three run away from this place".
"In potem vsi trije zbežimo od tod."
Swet forthwith called Basanta to him.
Swet je takoj poklical Basanto k sebi.

And he told him what he had heard from his wife.
In povedal mu je, kar je slišal od svoje žene.
They resolved to run away before nightfall.
Odločili so se, da bodo pobegnili pred nočjo.
The woman placed before her husband the fish.
Ženska je položila ribo pred moža.
And her brother-in-law ate of the fish too.
In tudi njen svak je jedel ribo.
And they ate of the fish heartily.
In jedli so ribe z užitkom.
The woman packed up all her jewels in a box.
Ženska je vse svoje dragulje pospravila v škatlo.
There was only one horse in the stables.
V hlevu je bil samo en konj.
But the horse was of uncommon fleetness.
Toda konj je bil nenavadno hiter.
They could all sit on the horse together.
Vsi skupaj so lahko sedeli na konju.
Swet held the reins of the horse.
Swet je držala vajeti konja.
The woman sat in the middle of the horse.
Ženska je sedela na sredini konja.
And she had the jewel-box in her lap.
In škatlico z dragulji je imela v naročju.
And Basanta sat on the rear of the horse.
In Basanta je sedel na zadnjem delu konja.
The horse galloped with the utmost swiftness.
Konj je galopiral z izjemno hitrostjo.
They passed through many a plain and noted town.
Peljali so se skozi mnoga preprosta in znamenita mesta.
After midnight they found themselves in a forest.
Po polnoči so se znašli v gozdu.
And they were not far from the banks of a river.
In niso bili daleč od bregov reke.
Here the most untoward event took place.
Tu se je zgodil najbolj nenavaden dogodek.
Swet's wife began to feel the pains of child-birth.

Swetova žena je začela čutiti porodne bolečine.
They dismounted from the horse without delay.
Brez odlašanja so sestopili s konja.
And within an hour Swet's wife gave birth to a son.
In v eni uri je Swetova žena rodila sina.
What were the two brothers to do in this forest?
Kaj naj bi brata počela v tem gozdu?
They knew that a fire had to be kindled.
Vedeli so, da je treba zakuriti ogenj.
The mother and the new-born baby needed warmth.
Mati in novorojenček sta potrebovala toplino.
But from where was there fire to be gotten?
Toda od kod bi lahko dobili ogenj?
There were no human habitations visible.
Ni bilo vidnih človeških bivališč.
Nonetheless, a fire had to be procured.
Kljub temu je bilo treba zakuriti ogenj.
And it was the winter month of December.
In bil je zimski mesec december.
The mother and the baby would certainly perish.
Mati in otrok bi zagotovo umrla.
Swet told Basanta to sit beside his wife.
Swet je Basanti rekel, naj sede poleg njegove žene.
And he set out in the darkness of the night.
In odpravil se je v temi noči.
And he went in search of wood to make a fire.
In šel je iskat drva, da bi zakuril ogenj.
Swet walked many a mile through the darkness.
Swet je prehodila veliko milj skozi temo.
But despite the distance he saw no human habitations.
A kljub razdalji ni videl človeških bivališč.
But eventually his eyes were given some help.
Toda sčasoma so njegove oči dobile nekaj pomoči.
The genial light of Sukra somewhat illumined his path.
Prijazna luč Sukre mu je nekoliko osvetlila pot.
And he saw at a distance what seemed a large city.
In v daljavi je zagledal nekaj, kar se je zdelo veliko mesto.

He was congratulating himself on his journey's end.
Čestital si je ob koncu poti.
And he congratulated himself for finding fire.
In čestital si je, da je našel ogenj.
The fire that was going to benefit his poor wife.
Ogenj, ki naj bi koristil njegovi ubogi ženi.
His wife that was lying cold in the forest.
Njegova žena, ki je ležala premražena v gozdu.
The fire that was going to save his new-born child.
Ogenj, ki naj bi rešil njegovega novorojenčka.
The new-born baby born into the coldness.
Novorojenček, rojen v mrazu.
Suddenly an elephant shot across his path.
Nenadoma mu je pot prekrižal slon.
The elephant was gorgeously caparisoned.
Slon je bil čudovito okrašen.
And the elephant gently picked him with his trunk.
In slon ga je nežno pobral s svojim rilcem.
He placed him on the rich howdah on its back.
Položil ga je na bogato kočo na hrbet.
The elephant then walked rapidly towards the city.
Slon je nato hitro hodil proti mestu.
Swet was quite taken aback by the events.
Swet je bil nad dogodki precej presenečen.
He did not understand the elephant's actions.
Ni razumel slonovega dejanja.
And he wondered what was in store for him.
In spraševal se je, kaj ga čaka.
A crown is that which was in store for him.
Krona je bila tisto, kar ga je čakalo.
He was being taken to the chief city of a kingdom.
Odpeljali so ga v glavno mesto nekega kraljestva.
In this kingdom every morning a king was elected.
V tem kraljestvu so vsako jutro izvolili kralja.
Because the kings of this city lasted but a day.
Ker so kralji tega mesta zdržali le en dan.
Every night the new king joined the queen in her room.

Vsako noč se je novi kralj pridružil kraljici v njeni sobi.
And every morning the previous king was found dead.
In vsako jutro so prejšnjega kralja našli mrtvega.
No one knew what caused the deaths of the kings.
Nihče ni vedel, kaj je povzročilo smrt kraljev.
Not even the queen knew what caused their death.
Niti kraljica ni vedela, kaj je povzročilo njuno smrt.
So this kingdom had its own king-maker.
Torej je to kraljestvo imelo svojega kralja, ki je ustvaril kralja.
The elephant who suddenly took hold of Swet.
Slon, ki je nenadoma zgrabil Sweta.
Early in the morning the elephant roamed about.
Zgodaj zjutraj se je slon sprehajal naokoli.
Sometimes the elephant went to distant places.
Včasih je slon odšel v oddaljene kraje.
And every evening the elephant returned with a man.
In vsak večer se je slon vračal z možem.
The man on the elephant's became their king.
Mož na slonu je postal njihov kralj.
The elephant majestically marched through the streets.
Slon je veličastno korakal po ulicah.
A crowd of people welcomed their new king.
Množica ljudi je pozdravila svojega novega kralja.
But Swet did not yet understand their cheers.
Toda Swet še ni razumela njihovega vzklikanja.
The elephant entered the kingdom's palace.
Slon je vstopil v kraljestveno palačo.
And the elephant placed Swet on the throne.
In slon je postavil Sweta na prestol.
Amid much rejoicing he was proclaimed king.
Sredi velikega veselja je bil razglašen za kralja.
But there were lamentations in the crowd too.
Toda v množici je bilo slišati tudi jamranje.
In the course of the day he heard of the curse.
Čez dan je slišal za prekletstvo.
The nightly death of every newly elected king.
Nočna smrt vsakega novoizvoljenega kralja.

But Swet was possessed of great discretion.
Toda Swet je imel veliko diskretnosti.
And he had the courage not to try an escape.
In imel je pogum, da ni poskušal pobegniti.
He took every precaution that he could take.
Upošteval je vse možne previdnostne ukrepe.
But he did not know how to avert the catastrophe.
Vendar ni vedel, kako preprečiti katastrofo.
And he knew not what expedients to adopt.
In ni vedel, katere metode naj sprejme.
Because he didn't know the nature of the danger.
Ker ni poznal narave nevarnosti.
He resolved, however, upon two things;
Vendar se je odločil za dve stvari;
He was going to go armed into the bedchamber.
Oborožen je nameraval iti v spalnico.
And he was going to stay awake the whole night.
In nameraval je ostati buden celo noč.
The queen was young and of exquisite beauty.
Kraljica je bila mlada in izjemne lepote.
Guileless and benevolent was the expression of her face.
Nedolžen in dobrohoten je bil izraz njenega obraza.
It was impossible to attribute her any malice.
Nemogoče ji je bilo pripisati kakršno koli zlonamernost.
No one believed she caused all the kings' deaths.
Nihče ni verjel, da je ona povzročila smrt vseh kraljev.
In the queen's chamber Swet spent an agreeable evening.
V kraljičini sobi je Swet preživela prijeten večer.
As the night advanced the queen fell asleep.
Ko se je noč bližala, je kraljica zaspala.
But Swet kept awake, and was on the alert.
Toda Swet je ostala budna in na preži.
He looked at every creek and corner of the room.
Pogledal je v vsak potok in kotiček sobe.
And he expected every minute to be murdered.
In pričakoval je, da bo vsako minuto umorjen.
But the queen did not rise to murder him.

Toda kraljica se ni dvignila, da bi ga umorila.
And no one entered the room to murder him either.
In nihče ni vstopil v sobo, da bi ga umoril.
Nor did he feel anything other than sleepiness.
Ni čutil ničesar drugega kot zaspanost.
But in the dead of night he perceived something.
Toda sredi noči je nekaj zaznal.
A thread was coming out the queen's nostril.
Iz kraljičine nosnice je štrlela nit.
The thread was so thin that it was almost invisible.
Nit je bila tako tanka, da je bila skoraj nevidna.
Slowly the thread reached several yards in length.
Počasi je nit dosegla nekaj metrov dolžine.
And eventually all the thread came out.
In končno je prišla ven vsa nit.
Only then did the thread begin to grow thicker.
Šele takrat se je nit začela gostiti.
Soon the thread took on its real shape.
Kmalu je nit dobila svojo pravo obliko.
The thread was in fact a huge serpent.
Nit je bila pravzaprav ogromna kača.
Immediately Swet cut off the head of the serpent.
Swet je takoj odsekal glavo kači.
The body of the serpent wriggled violently.
Telo kače se je silovito zvijalo.
He sat quiet in the room, expecting other adventures.
Tiho je sedel v sobi in pričakoval nove dogodivščine.
But nothing else happened the rest of the night.
A preostanek noči se ni zgodilo nič drugega.
The queen slept longer than usual.
Kraljica je spala dlje kot običajno.
Because she had been relieved of the huge snake.
Ker se je rešila ogromne kače.
Early next morning the ministers came.
Zgodaj naslednje jutro so prišli ministri.
They were expecting to hear of the king's death.
Pričakovali so, da bodo slišali za kraljevo smrt.

The ladies of the bedchamber knocked at the door.
Dame iz spalnice so potrkale na vrata.
But to their astonishment Swet come out.
Toda na njihovo začudenje je Swet prišel ven.
The folk learned the mystery of all the kings' deaths.
Ljudje so spoznali skrivnost vseh kraljevih smrti.
And now the country rejoiced their permanent king.
In zdaj se je država veselila svojega stalnega kralja.
There is a strange thing you probably noticed.
Verjetno ste opazili nekaj nenavadnega.
Swet did not remember his wife he left behind.
Swet se ni spominjal svoje žene, ki jo je pustil za seboj.
It is a strange thing, nevertheless it is true.
To je nenavadna stvar, a kljub temu je resnična.
Nor did he remember the defenseless new-born babe.
Niti se ni spomnil nemočnega novorojenčka.
And he did not remember his brother either.
In tudi brata se ni spomnil.
He had no time to remember when the elephant came.
Ni imel časa, da bi se spomnil, kdaj je prišel slon.
On the first night he had to worry for his own life.
Prvo noč je moral skrbeti za svoje življenje.
And now the crown brought on his forgetfulness.
In zdaj je krona prinesla njegovo pozabljivost.
But he had entrusted his wife and child to Basanta.
Vendar je svojo ženo in otroka zaupal Basanti.
And his brother sat waiting for many weary hours.
In njegov brat je sedel in čakal mnogo napornih ur.
Every moment he expected to see Swet return with fire.
Vsak trenutek je pričakoval, da se bo Swet vrnila z ognjem.
But the whole night passed away without his return.
A cela noč je minila brez njegove vrnitve.
At sunrise he went to the bank of the river.
Ob sončnem vzhodu je šel na breg reke.
There he anxiously looked about for his brother.
Tam je zaskrbljeno iskal brata.
But his waiting and searching were all in vain.

Toda vse njegovo čakanje in iskanje je bilo zaman.

Distressed beyond measure, he wept at the riverside.

Neizmerno pretresen je jokal ob reki.

As he was weeping a boat was passing by.

Medtem ko je jokal, je mimo peljal čoln.

In the boat a merchant was returning from business.

V čolnu se je trgovec vračal s posla.

The boat was not far from the shore.

Čoln ni bil daleč od obale.

So the merchant could see Basanta weeping.

Trgovec je torej lahko videl Basanto jokati.

Something struck the attention of the merchant.

Nekaj je pritegnilo pozornost trgovca.

By the weeping man appeared to be a pile of pearls.

Ob jokajočem moškem se je zdel kup biserov.

The merchant requested the boatman to halt.

Trgovec je prosil čolnarja, naj se ustavi.

And the merchant went to the weeping man.

In trgovec je šel k jokajočemu možu.

By the weeping man was in fact a pile of pearls.

Ob jokajočem moškem je bil pravzaprav kup biserov.

And the pearls were of the highest quality.

In biseri so bili najvišje kakovosti.

And another thing astonished the merchant.

In še nekaj je presenetilo trgovca.

The pile of pearls grew larger every second.

Kup biserov je vsako sekundo naraščal.

Because the man was crying, but not tears.

Ker je moški jokal, a ne solz.

Because his tears turned to pearls on the ground.

Ker so se njegove solze spremenile v bisere na tleh.

The merchant stowed away the pearls into his boat.

Trgovec je bisere pospravil v svoj čoln.

Then the merchant got his servants to help him.

Nato je trgovec poklical svoje služabnike, da mu pomagajo.

And together they captured the crying man.

In skupaj sta ujela jokajočega moškega.

They put him on board of the vessel.
Vkrcali so ga na ladjo.
And he tied him to one of the ship's masts.
In ga je privezal na enega od ladijskih jamborov.
Basanta, of course, tried his best to resist.
Basanta se je seveda po svojih najboljših močeh trudil upreti.
But what could he do against so many sailors?
Kaj pa bi lahko storil proti tolikim mornarjem?
He thought of his brother who never returned.
Pomislil je na svojega brata, ki se ni nikoli vrnil.
He thought of his sister-in-law in the forest.
Pomislil je na svojo svakinjo v gozdu.
And he thought of his newly born niece.
In pomislil je na svojo novorojeno nečakinjo.
And he cried even more bitterly than before.
In jokal je še bolj grenko kot prej.
His weeping mightily pleased the merchant.
Njegov jok je trgovca zelo razveselil.
Because even more pearls were falling to the ground.
Ker je na tla padalo še več biserov.
And the merchant became richer and richer.
In trgovec je postajal vedno bogatejši.
Eventually the merchant reached his native town.
Končno je trgovec prispel v svoje rojstno mesto.
When they got there he confined Basanta in a room.
Ko so prispeli tja, je Basanto zaprl v sobo.
At stated hours every day he had him whipped.
Vsak dan ob določenih urah ga je dal bičati.
In order to make him shed yet more tears.
Da bi ga spravili v še več solz.
And every tear converted into a bright pearl.
In vsaka solza se je spremenila v svetel biser.
The merchant one day said to his servants;
Trgovec je nekega dne rekel svojim služabnikom;
"The fellow is making me rich by his weeping".
"Ta fant me bogati s svojim jokom."
"Let us see what he gives me by laughing".

"Poglejmo, kaj mi bo dal s smehom."
Accordingly, he began to tickle his captive.
Zato je začel žgečkati svojega ujetnika.
Upon being tickled Basanta began to laugh.
Ko so ga požgečkali, se je Basanta začel smejati.
Of course he was not laughing out of happiness.
Seveda se ni smejal od sreče.
But none the less maniks dropped from his mouth.
A kljub temu so mu iz ust padale manike.
After this Basanta was not just whipped anymore.
Po tem Basanta ni bil več samo bičan.
Now he was alternately whipped and tickled.
Zdaj so ga izmenično bičali in žgečkali.
All day and far into the night he was exploited.
Ves dan in pozno v noč so ga izkoriščali.
The merchant's wealth increased day and night.
Trgovčevo bogastvo se je povečevalo podnevi in ponoči.
Soon he became the wealthiest man in the land.
Kmalu je postal najbogatejši človek v deželi.
But let us return to Basanta's subjugation later.
A vrnimo se k Basantini podjarmljenosti kasneje.
Now let us turn our attention to Swet's wife.
Zdaj pa se posvetimo Swetovi ženi.

Swet's abandoned wife was still in the forest.
Swetova zapuščena žena je bila še vedno v gozdu.
She had just given birth to her child.
Pravkar je rodila svojega otroka.
But now she was alone in the forest.
A zdaj je bila sama v gozdu.
First her husband had abandoned her.
Najprej jo je mož zapustil.
And now her brother-in-law abandoned her too.
In zdaj jo je zapustil tudi njen svak.
Imagine how overwhelmed with grief she felt.
Predstavljajte si, kako preplavljena je bila od žalosti.
Alone, and in a forest, far from civilization.

Sam, v gozdu, daleč od civilizacije.
Her case was indeed deserving of sympathy.
Njen primer si je resnično zaslužil sočutje.
She wept rivers of sad and lonely tears.
Prelila je reke žalostnih in osamljenih solz.
Excessive grief, however, brought her relief.
Pretirana žalost pa ji je prinesla olajšanje.
She fell asleep with the new-born in her arms.
Zaspala je z novorojenčkom v naročju.
While she was deep in sleep another tragedy took place.
Medtem ko je globoko spala, se je zgodila še ena tragedija.
It so happened that the Kotwal was passing by.
Zgodilo se je, da je šel mimo Kotwal.
He had recently suffered his own misfortune.
Pred kratkim je doživel lastno nesrečo.
But his misfortune was of a different nature.
Toda njegova nesreča je bila drugačne narave.
The children his wife bore died shortly after birth.
Otroci, ki jih je rodila njegova žena, so umrli kmalu po rojstvu.
And he was now going to bury the last infant.
In zdaj je nameraval pokopati zadnjega dojenčka.
He was heading to the banks of the river.
Odpravil se je proti bregovom reke.
The place where the other infants were buried.
Kraj, kjer so bili pokopani drugi dojenčki.
But then he saw the woman sleeping in the forest.
Potem pa je zagledal žensko, ki je spala v gozdu.
And in her arms he saw her holding a baby.
In v njenem naročju jo je zagledal, kako drži dojenčka.
The infant was a lively and beautiful boy.
Dojenček je bil živahen in lep fant.
His liveliness did not disturb his mother's sleep.
Njegova živahnost ni motila materinega spanca.
The Kotwal wanted the lovely infant very much.
Kotwalovi so si zelo želeli ljubkega dojenčka.
He quietly took the child from his mother.
Tiho je vzel otroka od matere.

And in her arms he placed his own dead child.

In v njenem naročju je položil svojega mrtvega otroka.

Of course this is not what he could tell his wife.

Seveda tega ni mogel povedati svoji ženi.

"We both thought that our son had died".

"Oba sva mislila, da je najin sin umrl."

"And I carried his body to the river bank".

"In njegovo truplo sem odnesel na rečni breg."

"And that was when a miracle occurred".

"In takrat se je zgodil čudež."

"Once more our son opened his young eyes".

"Naš sin je znova odprl svoje mlade oči."

"And now we have a beautiful and lively boy".

"In zdaj imamo lepega in živahnega fantka."

But Swet's wife did not know the true events.

Toda Swetova žena ni poznala resničnih dogodkov.

When she woke she held the dead child in her arms.

Ko se je zbudila, je v naročju držala mrtvega otroka.

And she thought it was her child that had died.

In mislila je, da je umrl njen otrok.

The distress of her mind may easily be imagined.

Njeno duševno stisko si je mogoče zlahka predstavljati.

The whole world became dark to her.

Ves svet ji je postal temen.

She was distracted by the loss of her child.

Izguba otroka jo je zmotila.

And in her distraction she formed a resolution.

In v svoji raztresenosti si je ustvarila resolucijo.

She had resolved to take her own life.

Odločila se je, da si bo vzela življenje.

The river was not far from where she had slept.

Reka ni bila daleč od mesta, kjer je spala.

And she determined to drown herself in the river.

In odločila se je, da se bo utopila v reki.

She took in her hand the bundle of jewels.

V roko je vzela svež
enj draguljev.

And then she proceeded to the river-side.

In nato se je odpravila do reke.
An old Brahman was at no great distance.
Stari brahman ni bil daleč.
The Brahman was performing his morning ablutions.
Brahman je opravljal jutranje umivanje.
He noticed the woman going into the water.
Opazil je žensko, ki je šla v vodo.
Naturally he thought that she was going to bathe.
Seveda je mislil, da se bo kopala.
But then he saw her going into the deep waters.
Potem pa jo je zagledal, kako gre v globoko vodo.
Something akin to suspicion arose in his mind.
V njegovih mislih se je pojavilo nekaj podobnega sumu.
The Brahman discontinued his devotions.
Brahman je prenehal s svojimi pobožnostmi.
He too waded out towards the river's depth.
Tudi on je brodil proti globini reke.
And he ordered the woman to come to him.
In ukazal je ženski, naj pride k njemu.
Swet's wife heard the old man calling her.
Swetova žena je slišala starega moža, ki jo je klical.
So she retraced her steps to the old man.
Zato se je vrnila po svojih stopinjah do starca.
"What were your intentions?" asked the Braham.
„Kakšni so bili vaši nameni?“ je vprašal Braham.
And the woman confirmed his suspicions.
In ženska je potrdila njegove sume.
"I was going to put an end to my life".
"Nameraval sem narediti konec svojemu življenju."
And she thanked the Brahman for saving her.
In zahvalila se je brahmanu, da jo je rešil.
"Accept these jewels as a sign of appreciation".
"Sprejmite te dragulje kot znak hvaležnosti."
The Brahman accepted the sign of appreciation.
Brahman je sprejel znak hvaležnosti.
But he was more interested in her story.
A bolj ga je zanimala njena zgodba.

And at his request she related her story.

In na njegovo prošnjo je povedala svojo zgodbo.

She had escaped from her stepmother in law.

Pobegnila je od svoje mačehe.

In the forest she gave birth to a child.

V gozdu je rodila otroka.

First her husband went looking for fire.

Najprej je njen mož šel iskat ogenj.

But her husband never came back to her.

Toda njen mož se ni nikoli vrnil k njej.

Then her brother-in-law looked for her husband.

Nato je njen svak poiskal njenega moža.

But her brother-in-law did not return either.

Toda tudi njen svak se ni vrnil.

Eventually she fell asleep with her child.

Na koncu je zaspala s svojim otrokom.

But when she woke her child was dead.

Ko pa se je zbudila, je bil njen otrok mrtev.

And that's when she decided to drown herself.

In takrat se je odločila, da se bo utopila.

She felt the relieve of telling her fate.

Čutila je olajšanje, ko je povedala svojo usodo.

The Brahman invited the woman to his house.

Brahman je žensko povabil k sebi domov.

And the woman was accepted into his family.

In ženska je bila sprejeta v njegovo družino.

The Brahman's wife treated her like a daughter.

Brahmanova žena jo je obravnavala kot hčerko.

And she spent years with her new family.

In leta je preživela s svojo novo družino.

Swet spend those years in his kingdom.

Swet je ta leta preživel v svojem kraljestvu.

Basanta spent those years being tortured.

Basanta je bil v tistih letih mučen.

And the adopted son of the Kotwal grew up.

In posvojeni sin Kotwala je odrasel.

The Brahman's house was not far from the Kotwal's.

Brahmanova hiša ni bila daleč od Kotwalove.
So the Kotwal's son met the Brahman's adopted daughter.
Kotwalov sin je tako srečal brahmanovo posvojenko.
And the lad thought he fell in love with her.
In fant je mislil, da se je vanjo zaljubil.
He spoke to his father about the woman.
Z očetom se je pogovarjal o ženski.
And the father spoke to the Brahman about the woman.
In oče je govoril z brahmanom o ženski.
The Brahman's rage knew no bounds.
Brahmanova jeza ni poznala meja.
"What is this insolence!" the Brahman protested.
„Kaj je to za predrznost!" je protestiral brahman.
"Your son is the son of an infidel".
"Tvoj sin je sin nevernika."
"How can he aspire to the hand of a Brahman's daughter!?".
„Kako si lahko želi roke brahmanove hčere!?"
"A dwarf may as well aspire to catch hold of the moon!".
"Pritlikavec si lahko prav tako želi ujeti luno!"
But the Kotwal's son determined to have her by force.
Toda Kotwalov sin se je odločil, da jo bo imel na silo.
One day he scaled the wall of the Brahman's house.
Nekega dne je splezal na zid brahmanove hiše.
He got upon the thatched roof of the cow-house.
Povzpel se je na slamnato streho kravjega hleva.
And from that lofty position he reconnoitered.
In s tega vzvišenega položaja je izvidoval.
And he saw two young calves below him.
In zagledal je pod seboj dva mlada teleta.
And he overheard the conversation of two young calves.
In prisluškoval je pogovoru dveh mladih teličkov.
"Men accuse us of brutish ignorance and immorality".
"Moški nas obtožujejo surove nevednosti in nemorale."
"But in my opinion men are fifty times worse".
"Ampak po mojem mnenju so moški petdesetkrat slabši."
"What makes you say so, brother?" the calf asked.
„Kaj te navaja k takšni trditvi, brat?" je vprašalo tele.

"Have you witnessed instances of human depravity?".
"Ste bili priča primerom človeške pokvarjenosti?"
"Who is a greater monster than the Kotwal's son?".
"Kdo je večja pošast kot Kotwalov sin?"
"The same lad standing on the thatched roof".
"Isti fant, ki stoji na slamnati strehi."
"The roof of this hut above our heads".
"Streha te koče nad našimi glavami."
"I thought he was just the son of our Kotwal".
"Mislil sem, da je samo sin našega Kotwala."
"I never heard that he was exceptionally vicious".
"Nikoli nisem slišal, da bi bil izjemno hudoben."
"You may have never heard of his wickedness".
"Morda še nikoli nisi slišal za njegovo hudobijo."
"But now you will hear of his wickedness from me".
"Zdaj pa boste od mene slišali o njegovi hudobiji."
"This wicked lad is now making immoral plans".
"Ta hudobni fant zdaj snuje nemoralne načrte."
"He is trying get married to his own mother!".
"Poskuša se poročiti s svojo materjo!"
The First Calf then related the whole story.
Prvi tele je nato povedal vso zgodbo.
And the inquisitive Second Calf listened.
In radovedni Drugi tele je poslušal.
And the calf told Swet's and Basanta's story.
In teliček je povedal Swetovo in Basantino zgodbo.
"A merchant built a house for his son"
"Trgovec je zgradil hišo za svojega sina"
"In the garden of the house was a Toontooni bird"
"Na vrtu hiše je bila ptica Toontooni."
"In the nest of the Toontooni bird was an egg"
"V gnezdu ptice Toontooni je bilo jajce"
"The merchant's son put the egg in an almirah"
"Trgovčev sin je dal jajce v almirah"
"Out of the egg came a beautiful girl"
"Iz jajca je prišla lepa deklica"
"Eventually the merchant's son married this beautiful girl"

"Sčasoma se je trgovčev sin poročil s to lepo deklico."
"Together they had two children; Swet and Basanta"
"Skupaj sta imela dva otroka; Swet in Basanta"
"Some time later the grandfather of the children died"
"Nekaj časa kasneje je umrl dedek otrok"
"Some time later again their grandmother died too"
"Nekaj časa kasneje je umrla tudi njihova babica."
"At the right time, the oldest son, Swet, got married"
"Ob pravem času se je poročil najstarejši sin, Swet."
"His mother, the Toontooni woman, died sometime later"
»Njegova mati, ženska iz Toontoonijevega rodu, je umrla nekaj kasneje.«
"Soon after their father married a younger woman"
»Kmalu zatem, ko se je njihov oče poročil z mlajšo žensko«
"But their new stepmother hated her stepsons"
"Toda njihova nova mačeha je sovražila svoje pastorke"
"And she also hated her new stepdaughter-in-law"
"In sovražila je tudi svojo novo pastorko"
"One day a fisherman happened to visit the merchant"
"Nekega dne je ribič obiskal trgovca"
"The Fisherman had sold the merchant a magical fish"
"Ribnik je trgovcu prodal čarobno ribo"
"Whoever ate the fish would laugh maniks"
"Kdor bi pojedel ribo, bi se smejal maniko"
"And whoever ate the fish would weep pearls"
"In kdor je jedel ribo, bi jokal bisere"
"The same day there was an argument over some pigeons"
"Istega dne je prišlo do prepira zaradi golobov"
"The stepmother was terribly vengeful to her stepsons"
"Mačeha je bila strašno maščevalna do svojih pastorkov"
"And she swore revenge on her stepsons"
"In prisegla je maščevanje svojim pastorkom "
"That day Swet, his wife, and Basanta escaped"
"Tistega dne so Swet, njegova žena in Basanta pobegnili"
"But before leaving they ate the magical fish"
"Toda preden so odšli, so pojedli čarobno ribo."
"On their journey Swet's wife gave birth to a baby boy"

»Na njuni poti je Swetova žena rodila fantka«
"Swet went to look for wood to make a fire"
"Sweet je šla iskat drva za ogenj"
"But he was carried away by an elephant"
"Ampak odnesel ga je slon"
"He was taken to a Queen haunted by a snake"
"Odpeljali so ga h kraljici, ki jo je preganjala kača. "
"But he succeeded in killing the serpent"
"Vendar mu je uspelo ubiti kačo"
"And so he became king of the land"
"In tako je postal kralj dežele"
"Basanta went looking for his brother"
"Basanta je šel iskat svojega brata"
"But he was captured by a merchant"
"Ampak ujel ga je trgovec"
"And now he's flogged and tickled daily"
"In zdaj ga vsak dan bičajo in žgečkajo."
"And he cries pearls and laughs maniks"
"In joka bisere in se smeji maniki"
"The Kotwal's son had died that night"
"Kotwalov sin je tisto noč umrl"
"So the Kotwal exchanged the two babies"
"Torej sta si Kotwalova zamenjala oba dojenčka"
"The mother couldn't bear the loss of her child"
"Mati ni mogla prenesti izgube svojega otroka"
"So she made the decision to drown herself"
"Zato se je odločila, da se bo utopila"
"But there was a Brahman that saved her life"
"Vendar je bil tam Brahman, ki ji je rešil življenje"
"And this Brahman took her into his home"
"In ta brahman jo je vzel v svoj dom."
"The Kotwal's son grew up a hardy boy"
"Kotwalov sin je odraščal v trpežnega fanta"
"And he fell in love with the woman"
"In zaljubil se je v žensko"
"And now he stands on the roof"
"In zdaj stoji na strehi"

"And he's intent on having the woman"
"In odločen je, da bo imel žensko"
All this the Kotwal's son heard.
Vse to je slišal Kotwalov sin.
And he was struck with horror.
In preplavila ga je groza.
He forthwith got down from the thatch.
Takoj je zlezel s slamnate strehe.
And he went home to his father.
In šel je domov k očetu.
And he said he must speak with the king.
In rekel je, da mora govoriti s kraljem.
The father protested against the request.
Oče je protestiral proti zahtevi.
But he got an interview with the king.
Vendar je dobil intervju s kraljem.
He told the king about the two calves.
Kralju je povedal o dveh teletih.
And he repeated the whole story.
In je ponovil vso zgodbo.
The king now remembered his poor wife.
Kralj se je zdaj spomnil svoje uboge žene.
So a servant was sent to the Brahman.
Torej je bil k brahmanu poslan služabnik.
And the Brahman was richly rewarded.
In Brahman je bil bogato nagrajen.
And his wife was brought back to the palace.
In njegovo ženo so pripeljali nazaj v palačo.
His wife was put in her proper position.
Njegova žena je bila postavljena v njen pravi položaj.
And she became queen of the kingdom.
In postala je kraljica kraljestva.
The reputed son of the Kotwal was readopted.
Domnevni sin Kotwala je bil ponovno posvojen.
And he was proclaimed heir to the throne.
In bil je razglašen za prestolonaslednika.
Basanta was brought out of the dungeon.

Basanto so pripeljali iz ječe.
And the wicked merchant was buried alive.
In hudobnega trgovca so živega pokopali.
And thorns were put in his burying-place.
In v njegov grob so položili trnje.
And all lived together happily for many years.
In vsi so srečno živeli skupaj dolga leta.
Swet, his wife and son, and Basantas.
Swet, njegova žena in sin ter Basantas.

The Evil Eye of Sani
Zlobno oko Sani

Once upon a time Sani and Lakshmi fell out with each other.
Nekoč sta se Sani in Lakshmi sprli.
Sani, also known as Saturn, is the God of bad luck.
Sani, znan tudi kot Saturn, je bog nesreče.
And Lakshmi is the Goddess of good luck.
In Lakshmi je boginja sreče.
And these two Gods fell out with each other in heaven.
In ta dva boga sta se sprla v nebesih.
Sani said he was higher in rank than Lakshmi.
Sani je rekel, da je po činu višji od Lakshmi.
And Lakshmi said she was higher in rank than Sani.
In Lakshmi je rekla, da je po činu višje od Sani.
But there were just as many Gods as there were Goddesses.
Vendar je bilo prav toliko bogov kot boginj.
Therefore the dispute could not be settled in heaven.
Zato spora ni bilo mogoče rešiti v nebesih.
The contending deities agreed to refer the matter to humans.
Sprta božanstva so se strinjala, da zadevo prepustijo ljudem.
The humans had a name for wisdom and justice.
Ljudje so imeli ime za modrost in pravičnost.
There lived at that time upon earth a man named Sribatsa.
Takrat je na Zemlji živel mož po imenu Sribatsa.
(Sri is another name of Lakshmi).
(Sri je drugo ime Lakšmi).
(And "batsa" is another word for child).
(In »batsa« je druga beseda za otroka).
(so Sribatsa literally means "the child of fortune").
(torej Sribatsa dobesedno pomeni »otrok sreče«).
Sribatsa had as much wisdom as he had wealth.
Sribatsa je imel toliko modrosti, kot je imel bogastva.
And he was as fair as he was rich, too.
In bil je tako pošten, kot je bil tudi bogat.
He was therefore a good judge for the dispute.
Zato je bil dober sodnik v sporu.

And the God and Goddess agreed he could judge their case.

In Bog in Boginja sta se strinjala, da lahko on sodi v njunem primeru.

One day, accordingly, Sribatsa was contacted.

Nekega dne so zato stopili v stik s Sribatso.

He was told that Sani and Lakshmi would come to him.

Rekli so mu, da bosta k njemu prišli Sani in Lakshmi.

And he was told they wished for him to settle their dispute.

In povedali so mu, da želijo, da on reši njun spor.

This put Sribatsa in a delicate situation.

To je Sribatso postavilo v kočljiv položaj.

He could say Sani was higher in rank than Lakshmi.

Lahko bi rekel, da je Sani višjega ranga kot Lakshmi.

But then she would be angry with him and forsake him.

Potem pa bi se nanj razjezila in ga zapustila.

He could say Lakshmi was higher in rank than Sani.

Lahko bi rekel, da je Lakshmi višjega ranga kot Sani.

But then Sani would cast his evil eye upon him.

Potem pa ga je Sani zlobno pogledal.

He made up his mind not to say anything directly.

Odločil se je, da ne bo ničesar neposredno povedal.

The god and the goddess had to observe his actions.

Bog in boginja sta morala opazovati njegova dejanja.

And from his actions they could gather their opinions.

In iz njegovih dejanj so si lahko ustvarili mnenje.

Sribatsa ordered two chairs to be made.

Sribatsa je naročil izdelavo dveh stolov.

One of the chairs was made from gold.

Eden od stolov je bil narejen iz zlata.

And the other chair was made from silver.

In drugi stol je bil narejen iz srebra.

And he placed the two chairs beside himself.

In postavil je dva stola poleg sebe.

The day came when Sani and Lakshmi visited Sribatsa.

Prišel je dan, ko sta Sani in Lakshmi obiskali Sribatso.

He told Sani to sit upon the silver chair.

Sani je rekel, naj sede na srebrn stol.

And he told Lakshmi to sit upon the gold chair.
In Lakšmi je rekel, naj sede na zlati stol.
Sani became mad with rage, and spoke angrily;
Sani je ponorel od besa in je jezno spregovoril;
"You consider me lower in rank than Lakshmi"
"Imaš me za nižjega ranga od Lakshmi."
"I will cast my eye on you for three years"
"Tri leta te bom gledal"
"We shall see how you fare at the end of that period"
"Bomo videli, kako se boste odrezali na koncu tega obdobja."
The god then went away in great anger.
Bog je nato odšel v veliki jezi.
Lakshmi, before she went away, said to Sribatsa;
Lakšmi je, preden je odšla, rekla Sribatsi;
"My child, do not fear. I'll befriend you"
"Otrok moj, ne boj se. Spoprijateljil se bom s teboj."
The god and the goddess then went away.
Bog in boginja sta nato odšla.
Sribatsa spoke to his wife, Chantamani;
Sribatsa je govoril s svojo ženo Chantamani;
"Dearest, the evil eye of Sani will be upon me"
"Draga moja, Sani me bo gledal zle oči."
"I had better go away from the house"
"Bolje, da grem stran od hiše"
"If I stay evil will befall you and me"
"Če ostanem, bo zlo doletelo tebe in mene"
"But if I go, evil will overtake me only"
"Če pa grem, me bo dohitelo samo hudo."
Chintamani said, "it cannot be that way"
Čintamani je rekel: "Tako ne more biti."
"Wherever you go, I will go with you"
"Kamorkoli greš, bom šel s teboj"
"Your good luck shall be my good luck"
"Tvoja sreča bo tudi moja sreča"
"And your bad luck shall be my bad luck"
"In tvoja smola bo moja smola."
The husband tried hard to persuade his wife to stay.

Mož se je zelo trudil prepričati ženo, da ostane.
But all his efforts were of no use.
A vsa njegova prizadevanja so bila zaman.
She refused to abandon her husband.
Ni hotela zapustiti moža.
Sribatsa told his wife to make an opening in their mattress.
Sribatsa je svoji ženi rekel, naj naredi odprtino v njuni vzmetnici.
And he told her to stow away all their money and jewels.
In ji je rekel, naj pospravi ves denar in dragulje.
On the eve of leaving their house, Sribatsa invoked Lakshmi.
Na predvečer odhoda iz hiše je Sribatsa priklical Lakšmi.
Upon being invoked, Lakshmi forthwith appeared.
Ko je bila priklicana, se je Lakšmi takoj pojavila.
"Mother Lakshmi, the evil eye of Sani is upon us"
"Mati Lakšmi, nad nami je zlobno oko Sani."
"We are going away into exile"
"Odhajamo v izgnanstvo"
"Please befriend us, and take care of our property"
"Prosim, bodite prijatelji z nami in skrbite za našo lastnino."
The goddess of good luck answered.
Boginja sreče je odgovorila.
"Do not fear; I'll befriend you"
"Ne boj se; spoprijateljil se bom s teboj"
"In the end all will be right"
"Na koncu bo vse prav"
They then set out on their journey.
Nato so se odpravili na pot.
Sribatsa rolled up the mattress and put it on his head.
Sribatsa je zvil vzmetnico in si jo položil na glavo.
They had not gone many miles when they saw a river.
Niso prehodili veliko kilometrov, ko so zagledali reko.
There was a canoe with a man sitting in it.
Tam je bil kanu, v katerem je sedel moški.
The travelers requested the ferryman to take them across.
Popotniki so prosili brodarja, naj jih prepelje čez.

The ferryman said he could only take one at a time.
Ladjar je rekel, da lahko vzame samo enega naenkrat.
"Tere are three of you," he objected.
„Trije ste," je ugovarjal.
"There is you, your wife, and your mattress"
"Tukaj si ti, tvoja žena in tvoja vzmetnica."
Sribatsa proposed in what order they should ferry over the river.
Sribatsa je predlagal, v kakšnem vrstnem redu naj se prepeljejo čez reko.
"First my wife should be taken across the river"
"Najprej bi morali mojo ženo odpeljati čez reko"
"After my wife, take the mattress across the river"
"Po moji ženi odnesi vzmetnico čez reko."
"And then you can take me across the river"
"In potem me lahko pelješ čez reko."
But the ferryman would not hear of it.
Toda brodar ni hotel niti slišati o tem.
"Only one at a time," he repeated.
„Samo enega naenkrat," je ponovil.
"First let me take across the mattress"
"Najprej naj grem čez vzmetnico."
Sribatsa saw no reason to object to the proposal.
Sribatsa ni videl razloga za ugovor predlogu.
The ferryman started taking the mattress across the river.
Brodar je začel prevažati vzmetnico čez reko.
He had reached halfway across the river.
Prišel je do polovice reke.
But then, from nowhere, a fierce gale arose.
Potem pa se je iznenada dvignil silovit veter.
The ferryman lost control of his canoe.
Brodar je izgubil nadzor nad svojim kanujem.
The mattress was blown into the river.
Vzmetnico je odpihnilo v reko.
The river carried everything away with it.
Reka je s seboj odnesla vse.

And the ferrymen, canoe, and mattress were never seen again.
In brodarjev, kanuja in vzmetnice niso nikoli več videli.
But that was not even the strangest events.
A to še ni bil najnenavadnejši dogodek.
Because the river also disappeared into thin air.
Ker je tudi reka izginila v zrak.
Where there was water there was now dry ground.
Kjer je bila voda, je bila zdaj suha tla.
Sribatsa knew the evil eye of Sani had been watching.
Sribatsa je vedel, da ga Sani opazuje zlobno oko.

Sribatsa and his wife had not a pice in their pockets.
Sribatsa in njegova žena nista imela niti centa v žepih.
Together, impoverished, they went to a nearby village.
Skupaj, obubožani, so se odpravili v bližnjo vas.
The village was dwelt in mostly by wood-cutters.
V vasi so živeli večinoma drvarji.
At sunrise the woodcutters went to cut wood.
Ob sončnem vzhodu so se drvarji odpravili sekat drva.
And the wood they cut they sold in a faraway town.
In les, ki so ga posekali, so prodali v daljnem mestu.
Sribatsa asked to work with the wood-cutters.
Sribatsa je prosil, da bi lahko sodeloval z drvarji.
And the wood-cutters agreed to let him cut wood.
In drvarji so se strinjali, da mu bodo dovolili sekati drva.
He could fell trees as well as the best of them.
Drevesa je znal podirati prav tako dobro kot najboljši med njimi.
But Sribatsa was different from the wood-cutters.
Toda Sribatsa se je razlikoval od drvarjev.
The wood-cutters cut any and every sort of wood.
Drvarji žagajo vse vrste lesa.
But Sribatsa cut only the precious types of wood.
Toda Sribatsa je rezal le dragocene vrste lesa.
His efforts were focused on cutting down sandal-wood.

Njegova prizadevanja so bila osredotočena na sečnjo sandalovine.

The wood-cutters brought to market large loads of common wood.

Drvarji so na trg pripeljali velike količine navadnega lesa.

Sribatsa brought only a few pieces of sandal-wood to the market.

Sribatsa je na trg prinesel le nekaj kosov sandalovine.

He was paid a great deal more money than the others.

Plačali so mu veliko več denarja kot drugim.

Things went on this way for some days.

Stvari so se tako nadaljevale nekaj dni.

And the wood-cutters became jealous of Sribatsa.

In drvarji so postali ljubosumni na Sribatso.

In their jealousy they plotted against Sribatsa.

V svojem ljubosumju so spletkarili proti Sribatsi.

And finally they drove Sribatsa and his wife from the village.

In končno so Sribatso in njegovo ženo pregnali iz vasi.

Sribatsa and his wife made their way to another village.

Sribatsa in njegova žena sta se odpravila v drugo vas.

In this village there were many women that weaved.

V tej vasi je bilo veliko žensk, ki so tkale.

Here Chintamani made herself useful by spinning cotton.

Tu se je Čintamani izkazala za koristno s predenjem bombaža.

Chintamani was an intelligent and skillful woman.

Čintamani je bila inteligentna in spretna ženska.

So she spun finer thread than the other women.

Zato je sprela tanjšo nit kot druge ženske.

And she got paid more money than the other women.

In dobila je več denarja kot druge ženske.

This roused the envy of the native women of the village.

To je vzbudilo zavist domačink v vasi.

But the envy of the other women was not all.

A zavist drugih žensk ni bila vse.

Sribatsa wanted to gain the good grace of the weavers.

Sribatsa si je želel pridobiti naklonjenost tkalcev.

So he invited the women that spun cotton to a feast.

Zato je povabil ženske, ki so prele bombaž, na pojedino.

The dishes of the feat were all cooked by his wife.

Vse jedi za podvig je skuhala njegova žena.

Chintamani was a good weaver, and an excellent in cook.

Čintamani je bila dobra tkalka in odlična kuharica.

She placed the delicacies before the women.

Pred ženske je postavila dobrote.

And the barbarous weavers were quite charmed.

In barbarski tkalci so bili precej očarani.

The men went to their homes with their bellies full.

Moški so se s polnimi trebuhi odpravili domov.

But when they got home, they reproached their wives.

Ko pa so prišli domov, so ošteli svoje žene.

"Why do you not cook like the wife of Sribatsa"

"Zakaj ne kuhaš kot žena Sribatse?"

And the men called their wives good-for-nothing women.

In možje so svoje žene imenovali ničvredne ženske.

This made the women hate Chintamani the more.

Zaradi tega so ženske še bolj sovražile Čintamani.

One day Chintamani went to the river-side.

Nekega dne je Čintamani šla na breg reke.

She wanted to bathe along with the other women of the village.

Želela se je okopati skupaj z drugimi ženskami v vasi.

A boat had been lying on the bank, stranded on the sand.

Na bregu je ležal čoln, nasedel na pesku.

The boat had been stranded there for many days.

Čoln je bil tam nasedel več dni.

They had tried to move the boat, but in vain.

Poskušali so premakniti čoln, vendar zaman.

It so happened that Chintamani touched the boat.

Zgodilo se je, da se je Čintamani dotaknila čolna.

It was an accident, for she did not mean to touch the boat.

Bila je nesreča, saj se ni nameravala dotakniti čolna.

But whether she meant to or not, the boat moved.
A čoln se je premaknil, pa če je to hotela ali ne.
And soon the boat was heading off to the river.
In kmalu se je čoln odpravil proti reki.
The boatmen were astonished by what they had seen.
Čolnarji so bili osupli nad tem, kar so videli.
They thought that the woman had uncommon power.
Mislili so, da ima ženska nenavadno moč.
And so they thought she might be useful in future.
In zato so menili, da bi lahko bila v prihodnosti koristna.
They therefore caught hold of her, against her will.
Zato so jo zgrabili proti njeni volji.
And they put her in the boat, and rowed off.
In dali so jo v čoln in odveslali.
The women of the village were present for this kidnapping.
Pri ugrabitvi so bile prisotne ženske iz vasi.
But they did not offer Chintamani any assistance.
Vendar Čintamani niso ponudili nobene pomoči.
Because Chintamani had put them in a bad light.
Ker jih je Čintamani postavila v slabo luč.

Sribatsa heard how his wife had been carried away by boatmen.
Sribatsa je slišal, kako so mu čolnarji odpeljali ženo.
I will let you imagine how he became mad with grief.
Naj si predstavljate, kako je od žalosti ponorel.
He left the village and went to the river-side.
Zapustil je vas in se odpravil k reki.
And he resolved to follow the course of the stream.
In odločil se je, da bo sledil toku potoka.
Along the stream he was sure to meet the kidnappers' boat.
Ob potoku je bil prepričan, da bo srečal čoln ugrabiteljev.
He travelled on and on, along the side of the river.
Potoval je naprej in naprej, ob reki.
And he travelled till it eventually became dark.
In potoval je, dokler se ni končno stemnilo.
Where he was there were no huts to be seen.

Kjer je bil, ni bilo videti nobene kolibe.
So he climbed into a tree to sleep for the night.
Zato se je povzpel na drevo, da bi prespal noč.
In the next morning he got down from the tree.
Naslednje jutro je sestopil z drevesa.
At the foot of the tree he saw a Kapila-cow.
Ob vznožju drevesa je zagledal kravo pasme Kapila.
A Kapila-cow never has any calves of her own.
Kapila-krava nikoli nima lastnih telet.
But she can be milked at all hours of the day.
Molzejo pa jo lahko ob vseh urah dneva.
Sribatsa milked the cow without her objecting.
Sribatsa je pomolzla kravo, ne da bi se ona ugovarjala.
And he drank the milk to his heart's content.
In mleko je pil do mile volje.
And then he noticed something else about the cow.
In potem je pri kravi opazil še nekaj.
The dung of the cow was of a bright yellow color.
Kravini iztrebki so bili svetlo rumene barve.
In fact, the dung of the cow was made of pure gold.
Pravzaprav je bil kravji gnoj narejen iz čistega zlata.
The golden cow dung was still in a soft state.
Zlati kravji gnoj je bil še vedno v mehkem stanju.
So he was able to write his name in the golden dung.
Tako je lahko v zlati gnoj napisal svoje ime.
During the course of the day the dung hardened.
Čez dan se je gnoj strdil.
And finally the dung looked like a brick of gold.
In končno je gnoj izgledal kot zlata opeka.
The tree he had slept in grew on the river-side.
Drevo, na katerem je spal, je raslo ob reki.
And the Kapila-cow supplied him with milk all day.
In krava Kapila mu je ves dan dajala mleko.
So Sribatsa decided to wait there for the boat.
Zato se je Sribatsa odločil, da bo tam počakal na čoln.
In the morning the cow deposited the precious article.
Zjutraj je krava odložila dragoceni predmet.

And at night the cow deposited the precious article.
In ponoči je krava odložila dragoceni predmet.
So the gold bricks increased every day.
Tako se je zlatih opek vsak dan večalo.
And on each golden brick he had engraved his name.
In na vsako zlato opeko je vgraviral svoje ime.
He stacked the bricks on top of each other.
Opeke je zlagal eno na drugo.
From a distance it looked like a hillock of gold.
Od daleč je izgledal kot zlati hribček.

But now we must leave Sribatsa to stack his gold.
Zdaj pa moramo pustiti Sribatso, da zloži svoje zlato.
And we must turn our attention to Chintamani.
In svojo pozornost moramo usmeriti na Čintamani.
Chintamani was a graceful woman of great beauty.
Čintamani je bila graciozna ženska izjemne lepote.
She had worried her beauty might be her ruin.
Skrbelo jo je, da bi jo njena lepota lahko uničila.
So she offered a prayer as she was being kidnapped.
Zato je molila, ko so jo ugrabili.
"Lakshmi, O Mother Lakshmi! have pity upon me"
"Lakšmi, o mati Lakšmi! usmili se me!"
"Thou hast made me beautiful, you have"
"Lepo si me naredil, prav si me naredil."
"But now my beauty will undoubtedly be my ruin"
"Zdaj pa bo moja lepota nedvomno moja poguba."
"I am bound to loss my honor and my chastity"
"Obsojen sem na izgubo časti in čistosti"
"I therefore beseech thee, gracious Mother;"
„Zato te prosim, milostljiva Mati;"
"Take my beauty from me, and make me ugly"
"Vzemi mi lepoto in me naredi grdo"
"Cover my body with some loathsome disease"
"Prekrij moje telo z neko gnusno boleznijo"
"That way the boatmen might not touch me"
"Tako se me čolnarji morda ne bodo dotaknili."

Chintamani was in the arms of the boatmen.
Čintamani je bila v naročju čolnarjev.
But the Goddess of good fortune heard her prayer.
Toda boginja sreče je slišala njeno molitev.
In the twinkling of an eye her form changed.
V trenutku se je njena podoba spremenila.
Her naturally beautiful form faded away.
Njena naravno lepa postava je zbledela.
And she was turned into a vile carcass.
In spremenila se je v gnusno truplo.
The boatmen were putting her down in the boat.
Čolnarji so jo spuščali v čoln.
They found her body was covered with loathsome sores.
Ugotovili so, da je njeno telo prekrito z gnusnimi ranami.
And the sores were giving out a disgusting stench.
In rane so oddajale ogabno smrad.
They therefore threw her into the hold of the boat.
Zato so jo vrgli v čoln.
And they left her amongst the cargo of the ship.
In pustili so jo med tovorom ladje.
Morning and evening they sent her some food.
Zjutraj in zvečer so ji pošiljali nekaj hrane.
A little boiled rice, and some water to drink.
Malo kuhanega riža in nekaj vode za pitje.
Chintamani was miserable in the hull of the ship.
Čintamani je bila nesrečna v trupu ladje.
But she greatly preferred misery to the alternative.
Vendar je imela veliko raje bedo kot alternativo.
She would rather be miserable than loss her chastity.
Raje bi bila nesrečna, kot da bi izgubila svojo čistost.

The boatmen had gone to some port to sell cargo.
Čolnarji so odšli v neko pristanišče prodajat tovor.
While sailing back they caught sight something.
Med plovbo nazaj so nekaj zagledali.
By the river-side there seemed to be a hillock of gold.
Ob reki se je zdelo, da je hribček zlata.

Sribatsa had been keeping watch by the river.
Sribatsa je pazil ob reki.
So he was delighted to see a boat approach him.
Zato je bil navdušen, ko je videl, da se mu približuje čoln.
Because he fondly imagined his wife might be on board.
Ker si je naklonjeno predstavljal, da bi bila morda na krovu tudi njegova žena.
The boatmen went greedily to the hillock of gold.
Čolnarji so pohlepno odšli do zlatega griča.
Of course Sribatsa told them the gold was his.
Seveda jim je Sribatsa povedal, da je zlato njegovo.
But that didn't help Sribatsa very much.
Ampak to Sribatsi ni kaj dosti pomagalo.
The sailors took him prisoner on the boat.
Mornarji so ga ujeli na ladji.
And they loaded the gold onto their vessel.
In zlato so naložili na svojo ladjo.
They happened to imprison him close to the ugly woman.
Slučajno so ga zaprli blizu grde ženske.
Of course the husband and wife recognized each other.
Seveda sta se mož in žena prepoznala.
In spite of the change Chintamani had undergone.
Kljub spremembi, ki jo je Chintamani doživela.
And despite their excitement they kept their composure.
In kljub navdušenju so ohranili mirnost.
And they thought it prudent not to speak to each other.
In menili so, da je pametno, da ne govorijo drug z drugim.
Instead they communicated their ideas through gestures.
Namesto tega so svoje ideje sporočali z gestami.
There is something you should know about the boatmen.
Nekaj morate vedeti o čolnarjih.
These boatmen were very fond of playing at dice.
Ti čolnarji so zelo radi igrali kocke.
Sribatsa appeared to them to be a respectable man.
Sribatsa se jim je zdel ugleden človek.
So they always asked him to join in the game.
Zato so ga vedno prosili, naj se pridruži igri.

Sribatsa happened to be an expert dice player.
Sribatsa je bil izkušnjo vešč kockanja.
Despite their efforts he won almost every game.
Kljub njihovim prizadevanjem je zmagal skoraj vsako tekmo.
You can imagine how the sailors felt about losing.
Lahko si predstavljate, kako so se mornarji počutili ob porazu.
And in jealousy the boatmen threw him overboard.
In čolnarji so ga iz ljubosumja vrgli čez krov.
Chintamani saw the men throw her husband overboard.
Čintamani je videla, kako so moški vrgli njenega moža čez
krov.
**Fortunately for Sribatsa, his wife had great presence of
mind.**
Na srečo za Sribatso je bila njegova žena zelo prisebna.
The boatmen had allowed her a pillow to rest her head.
Čolnarji so ji dovolili blazino, da si je lahko naslonila glavo.
And she simultaneously threw this pillow into the water.
In hkrati je vrgla to blazino v vodo.
Sribatsa was able to grab hold of the pillow.
Sribatsa se je uspel oprijeti blazine.
And the pillow helped him float down the stream.
In blazina mu je pomagala plavati po potoku.
Up until nightfall the river carried him downstream.
Vse do noči ga je reka nosila navzdol.
At nightfall he arrived at what seemed to be a garden.
Ob mraku je prispel do nečesa, kar je bilo videti kot vrt.
Because it was dark there was nothing he could do.
Ker je bila tema, ni mogel storiti ničesar.
So all night he stayed in the garden, cold and wet.
Tako je vso noč ostal na vrtu, premražen in moker.
I should tell you who this garden belonged to.
Moram vam povedati, komu je pripadal ta vrt.
This was the garden of an old widowed woman.
To je bil vrt stare ovdovele ženske.
This woman used to supply flowers for the king.
Ta ženska je kralju dobavljala rože.
But one day some blight had come over her garden.

Nekega dne pa je njen vrt okužila kuga.
Almost all the trees and plants ceased flowering.
Skoraj vsa drevesa in rastline so prenehale cveteti.
She had therefore given up the business she had.
Zato je opustila posel, ki ga je imela.
And she was no longer the royal flower supplier.
In ni bila več kraljeva dobaviteljica cvetja.
However, Sribatsa's arrival had rejuvenated her garden.
Vendar je Sribatsin prihod pomladil njen vrt.
She could scarcely believe her eyes in the morning.
Zjutraj komaj ni mogla verjeti svojim očem.
The whole garden was ablaze with flowers again.
Ves vrt je spet žarel od rož.
There was no plant that was not in bloom.
Ni bilo rastline, ki ne bi cvetela.
And every tree she had was begemmed with flowers.
In vsako drevo, ki ga je imela, je bilo posuto s cvetjem.
She had no way of knowing the cause of the miracle.
Vzroka za čudež ni imela kako izvedeti.
And so she took a walk through the garden.
In tako se je sprehodila po vrtu.
But she soon found the cause of all the flowers.
Toda kmalu je odkrila vzrok za vse te rože.
At the edge of her garden was a cold, wet man.
Na robu njenega vrta je stal premražen, moker moški.
He was shivering and almost dead from hypothermia.
Tresel se je in bil skoraj mrtev zaradi podhladitve.
She immediately brought the man into to her cottage.
Moškega je takoj pripeljala v svojo kočo.
And she lighted a fire to give him some warmth.
In zakurila je ogenj, da bi ga ogrela.
She nursed him and showed him every attention.
Negovala ga je in mu izkazovala vso pozornost.
And she ascribed the miracle to his presence.
In čudež je pripisala njegovi prisotnosti.
She made him as comfortable as she could.
Poskrbela je, da mu bo čim bolj udobno.

And then she ran to the king's palace.
In potem je stekla v kraljevo palačo.
She asked to speak to the king's chief servant.
Prosila je, da bi lahko govorila s kraljevim glavnim
služabnikom.
And she told him the good fortune she had had.
In mu je povedala o sreči, ki jo je imela.
"I can again supply the palace with flowers"
"Palačo lahko spet oskrbujem s cvetjem"
Her flowers had been very much missed at the palace.
V palači so zelo pogrešali njene rože.
So she was immediately restored to her former position.
Zato so jo takoj vrnili na prejšnji položaj.
She was again the flower-woman of the royal household.
Spet je bila cvetličarka kraljeve družine.

Sribatsa spent a few more days recovering his health.
Sribatsa je še nekaj dni okreval.
And eventually he had all his vitality back.
In sčasoma je spet imel vso svojo vitalnost.
He asked the woman if he could speak with a minister.
Žensko je vprašal, če bi lahko govoril z duhovnikom.
So the woman took him to the palace with her.
Zato ga je ženska vzela s seboj v palačo.
One of the king's ministers gave him an appointment.
Eden od kraljevih ministrov mu je dal imenovanje.
And he was at once found to be a man of intelligence.
In takoj se je izkazalo, da je inteligenten človek.
So was offered a position in the king's service.
Zato so mu ponudili mesto v kraljevi službi.
In fact, he was allowed to choose what job he wanted.
Pravzaprav si je lahko sam izbral, kakšno službo želi.
He asked to be collector of tolls on the river.
Prosil je, da bi bil pobiral cestnino na reki.
The minister was happy to give Sribatsa the job.
Minister je z veseljem podelil službo Sribatsi.
The kingdom needed someone to collect river-tolls.

Kraljestvo je potrebovalo nekoga, ki bi pobiral rečne cestnine.
And Sribatsa immediately started his new job.
In Sribatsa je takoj začel svojo novo službo.
It wasn't long before his plan came to fruition.
Ni minilo dolgo, preden se je njegov načrt uresničil.
The boat his wife was on was coming down the river.
Čoln, na katerem je bila njegova žena, se je spuščal po reki.
Under the king's authority he detained the boat.
Po kraljevem pooblastilu je zadržal čoln.
And he charged the boatmen with the theft of gold-bricks.
In čolnarja je obtožil kraje zlatih opek.
The king liked the sound of a boat full of gold.
Kralju je bil všeč zvok čolna, polnega zlata.
So the king himself came to the river-side.
Tako je kralj sam prišel na rečni breg.
Even he was amazed by the quantity of gold they had.
Celo njega je presenetila količina zlata, ki so ga imeli.
And every gold brick had Sribatsa's inscription.
In vsaka zlata opeka je imela Sribatsin napis.
At the same time he rescued his wife from the boatmen.
Hkrati je rešil svojo ženo pred čolnarji.
Back on dry land she returned to her previous beauty.
Nazaj na suhem se je vrnila k svoji prejšnji lepoti.
He told the king the story of their misfortune.
Kralju je povedal zgodbo o njihovi nesreči.
And the king had them as a guest in his palace.
In kralj jih je gostil v svoji palači.
The king gave them presents of horses and elephants.
Kralj jim je podaril konje in slone.
And on the horses and elephants they rode to their country.
In na konjih in slonih so jahali v svojo deželo.
The evil eye of Sani was now turned away from Sribatsa.
Sanijev zli pogled se je zdaj odvrnil od Sribatse.
And he again became what he formerly was.
In spet je postal to, kar je bil prej.
He was again Sribatsa; the Child of Fortune.
Spet je bil Sribatsa; Otrok sreče.

The Boy whom Seven Mothers Suckled
Deček, ki ga je dojilo sedem mater

Once on a time there reigned a king who had seven queens.
Nekoč je vladal kralj, ki je imel sedem kraljic.
He was very sad, for the seven queens were all barren.
Bil je zelo žalosten, saj je bilo vseh sedem kraljic neplodnih.
One day, however, he met a holy mendicant.
Nekega dne pa je srečal svetega berača.
The holy mendicant told the king about a certain forest.
Sveti berač je kralju povedal o nekem gozdu.
In this forest there grew a special kind of tree.
V tem gozdu je rasla posebna vrsta drevesa.
On a branch of this tree hung seven mangoes.
Na veji tega drevesa je viselo sedem mangov.
These mangos could restore the fertilities of his queens.
Ti mangi bi lahko obnovili plodnost njegovih matic.
But the king had to pluck the mangoes himself.
Toda kralj je moral mango obrati sam.
The king followed the advice of the mendicant.
Kralj je upošteval nasvet berača.
And he set off to go to the forest with the mango tree.
In odpravil se je v gozd k mangovcu.
Soon he had found the tree the mendicant spoke of.
Kmalu je našel drevo, o katerem je govoril berač.
And he plucked the seven mangoes that grew upon one branch.
In utrgal je sedem mangov, ki so rasli na eni veji.
He gave a mango to each of the queens to eat.
Vsaki kraljici je dal pojesti mango.
In a short time the king's heart was filled with joy.
V kratkem času je kraljevo srce napolnilo veselje.
He was told that the seven queens were all with child.
Povedali so mu, da je vseh sedem kraljic nosečih.

One day the king was out hunting.
Nekega dne je bil kralj na lovu.

On his path he saw a young lady of peerless beauty.
Na poti je zagledal mlado damo brez primere lepote.
He instantly fell in love with the beautiful woman.
Takoj se je zaljubil v lepo žensko.
And he brought her to his palace, and married her.
In pripeljal jo je v svojo palačo in se z njo poročil.
This lady was, however, not a human being.
Vendar ta gospa ni bila človeško bitje.
But what this woman was was a Rakshasi.
Ampak ta ženska je bila Rakšasi.
But the king of course did not know this.
Toda kralj tega seveda ni vedel.
The king became dotingly fond of her.
Kralj jo je neizmerno vzljubil.
And he did whatever she told him to do.
In storil je vse, kar mu je rekla.
One day she made a very particular request of the king.
Nekega dne je kralju namenila zelo posebno prošnjo.
"You say that you love me more than anyone else"
"Praviš, da me ljubiš bolj kot kogarkoli drugega"
"Let me see whether you really love me as much as you say"
"Naj vidim, če me res ljubiš tako zelo, kot praviš"
"If you love me, make your seven other queens blind"
"Če me ljubiš, oslepi svojih sedem drugih kraljic."
"And once they are blind, let them be killed"
"In ko bodo enkrat slepi, naj jih ubijejo."
The king became very sad at the terrible request.
Kralj se je ob strašni prošnji zelo razžalostil.
He was especially sad because the queens were all pregnant.
Še posebej žalosten je bil, ker so bile vse kraljice noseče.
But he had no choice but to comply with her request.
Vendar ni imel druge izbire, kot da ugodi njeni prošnji.

The eyes of the queens were plucked out of their sockets.
Kraljicam so izpulili oči iz jamic.
And the queens were delivered up to the chief minister.
In kraljice so bile izročene glavnemu ministru.

It was up to the chief minister to destroy the queens.
Glavni minister je moral uničiti kraljice.
But the chief minister was a merciful man.
Toda glavni minister je bil usmiljen človek.
In the side of the hill there was secret a cave.
Na pobočju hriba je bila skrivna jama.
Instead of killing the queens, the minister hid them.
Namesto da bi kraljice ubil, jih je minister skril.
In course of time the eldest of the seven queens gave birth.
Čez čas je najstarejša od sedmih kraljic rodila.
"What shall I do with the child," said she.
„Kaj naj storim z otrokom?" je rekla.
"We are blind and are dying for want of food."
"Slepi smo in umiramo zaradi pomanjkanja hrane."
"Let me kill the child," she proposed.
„Naj ubijem otroka," je predlagala.
"Let us all eat of the child's flesh," she added.
»Vsi jejmo otrokovo meso,« je dodala.
Just as she said she would, she killed the infant.
Tako kot je rekla, je ubila dojenčka.
She gave to each of her sister-queens a part of the child.
Vsaki od svojih sester-kraljic je dala del otroka.
And the sister queens ate their part of the child.
In sestre kraljice so pojedle svoj del otroka.
But the youngest queen did not eat her share.
Toda najmlajša kraljica ni pojedla svojega deleža.
Instead, she laid her part of the child beside her.
Namesto tega je svoj del otroka položila poleg sebe.
In a few days the second queen also was delivered of a child.
Čez nekaj dni je tudi druga kraljica rodila otroka.
She did with her child as her eldest sister had done with hers.
S svojim otrokom je ravnala tako, kot je njena najstarejša sestra ravnala s svojim.
So did the third, the fourth, the fifth, and the sixth queen.
Tako so storile še tretja, četrta, peta in šesta kraljica.
Eventually the seventh queen gave birth to a son.

Končno je sedma kraljica rodila sina.

But she did not follow the example of her sister-queens.

Vendar ni sledila zgledu svojih sester-kraljic.

Instead, she resolved to raise the child.

Nameste tega se je odločila, da bo otroka vzgajala sama.

The other queens demanded their portions of the newly-born.

Druge kraljice so zahtevale svoj delež novorojenčka.

But she still had the portions she had not eaten.

Ampak še vedno je imela porcije, ki jih ni pojedla.

And she gave her sister-queens back their children's parts.

In svojim sestram-kraljicam je vrnila dele njihovih otrok.

The other queens at once perceived that their portions were dry.

Druge kraljice so takoj opazile, da so njihove porcije suhe.

Therefore the parts could not be of the newly born child.

Zato deli niso mogli biti od novorojenčka.

"I have decided not to kill me child," she explained.

„Odločila sem se, da ne bom ubila svojega otroka,“ je pojasnila.

"I will not eat him, but try to raise him instead"

"Ne bom ga pojedel, ampak ga bom poskušal vzgojiti."

The others were glad to hear this news.

Drugi so bili veseli te novice.

They all said that they would help her in nursing the child.

Vsi so rekli, da ji bodo pomagali pri dojenju otroka.

And so the child was suckled by seven mothers.

In tako je otroka dojilo sedem mater.

And the child became the hardiest and strongest boy that ever lived.

In otrok je postal najtrši in najmočnejši fant, kar jih je kdaj živelo.

In the meantime the Rakshasi-queen was doing infinite mischief.

Medtem je kraljica Rakšasi počela neskončno nagajivost.

And she got the royal household into all sorts of trouble.

In kraljevo gospodinjstvo je spravila v vse vrste težav.
What she ate at the royal table did not fill her capacious stomach.
Kar je jedla za kraljevo mizo, ni napolnilo njenega prostornega želodca.
She therefore, in the darkness of night, went hunting.
Zato se je v temi noči odpravila na lov.
Gradually she ate up all the members of the royal family.
Postopoma je požrla vse člane kraljeve družine.
She ate all the king's servants, and his attendants.
Pojedla je vse kraljeve služabnike in njegove spremljevalce.
She ate all his horses, elephants, and cattle.
Pojedla je vse njegove konje, slone in govedo.
And eventually only her royal consort and the king were left.
In na koncu sta ostala le njen kraljevi soprog in kralj.
After that she used to go out in the evenings into the city.
Po tem je zvečer hodila ven v mesto.
And she ate up stray human beings wherever she found any.
In požrla je izgubljena človeška bitja, kjerkoli jih je našla.
The king was left without any servants.
Kralj je ostal brez služabnikov.
There was no person left to cook for him.
Ni bilo več nikogar, ki bi mu kuhal.
Because no one would accept this job.
Ker te službe nihče ne bi sprejel.
But at last someone volunteered their services.
A končno se je nekdo prostovoljno ponudil za svoje storitve.
The boy who had been suckled by seven mothers.
Deček, ki ga je dojilo sedem mater.
He had now grown up to be a stalwart youth.
Zdaj je odrasel v pogumnega mladeniča.
He attended on the king and prepared his food.
Postregel je kralju in mu pripravljal hrano.
But he took every care while with the queen.
Vendar je bil med obiskom kraljice zelo previden.
And he made sure that she did not swallow him up.

In poskrbel je, da ga ni pogoltnila.
The Rakshasi-queen seized her victims only at night.
Kraljica Rakšasi je svoje žrtve zasegla le ponoči.
So the boy he went home long before nightfall.
Tako se je fant vrnil domov že dolgo pred nočjo.
So she had to find another way to get rid of the boy.
Zato je morala najti drug način, da se znebi fanta.

The boy always boasted that he could do any work.
Fant se je vedno hvalil, da zmore vsako delo.
So the queen invented a disease for herself.
Torej si je kraljica izmislila bolezen.
She said that there was a cure for her disease.
Rekla je, da obstaja zdravilo za njeno bolezen.
But she said the cure was not easy to get.
Vendar je dejala, da zdravila ni bilo lahko dobiti.
This made the boy even more interested in the task.
To je fanta še bolj zainteresiralo za nalogo.
She said there was a melon which cured her disease.
Rekla je, da obstaja melona, ki jo ozdravi od bolezni.
The melon was twelve cubits in length.
Melona je bila dolga dvanajst komolcev.
But the stone of the lemon was thirteen cubits long.
Toda koščica limone je bila dolga trinajst komolcev.
The fruit could only be gotten from her mother.
Sadje je lahko dobila le od svoje matere.
And her mother lived on the other side of the ocean.
In njena mama je živela na drugi strani oceana.
She gave him a letter of introduction to her mother.
Dala mu je priporočilno pismo za svojo mater.
But actually the note told her to eat the boy.
Ampak v resnici ji je sporočilo naročalo, naj fanta poje.
The boy had suspected there was some foul play.
Fant je sumil, da gre za nekaj nepoštenega.
So he tore up the letter and proceeded on his journey.
Zato je raztrgal pismo in nadaljeval svojo pot.
The dauntless youth passed through many lands.

Neustrašni mladenič je prepotoval številne dežele.
After much travel he stood on the shore of the ocean.
Po dolgem potovanju je stal na obali oceana.
On the other side of the ocean was the country of the Rakshasis.
Na drugi strani oceana je bila dežela Rakšasov.
He then bawled as loud as he could, and said;
Nato je zavpil tako glasno, kot je mogel, in rekel;
"Granny! granny! come and save your daughter"
"Babica! babica! pridi in reši svojo hčer!"
"Your daughter, my mother, is dangerously ill"
"Vaša hči, moja mama, je hudo bolna"
On the other side of the ocean an old Rakshasi heard him.
Na drugi strani oceana ga je slišal stari Rakšasi.
The old Rakshasi crossed the ocean to the boy.
Stari Rakšasi je prečkal ocean k fantu.
The boy told her the message of the queen.
Fant ji je povedal kraljičino sporočilo.
And the Rakshasi took the boy on her back.
In Rakšasi je vzela fanta na hrbet.
She re-crossed the ocean to the land of the Rakshasi.
Ponovno je prečkala ocean v deželo Rakšasov.
And the boy was at once given the medicinal melon.
In fantu so takoj dali zdravilno melono.
The Rakshasi told him to hurry back to her daughter.
Rakšasi mu je rekla, naj se pohiti nazaj k njeni hčerki.
But the boy said he was too tired to keep travelling.
Toda fant je rekel, da je preveč utrujen, da bi nadaljeval s potovanjem.
And he begged to be allowed to rest one day.
In prosil je, da bi mu nekega dne dovolili počivati.
The old Rakshasi consented to her grandson's wishes.
Stara Rakšasi je privolila v želje svojega vnuka.

The boy noticed interesting things in the Rakshasi's room.
Fant je v Rakšasijevi sobi opazil zanimive stvari.
There was a stout club and a rope hanging in the room.

V sobi sta visela močna palica in vrv.
The boy inquired what the stout club and rope were for.
Fant je vprašal, čemu služita močna palica in vrv.
"Child, with that club and rope I cross the ocean"
"Otrok, s to palico in vrvjo prečkam ocean"
"One just has to take the club and the rope in his hands"
"Samo palico in vrv je treba vzeti v roke"
"And then you have to say the following magical words:"
"In potem moraš izgovoriti naslednje čarobne besede:"
"O stout club! O strong rope!"
"O močna palica! O močna vrv!"
"Take me at once to the other side"
"Takoj me pelji na drugo stran"
"Then they will take him to the other side of the ocean"
"Potem ga bodo odpeljali na drugo stran oceana."
The boy noticed another interesting thing in the room.
Fant je v sobi opazil še eno zanimivo stvar.
There was a bird in a cage in the corner of the room.
V kotu sobe je bila v kletki ptica.
The boy also wanted to know what this bird was for.
Deček je želel vedeti tudi, čemu je namenjena ta ptica.
"The bird contains a secret, my child"
"Ptica skriva skrivnost, otrok moj"
"But that secret must not be disclosed to mortals"
"Vendar te skrivnosti ne smemo razkriti smrtnikom."
"But how can I hide this secret from my own grandchild?"
"Ampak kako naj to skrivnost skrijem pred lastnim vnukom?"
"That bird, child, contains the life of your mother.
„Ta ptica, otrok, vsebuje življenje tvoje matere."
"If the bird is killed, your mother will at once die"
"Če ptico ubijejo, bo tvoja mati takoj umrla"
Armed with these secrets, the boy went to bed that night.
Oborožen s temi skrivnostmi je fant tisto noč šel spat.

Next morning the old Rakshasi went to distant countries.
Naslednje jutro se je stari Rakšasi odpravil v daljne dežele.
Together with all the other Rakshasis, she went to forage.

Skupaj z vsemi drugimi Rakšasiji je šla nabirati hrano.
The boy took down the bird-cage from the ceiling.
Fant je s stropa snel ptičjo kletko.
And the boy took the club and the rope.
In fant je vzel palico in vrv.
And then he spoke the magic words to the club and rope.
In potem je izrekel čarobne besede palici in vrvi.
"O stout club! O strong rope!"
"O močna palica! O močna vrv!"
"Take me at once to the other side"
"Takoj me pelji na drugo stran"
In the twinkling of an eye the boy was put on this side of the ocean.
V hipu je bil fant postavljen na to stran oceana.
He then retraced his steps, back to the queen.
Nato se je vrnil po isti poti, nazaj h kraljici.
To her astonishment he really had the medicinal lemon.
Na njeno začudenje je res imel zdravilno limono.
But the bird in the cage he kept carefully concealed.
Toda ptico v kletki je skrbno skrival.

In the course of time the people of the city came to the king.
Sčasoma so ljudje iz mesta prišli h kralju.
And they told the king of their troubles.
In kralju so povedali o svojih težavah.
"A monstrous bird comes from the palace every evening"
"Vsak večer iz palače prihaja pošastna ptica"
"The bird seizes the people in the streets"
"Ptica lovi ljudi na ulicah"
"And the bird swallows the people up whole"
"In ptica pogoltne ljudi cele"
"This has been going on for a long time"
"To se dogaja že dolgo časa"
"And now the city has become almost desolate"
"In zdaj je mesto postalo skoraj opustošeno"
The king did not know what this monstrous bird was.
Kralj ni vedel, kaj je ta pošastna ptica.

But the king's servant, the boy, said he knew.
Toda kraljev služabnik, fant, je rekel, da ve.
"I will kill the monstrous bird," he offered.
„Ubil bom pošastno ptico," je ponudil.
"But the queen has to stand beside us," he added.
„Toda kraljica mora stati ob nas," je dodal.
The king saw no reason to object to the proposal.
Kralj ni videl razloga, da bi ugovarjal predlogu.
And so the queen was made to stand beside the king.
In tako so kraljico postavili poleg kralja.
The boy then took the bird out from its cage.
Nato je fant vzel ptico iz kletke.
On seeing the bird she fell into a fainting fit.
Ko je zagledala ptico, je omedlela.
Then the boy turned to the king, and spoke.
Nato se je fant obrnil h kralju in spregovoril.
"King, you will soon perceive who the monstrous bird is"
"Kralj, kmalu boš spoznal, kdo je ta pošastna ptica."
"You will see what devours your people every evening"
"Videl boš, kaj vsak večer požre tvoje ljudstvo."
"I tear off each limb of this bird"
"Tej ptici odtrgam vsak ud"
"The corresponding limb of the man-eater will fall off"
"Ustrezni ud ljudožerja bo odpadel."
The boy then tore off one leg of the bird in his hand.
Deček je nato ptici, ki jo je držal v roki, odtrgal eno nogo.
All assembled were astonished at what happened next.
Vsi zbrani so bili osupli nad tem, kar se je zgodilo potem.
One of the legs of the queen fell off.
Kraljici je odpadla ena od nog.
Then the boy squeezed the throat of the bird.
Nato je fant stisnil ptici grlo.
And as he squeezed the bird, the queen gave up the ghost.
In ko je stisnil ptico, je kraljica izdihnila.
The boy then retold his history to the king.
Fant je nato kralju znova povedal svojo zgodbo.
"You used to have seven barren wives"

»Imel si sedem neplodnih žen«
"To treat their barrenness, you gave them each a mango"
»Da bi pozdravil njihovo neplodnost, si jim dal vsakemu
mango.«
"And each of your wives fell pregnant with a child"
»In vsaka od vaših žen je zanosila z otrokom«
"However, you then married an eighth wife"
"Vendar si se nato poročil z osmo ženo"
"This wife ordered you to blind your other wives"
"Ta žena ti je ukazala, da oslepiš svoje druge žene."
"And she ordered you to have your other wives killed"
"In ukazala ti je, da ubiješ svoje druge žene."
"Your minister blinded your seven wives"
»Vaš minister je oslepil vaših sedem žena«
"But he was too good hearted to kill your wives"
"Ampak bil je preveč dobrosrčen, da bi ubil tvoje žene."
"Your seven wives were taken to a hiding place"
»Tvojih sedem žena je bilo odpeljanih v skrivališče«
"And in this hiding place they each gave birth"
"In v tem skrivališču so vsaka rodile"
"But they were forced to eat their newly born children"
"Vendar so bili prisiljeni jesti svoje novorojenčke."
"Only my mother did not let me be eaten"
"Samo moja mama ni pustila, da bi me pojedli"
"Instead, I was suckled by seven mothers"
»Namesto tega me je dojilo sedem mater.«
"And I grew up strong and capable"
"In odraščal sem močan in sposoben"
"Eventually I came to work in your palace"
"Sčasoma sem prišel delat v tvojo palačo."
"Your wife, my stepmother, sent me on a mission"
"Tvoja žena, moja mačeha, me je poslala na misijo."
"She sent me to her mother for a medicine"
"Poslala me je k svoji materi po zdravilo"
"However, her mother was a Rakshasi"
"Vendar je bila njena mati Rakšasi"
"From her I found the secret of your wife's life"

"Od nje sem odkril skrivnost življenja tvoje žene."
"And so I brought the bird that held your wife's life"
"In tako sem prinesel ptico, ki je pustila življenje tvoji ženi."
The king had listened to the story his son told him.
Kralj je poslušal zgodbo, ki mu jo je povedal njegov sin.
The seven queens were brought back to the palace.
Sedem kraljic so pripeljali nazaj v palačo.
And their eyes were miraculously restored.
In njihove oči so bile čudežno obnovljene.
The boy that was suckled by seven mothers was crowned.
Deček, ki ga je dojilo sedem mater, je bil kronan.
And he was recognized by the king as his rightful heir.
In kralj ga je priznal za svojega zakonitega dediča.
And they lived together happily.
In živela sta srečno skupaj.

The Story of Prince Sobur
Zgodba o princu Soburju

Once upon a time there lived a merchant.
Nekoč je živel trgovec.
This merchant had seven daughters.
Ta trgovec je imel sedem hčera.
One day the merchant asked them a question.
Nekega dne jim je trgovec postavil vprašanje.
"From whose fortune do you live?"
"Od čigavega bogastva živiš?"
The eldest daughter answered first.
Najstarejša hči je odgovorila prva.
"Papa, I live from your fortune"
"Očka, živim od tvojega bogastva"
The second daughter gave the same answer.
Druga hči je odgovorila enako.
The same answer was given by the third daughter.
Enak odgovor je dala tretja hči.
His fourth daughter also lived from his fortune.
Tudi njegova četrta hči je živela od njegovega premoženja.
His fifth daughter was no different.
Njegova peta hči ni bila nič drugačna.
And his sixth daughter was like the rest.
In njegova šesta hči je bila kot vse ostale.
But his youngest daughter surprised him.
Toda njegova najmlajša hči ga je presenetila.
She had a very different answer.
Imela je zelo drugačen odgovor.
"I live from my own fortune"
"Živim od svojega bogastva"
He did not like this answer.
Ta odgovor mu ni bil všeč.
Her answer made the merchant very angry.
Njen odgovor je trgovca zelo razjezil.
"You are very ungrateful," he told her.
„Zelo si nehvaležna," ji je rekel.

"See how well you do on your own"
"Poglej, kako dobro ti gre sam/a"
"I am kicking you out of my house"
"Iz hiše te vržem"
"You will not have a rupee in your pocket"
"Ne boš imel niti rupije v žepu"
He called his palanquins to come.
Poklical je svoje nosilnice, naj pridejo.
And he ordered them to take the girl away.
In ukazal jim je, naj deklico odpeljejo.
"Leave her in the midst of a forest"
"Pustite jo sredi gozda"
The girl begged to be allowed one thing.
Dekle je prosilo, da ji dovolijo eno stvar.
"Please let me take my work-box"
"Prosim, naj vzamem svojo delovno škatlo."
"In the box are my needles and threads"
"V škatli so moje igle in niti"
Her father allowed her to take her box.
Oče ji je dovolil, da vzame svojo škatlo.
She got into the seat of the palanquins.
Usedla se je na sedež v nosilnicah.
And the bearers lifted her up.
In nosači so jo dvignili.
And they put her onto their shoulders.
In so jo položili na svoja ramena.
As the bearers ran they chanted.
Medtem ko so nosači tekli, so skandirali.
"Hoon! Hoon! Hoon! Hoon! Hoon!"
"Hun! Hun! Hun! Hun! Hun!"
But they didn't get very far.
Ampak niso prišli daleč.
An old woman stood in their way.
Na poti jim je stala starejša ženska.
She came up to the carriage.
Prišla je do kočije.
"Where are you taking my daughter?"

"Kam pelješ mojo hčer?"
She was the maid of the child.
Bila je služkinja otroka.
"We have been given orders by the merchant"
"Trgovec nam je dal ukaze"
"He told us to take her away"
"Rekel nam je, naj jo odpeljemo"
"We will leave her in a forest"
"Pustili jo bomo v gozdu"
"We are going to do his bidding"
"Izpolnili bomo njegovo željo"
"I must go with her," said the old woman.
„Moram iti z njo," je rekla starka.
But the bearers were not sure.
Toda nosilci niso bili prepričani.
Bearers run when they carry a sedan chair.
Nosilci tečejo, ko nosijo nosilnico.
"How will you be able to keep pace with us?"
"Kako boste lahko sledili našim korakom?"
The old woman was not deterred.
Starka se ni dala odvrniti.
"It does not matter how I do it"
"Ni pomembno, kako to storim "
"I must go where my daughter goes"
"Moram iti tja, kamor gre moja hči"
The youngest daughter begged the bearers.
Najmlajša hči je prosila nosače.
"Please carry my mother with me"
"Prosim, peljite mojo mamo s seboj"
And the bearers gracefully agreed.
In nosilci so se elegantno strinjali.
They carried mother and child to the forest.
Mater in otroka so odnesli v gozd.
"Hoon! Hoon! Hoon! Hoon! Hoon!"
"Hun! Hun! Hun! Hun! Hun!"
In the afternoon they reached a dense forest.
Popoldne so prispeli v gost gozd.

They went deeper and deeper into the forest.
Šli so vedno globlje v gozd.
Towards sunset they reached their goal.
Proti sončnemu zahodu so dosegli svoj cilj.
They stopped at the foot of an old tree.
Ustavila sta se ob vznožju starega drevesa.
They lowered the girl and the old woman.
Deklico in starko so spustili.
And they left them in the forest.
In pustili so jih v gozdu.
Then they retraced their steps home.
Nato so se po svojih stopinjah vrnili domov.

The merchant's youngest daughter looked around.
Trgovčeva najmlajša hči se je ozrla naokoli.
You would not have wanted to be in her shoes.
Ne bi si želel/a biti v njeni koži.
Her situation was truly pitiable.
Njen položaj je bil resnično obupan.
She was hardly fourteen years old.
Stara je bila komaj štirinajst let.
She had grown up in luxury.
Odraščala je v razkošju.
But now there was no luxury for her.
A zdaj zanjo ni bilo več razkošja.
She was in the heart of a dark forest.
Bila je sredi temnega gozda.
She had not a rupee in her pocket.
V žepu ni imela niti rupije.
And she had nothing for protection.
In ni imela ničesar za zaščito.
Nothing except an old, decrepit, woman.
Nič drugega kot stara, razmajana ženska.
Even the trees of the forest pitied her.
Celo drevesa v gozdu so se ji usmilila.
The young girl and old woman sat together.
Mlado dekle in starejša ženska sta sedeli skupaj.

They were at the foot of an old tree.
Bili so ob vznožju starega drevesa.
And together they cried over their situation.
In skupaj sta jokala nad svojo situacijo.
I should say this all happened long ago.
Moram reči, da se je vse to zgodilo že zdavnaj.
In these times the trees could talk.
V teh časih so drevesa znala govoriti.
And the old tree spoke to the girl.
In staro drevo je spregovorilo z dekletom.
"Unhappy women, I much pity you"
"Nesrečne ženske, zelo se vam smilite"
"There are wild beasts in this forest"
"V tem gozdu so divje zveri"
"Soon they will come out of their lairs"
"Kmalu bodo prišli iz svojih brlogov"
"They will roam about for prey"
»Potepali se bodo naokoli za plenom«
"And they are sure to devour you two"
"In zagotovo vaju bodo požrli."
"But I can help you, if you want"
"Ampak lahko ti pomagam, če želiš"
"I will make an opening for you"
"Naredil ti bom odprtino"
"When you see the opening, go into it"
"Ko zagledaš odprtino, pojdi vanjo"
"And then I will close the opening up"
"In potem bom zaprl odprtino"
"As long as you are in me you'll be safe"
"Dokler si v meni, boš varen"
"This way the wild beasts can't touch you"
"Tako se te divje zveri ne morejo dotakniti"
And then the tree split itself in two.
In potem se je drevo razcepilo na dva dela.
The two women went inside the tree.
Ženski sta šli v notranjost drevesa.
And the old tree resumed its natural shape.

In staro drevo je spet dobilo svojo naravno obliko.

The shade of night darkened the forest.
Nočna senca je zatemnila gozd.
Everything the tree had said was true.
Vse, kar je drevo povedalo, je bilo res.
The wild beasts came out of their lairs.
Divje zveri so prišle iz svojih brlogov.
The fierce tiger came out at night.
Ponoči je prišel ven divji tiger.
The wild bear left his lair.
Divji medved je zapustil svoj brlog.
The rhinoceros roamed the forest.
Nosorogi so se sprehajali po gozdu.
The bushy bear was there that night.
Gomoljasti medved je bil tisto noč tam.
The great elephant could be heard.
Slišalo se je velikega slona.
And there was the horned buffalo.
In tam je bil rogati bivol.
They all growled as they circled the tree.
Vsi so zarenčali, ko so krožili okoli drevesa.
They had gotten the scent of human blood.
Zavohali so vonj po človeški krvi.
They could hear the growls of the beasts.
Slišali so renčanje zveri.
The beasts came dashing against the tree.
Zveri so planile proti drevesu.
They broke the old tree's branches.
Polomili so veje starega drevesa.
Their horns pierced the tree's trunk.
Njihovi rogovi so prebadali deblo drevesa.
They scratched its bark with their claws.
S kremplji so mu praskali lubje.
But all their efforts were in vain.
A vsa njihova prizadevanja so bila zaman.
The girl and woman were safe in the tree.

Dekle in ženska sta bili varni na drevesu.
Towards dawn the wild beasts went away.
Proti zori so divje zveri odšle.
After sunrise the good tree spoke again.
Po sončnem vzhodu je dobro drevo spet spregovorilo.
"The wild beasts have gone back"
"Divje zveri so se vrnile"
"They are in their lairs again"
"Spet so v svojih brlogih"
"But they did their best to torment me"
"Ampak so se potrudili, da bi me mučili."
"The sun has risen up again"
"Sonce je spet vzšlo"
"So you can come out now"
"Torej lahko zdaj prideš ven"
The tree split itself into two again.
Drevo se je spet razcepilo na dva dela.
The girl and the old woman came out.
Dekle in starka sta prišli ven.
They saw the extent of the damage.
Videli so obseg škode.
The tree's branches had been broken off.
Veje drevesa so bile odlomljene.
The tree's trunk had been pierced.
Deblo drevesa je bilo prebodeno.
The bark had been stripped off.
Lubje je bilo olupljeno.
"Good mother, we thank you"
"Dobra mama, hvala ti"
"You have been very kind to us"
"Zelo prijazni ste bili do nas"
"You gave us shelter from the beasts"
"Dal si nam zavetje pred zvermi"
"But it was at a great cost to yourself"
"Ampak to vas je stalo veliko."
"You have many wounds from the wilds beasts"
"Imaš veliko ran od divjih zveri"

"You must be in great pain?"
"Verjetno te zelo boli?"
Close by there was a flowing river.
V bližini je tekla reka.
The young girl went to the river bank.
Mlado dekle je šlo na rečni breg.
At the bank of the river she found mud.
Na bregu reke je našla blato.
She covered the tree with the mud.
Drevo je prekrila z blatom.
She especially covered the damaged parts.
Posebej je pokrivala poškodovane dele.
The tree thanked her for the treatment.
Drevo se ji je zahvalilo za zdravljenje.
"My good girl, I thank you"
"Moja pridna deklica, hvala ti"
"I am greatly relieved of my pain"
"Zelo sem olajšan/a od bolečin"
"I am, however, more concerned for you"
"Vendar me bolj skrbi zate"
"You must be hungry"
"Moraš biti lačen"
"You have not eaten since yesterday"
"Nisi jedel od včeraj"
"But what can I give you?"
"Kaj pa ti lahko dam?"
"I have no fruit of my own"
»Nimam svojega sadu«
"But I do have some advice"
"Ampak imam nekaj nasvetov"
"Give the old woman whatever money you have"
"Daj starki ves denar, ki ga imaš"
"Let her go into the city"
"Naj gre v mesto"
"In the city she can buy some food"
"V mestu si lahko kupi nekaj hrane"
They explained their situation to the tree.

Drevesu so razložili svojo situacijo.
"We have been sent out with no money"
"Poslali so nas brez denarja "
But she searched through her work-box anyway.
Ampak vseeno je prebrskala svojo škatlo z delovnimi potrebščinami.
And in the box she found five cowries.
In v škatli je našla pet kaurijev.
The tree continued to give its advice.
Drevo je še naprej dajalo svoje nasvete.
"Go with your cowries to the city"
"Pojdi s svojimi kauri v mesto"
"Use the cowries to buy some fried rice"
"Uporabite kaurije, da kupite ocvrt riž"
So the old woman went to the city.
Tako je starka odšla v mesto.
Fortunately the city was not far away.
Na srečo mesto ni bilo daleč.
She went to the first shopkeeper she found.
Šla je k prvemu trgovcu, ki ga je našla.
"Please give me five cowries worth of rice"
"Prosim, daj mi pet riževih klobas."
The shopkeeper laughed at her.
Trgovec se ji je zasmejal.
"Where can rice be had for five cowries?"
"Kje se da dobiti riž za pet kaurijev?"
"Be off, you old hag," he told her.
„Pojdi stran, stara čarovnica," ji je rekel.
So she tried to barter at another shop.
Zato je poskušala menjati denar v drugi trgovini.
This shopkeeper could see her distress.
Ta prodajalec je lahko videl njeno stisko.
And the shopkeeper took pity on her.
In trgovec se je usmilil.
She gave her a large quantity of rice.
Dala ji je veliko količino riža.
The old woman returned with the rice.

Starka se je vrnila z rižem.
And the tree gave further instructions.
In drevo je dalo nadaljnja navodila.
"Eat less than half of the rice"
"Pojej manj kot polovico riža"
"Go to the embankments of the river bank"
"Pojdite na nasipe rečnega brega"
"Cast the remaining rice on the river bank"
"Preostali riž vrzite na rečni breg"
They did not understand the sense of it.
Niso razumeli smisla tega.
"Why sow the riverbank with rice?"
"Zakaj posejati rečni breg z rižem?"
But they did as they were advised.
Ampak so storili, kot so jim svetovali.
And they threw their rice onto the ground.
In vrgli so riž na tla.

They spent the day lamenting their fate.
Ves dan so objokovali svojo usodo.
Just as before the beasts came out at night.
Tako kot prej so ponoči prišle ven zveri.
The tree housed them inside of its trunk again.
Drevo jih je spet nastanilo v svojem deblu.
Again they mutilated and tortured the tree.
Spet so drevo pohabili in mučili.
But that night something else happened.
Toda tisto noč se je zgodilo nekaj drugega.
The women only saw it the next day.
Ženske so to videle šele naslednji dan.
The rice had attracted hundreds of peacocks.
Riž je privabil na stotine pavov.
The peacocks competed for the rice.
Pavi so se potegovali za riž.
And their feathers fell on the floor.
In njihovo perje je padlo na tla.
The tree had known what would happen.

Drevo je vedelo, kaj se bo zgodilo.
And the tree advised them what to do next.
In drevo jim je svetovalo, kaj naj storijo naprej.
"Go back to the bank of the river"
"Vrni se na breg reke"
"Go to where you cast the rice"
"Pojdi tja, kamor mečeš riž"
"There you will see many feathers"
"Tam boš videl veliko perja"
"Collect all the feathers you can find"
"Zberi vsa peresa, ki jih najdeš"
"Use the feathers to make a beautiful fan"
"Iz perja naredite čudovito pahljačo"
"And take the feather-fan to the city"
"In odnesi pahljačo v mesto"
The two women did as they were advised.
Ženski sta storili, kot jima je bilo naročeno.
It was good the girl had taken her work-box.
Dobro je bilo, da je dekle vzela svojo škatlo z delovnimi
potrebščinami.
In her work-box was some string.
V njeni škatli za delo je bilo nekaj vrvice.
The tied the feathers together.
Perje so zvezali skupaj.
And she had made a fan from the feathers.
In iz perja je naredila pahljačo.
She took the feather fan to the city.
Pernato pahljačo je odnesla v mesto.
The son of the king happened to be there.
Kraljevi sin se je slučajno znašel tam.
He admired the feathers greatly.
Zelo je občudoval perje.
He paid a large sum of money for the feathers.
Za perje je plačal veliko vsoto denarja.
Each morning a quantity of feathers was collected.
Vsako jutro so zbrali določeno količino perja.
And each day a feather fan was made and sold.

In vsak dan je bil izdelan in prodan pahljač iz perja.
Within a short time the two women got rich.
V kratkem času sta ženski obogateli.
The tree then advised them to build a house.
Drevo jim je nato svetovalo, naj zgradijo hišo.
"Employ men to burn bricks for you"
"Zaposli moške, da ti bodo žgali opeke"
"Get them to cut beams and rafters"
"Naj režejo tramove in špirovce"
"Make them plaster the walls with lime"
"Naj ometajo stene z apnom"
In a few months a stately house was built.
V nekaj mesecih je bila zgrajena veličastna hiša.
The tree was pleased for the women.
Drevo se je razveselilo žensk.
"You should add a garden to your house"
"Hiši bi morali dodati vrt"
"And you want to be able to store water"
"In želite imeti možnost shranjevanja vode"
"Dig a water tank in your garden"
"Izkopljite rezervoar za vodo na svojem vrtu"

The girl had not had much time.
Dekle ni imelo veliko časa.
So she didn't think of her family.
Zato ni mislila na svojo družino.
The merchant's luck had taken a turn.
Trgovčeva sreča se je obrnila.
The goddess of wealth frowned upon him.
Boginja bogastva se je nanj namrščila.
He was struck by a sudden misfortune.
Zadela ga je nenadna nesreča.
All at once he lost all of his money.
Naenkrat je izgubil ves svoj denar.
He was forced to sell his house.
Prisiljen je bil prodati svojo hišo.
But he made a great loss on the property.

Vendar je na posestvu povzročil veliko škodo.
He and his family were left penniless.
On in njegova družina so ostali brez denarja.
So they were forced to live elsewhere.
Zato so bili prisiljeni živeti drugje.
They happened to move to a nearby village.
Slučajno so se preselili v bližnjo vas.
The palace was not far from their new house.
Palača ni bila daleč od njihove nove hiše.
But the merchant was not rich anymore.
Toda trgovec ni bil več bogat.
And he still had to support his family.
In še vedno je moral preživljati svojo družino.
He had been reduced to doing manual labor.
Bil je prisiljen opravljati fizično delo.
He applied for the job at the palace.
Prijavil se je na delovno mesto v palači.
He was going to dig the hole for the water.
Nameraval je izkopati luknjo za vodo.
His wife also offered to work with him.
Tudi žena mu je ponudila sodelovanje.
But they got there too late to work.
A prispeli so prepozno za delo.
The water tank had already been finished.
Vodni rezervoar je bil že končan.
And they did not know whose house it was.
In niso vedeli, čigava je bila hiša.
The merchant's daughter was looking out the window.
Trgovčeva hči je gledala skozi okno.
She happened to see her parents in the garden.
Slučajno je zagledala starše na vrtu.
She could see the rags they were wearing.
Videla je cunje, ki so jih nosili.
Her eyes filled with tears at the sight.
Ob prizoru so se ji oči napolnile s solzami.
She could not believe what she saw.
Ni mogla verjeti, kar je videla.

Her parents had come to her for work.
Njeni starši so prišli k njej zaradi dela.
She immediately called her servants.
Takoj je poklicala svoje služabnike.
"Outside in the garden are my parents"
"Zunaj na vrtu so moji starši"
"Please offer them these fine clothes"
"Prosim, ponudite jim ta lepa oblačila."
"And ask them to come into the palace"
"In jih prosite, naj pridejo v palačo."
Her servants did as they were told.
Njeni služabniki so storili, kakor jim je bilo naročeno.
But her parents were frightened beyond measure.
Toda njeni starši so bili neizmerno prestrašeni.
They had seen that the tank was finished.
Videli so, da je tank končan.
There used to be a strange tradition.
Včasih je veljala nenavadna tradicija.
In those days human sacrifices were offered.
V tistih časih so darovali človeške žrtve.
One of those occasions was after digging a pool.
Ena od teh priložnosti je bila po kopanju bazena.
You can imagine her parents' fear.
Lahko si predstavljate strah njenih staršev.
They had come to dig the water tank.
Prišli so kopat vodni rezervoar.
But now servants were calling them.
Zdaj pa so jih klicali služabniki.
They thought they going to be sacrificed.
Mislili so, da bodo žrtvovani.
"Throw away your rags" they said.
"Odvrzi svoje cunje," so rekli.
"Here, wear these fine clothes"
"Izvolite, oblecite ta lepa oblačila"
And their fears increased even more.
In njihovi strahovi so se še bolj povečali.
But they did not have to fear for long.

Vendar se jim ni bilo treba dolgo bati.
Their rich daughter came out to meet them.
Njihova bogata hči jim je prišla naproti.
She hugged and kissed her parents.
Objela in poljubila je starše.
And she told them everything that had happened.
In povedala jim je vse, kar se je zgodilo.
The father felt that she had been right.
Oče je menil, da je imela prav.
"You do live from your own fortune"
"Živiš od svojega bogastva"
The daughter did not blame her father.
Hči ni krivila očeta.
And she gave him a large fortune.
In dala mu je veliko bogastvo.
With the money he moved back to the city.
Z denarjem se je preselil nazaj v mesto.
Soon he became a merchant again.
Kmalu je spet postal trgovec.
And he went to distant countries for trade.
In odšel je v daljne dežele zaradi trgovine.

One day he got ready for another business venture.
Nekega dne se je pripravljal na nov poslovni podvig.
But that day something strange happened.
Toda tistega dne se je zgodilo nekaj nenavadnega.
The ship was ready to leave the port.
Ladja je bila pripravljena zapustiti pristanišče.
But for some reason the ship did not move.
Toda iz nekega razloga se ladja ni premaknila.
No one could explain what was happening.
Nihče ni znal razložiti, kaj se dogaja.
But the merchant had an idea.
Toda trgovec je imel idejo.
"Perhaps my daughters would like presents"
"Morda bi moji hčerki želeli darila"
"I need to ask them what they would like"

"Moram jih vprašati, kaj bi želeli"
He went to see his daughters.
Šel je pogledat hčere.
He asked them what they would like.
Vprašal jih je, kaj bi želeli.
And he promised to bring them presents.
In obljubil jim je, da jim bo prinesel darila.
But the ship would still not move.
Toda ladja se še vedno ni premaknila.
He had not asked all his daughters.
Ni vprašal vseh svojih hčera.
His youngest daughter was not there.
Njegove najmlajše hčerke ni bilo tam.
She was living in a different city.
Živela je v drugem mestu.
So he ordered his servants go to her palace.
Zato je ukazal svojim služabnikom, naj gredo v njeno palačo.
The messenger came at the wrong time.
Glasnik je prišel ob nepravem času.
The young girl was engaged in devotions.
Mlado dekle se je ukvarjalo z pobožnostmi.
But the messenger asked her anyway.
Vendar jo je sel vseeno vprašal.
She just told him "sobur"
Rekla mu je samo "sobur"
The meaning of this was "wait"
Pomen tega je bil "čakati"
But the messenger didn't know this.
Toda sel tega ni vedel.
He thought she wanted something called "sobur"
Mislil je, da si želi nekaj, kar se imenuje "sobur".
So he went back to the city of the merchant.
Zato se je vrnil v mesto trgovca.
And he delivered the message he received.
In sporočilo, ki ga je prejel, je posredoval.
"Your daughter wants something called 'sobur'"
"Vaša hči si želi nekaj, kar se imenuje 'sobur'"

This time the ship could move again.
Tokrat se je ladja lahko spet premaknila.
So the merchant started on his travels.
Tako se je trgovec odpravil na pot.
He visited many ports on his journey.
Na svoji poti je obiskal številna pristanišča.
And he made good profits from his trades.
In s svojimi posli je dobro zaslužil.
Finding the presents was not difficult.
Iskanje daril ni bilo težko.
He found everything his oldest daughters wanted.
Našel je vse, kar so si želele njegove najstarejše hčere.
But his youngest daughter's wish was difficult.
Toda želja njegove najmlajše hčerke je bila težko uresničljiva.
He could not find the thing called "sobur"
Ni mogel najti stvari, imenovane "sobur".
He asked at every port he came to.
V vsakem pristanišču, v katerega je prišel, je vprašal.
"Do you have something called 'sobur'?"
"Imate nekaj, čemur pravijo 'sobur'?"
But the merchants all shook their heads.
Toda vsi trgovci so zmajevali z glavami.
"We've never heard of 'sobur'"
"Še nikoli nismo slišali za 'sobur'"
His voyage had almost come to its end.
Njegovo potovanje se je skoraj končalo.
He was soon going to head back home.
Kmalu se je nameraval vrniti domov.
But he wanted "sobur" for his daughter.
Ampak za svojo hčer je želel "sobur".
So he went calling through the streets.
Zato je šel klicat po ulicah.
"Sobur, does anyone have sobur?!"
"Sobur, ima kdo sobur?!"
The son of the King was in his castle.
Kraljevi sin je bil v svojem gradu.
He happened to be looking out the window.

Slučajno je gledal skozi okno.
And the calls attracted his attention.
In klici so pritegnili njegovo pozornost.
Because his name happened to be Sobur.
Ker mu je bilo ime Sobur.
He came to the merchant to speak with him.
Prišel je k trgovcu, da bi se z njim pogovoril.
"I have the Sobur that you want"
"Imam Sobur, ki si ga želiš"
"Take this box, but be careful with it"
"Vzemi to škatlo, ampak bodi previden z njo"
"In the box is a magical feather fan and mirror"
"V škatli sta čarobna pahljača iz perja in ogledalo."
"This is the Sobur your daughter wishes for"
"To je Sobur, ki si ga želi tvoja hči."
The merchant thanked the prince for the box.
Trgovec se je zahvalil princu za škatlo.
And he returned back to his country.
In vrnil se je v svojo državo.

He gave the box to his daughter.
Škatlo je dal svoji hčerki.
But the daughter didn't think about it.
Ampak hči ni razmišljala o tem.
She thought it was just a common box.
Mislila je, da je to samo navadna škatla.
She had forgotten about the messenger.
Pozabila je na glasnika.
But one day she decided to open the box.
Nekega dne pa se je odločila, da odpre škatlo.
Inside the box she found a beautiful fan.
V škatli je našla čudovito pahljačo.
In the feather fan there was a beautiful mirror.
V pernatem ventilatorju je bilo čudovito ogledalo.
She waved the feather fan to cool herself.
Mahala je s pahljačo, da bi se ohladila.
And Prince Sobur appeared before her.

In princ Sobur se je pojavil pred njo.
"You called me, so here I am," he said.
„Poklical si me, zato sem tukaj," je rekel.
"What is it you wish for?" he asked.
„Kaj si sploh želiš?" je vprašal.
She was astonished at what she saw.
Bila je osupla nad tem, kar je videla.
A handsome prince had suddenly appeared!
Nenadoma se je pojavil čedni princ!
"Who are you?" she asked the prince.
„Kdo si?" je vprašala princa.
"And how did you suddenly appear?"
"In kako si se nenadoma pojavil?"
The prince explained what had happened.
Princ je razložil, kaj se je zgodilo.
"Your father was looking for 'sobur'"
"Tvoj oče je iskal 'sobur'"
"I am prince Sobur," he explained.
„Jaz sem princ Sobur," je pojasnil.
"I gave your father a box"
"Tvojemu očetu sem dal škatlo"
"In this box there is a feather fan and mirror"
"V tej škatli sta pahljača iz perja in ogledalo."
"When you shake the feather fan I will appear"
"Ko boš stresel pahljačo, se bom pojavil."
She asked the prince to stay as a guest.
Prosila je princa, naj ostane kot gost.
And for two days the prince stayed with her.
In dva dni je princ ostal pri njej.
And she entertained him in her palace.
In ga je gostila v svoji palači.
During that time the two fell in love.
V tem času sta se zaljubila.
They made their vows to each.
Vsakemu so dali zaobljube.
And they became husband and wife.
In postala sta mož in žena.

After this the prince returned to his father.
Po tem se je princ vrnil k očetu.
He told him that he had selected a wife.
Povedal mu je, da si je izbral ženo.
The day for the wedding was decided.
Dan poroke je bil določen.
All the family was invited.
Vsa družina je bila povabljena.
And they had a beautiful wedding.
In imela sta čudovito poroko.

But there was a death in the marriage bed.
Toda v zakonski postelji je prišlo do smrti.
The six daughters of the merchant were envious.
Šest hčera trgovca je bilo zavistno.
They were jealous of their sister's success.
Bili so ljubosumni na uspeh svoje sestre.
So they decided to destroy her happiness.
Zato so se odločili, da ji uničijo srečo.
They broke several glass bottles.
Razbili so več steklenic.
And they ground the glass into fine powder.
In steklo so zmleli v fin prah.
Then they scattered the powder on the bed.
Nato so prašek raztresli po postelji.
The prince suspected no danger.
Princ ni slutil nobene nevarnosti.
He laid himself down in the bed.
Ulegel se je v posteljo.
Soon he felt an acute pain.
Kmalu je začutil ostro bolečino.
All of his whole body ached.
Bolelo ga je vse telo.
The powder had gone through his skin.
Prah mu je prodrl skozi kožo.
The prince became restless through pain.
Princ je zaradi bolečine postal nemiren.

And he started to kick and scream.
In začel je brcati in kričati.
He was taken away to his own country.
Odpeljali so ga v njegovo domovino.
The king and queen were very worried.
Kralj in kraljica sta bila zelo zaskrbljena.
They consulted all the kingdom's physicians.
Posvetovali so se z vsemi zdravniki v kraljestvu.
But their efforts were in vain.
Toda njihova prizadevanja so bila zaman.
Day and night the young prince was screaming.
Podnevi in ponoči je mladi princ kričal.
No one could ascertain the disease.
Nihče ni mogel ugotoviti, na katero bolezen gre.
So they had no way of knowing the remedy.
Torej niso imeli načina, da bi vedeli za zdravilo.
You can imagine the grief of his wife.
Lahko si predstavljate žalost njegove žene.
The marriage knot had only just been tied.
Zakonski vozel je bil šele pred kratkim sklenjen.
She thought a terrible disease had attacked him.
Mislila je, da ga je napadla strašna bolezen.
Then he was carried hundreds of miles away.
Nato so ga odnesli na stotine kilometrov stran.
She had never been to his country.
Nikoli ni bila v njegovi državi.
But she was determined to go there.
A bila je odločena, da gre tja.
And she was determined to nurse him better.
In bila je odločena, da ga bo bolje negovala.
She put on the garb of a Sannyasi.
Oblekla si je oblačila sanjasi.
And she carried a dagger in her hand.
In v roki je nosila bodalo.
And then she set out on her journey.
In potem se je odpravila na svojo pot.

The princess was still relatively young.
Princesa je bila še relativno mlada.
She was unaccustomed to long journeys.
Ni bila vajena dolgih potovanj.
And she wasn't used to walking so far.
In ni bila vajena hoditi tako daleč.
She soon got weary of walking.
Kmalu se je naveličala hoje.
So she sat under a tree to rest.
Zato se je usedla pod drevo, da bi si odpočila.
On the top of the tree there was a nest.
Na vrhu drevesa je bilo gnezdo.
It was the nest of two divine birds.
Bilo je gnezdo dveh božanskih ptic.
Bihangami and Bihangama lived here.
Tu sta živela Bihangami in Bihangama.
They were not in their nest at the time.
Takrat niso bili v svojem gnezdu.
But two of their chicks were in the nest.
Toda dva njuna piščanca sta bila v gnezdu.
Suddenly the chicks gave a scream.
Nenadoma so piščanci kriknili.
This roused the half-drowsy princess.
To je zbudilo napol zaspano princeso.
The little birds had seen huge serpent.
Majhne ptice so videle ogromno kačo.
The snake was about to climb the tree.
Kača se je ravnokar nameravala povzpeti na drevo.
This would have been the end of the birds.
To bi bil konec ptic.
But the Sannyasi took out her dagger.
Toda sanjasika je potegnila bodalo.
And she cut the serpent in two.
In kačo je presekala na dvoje.
Of course even this frightened the young birds.
Seveda je tudi to prestrašilo mlade ptice.
And they flew from the nest screaming.

In kričeče so odleteli iz gnezda.
Bihangama and Bihangami were on their way back.
Bihangama in Bihangami sta bila na poti nazaj.
They came sailing through the air.
Prišli so jadrajoč po zraku.
They thought they already knew what had happened.
Mislili so, da že vedo, kaj se je zgodilo.
"I don't expect to see our children"
"Ne pričakujem, da bom videl/a svoje otroke"
"The nest will be empty again"
"Gnezdo bo spet prazno"
"All our previous children were eaten"
"Vse naše prejšnje otroke so pojedli"
"They were eaten by our great enemy the serpent"
"Pojedel jih je naš veliki sovražnik, kača"
"They will have met the same fate"
"Doživeli bodo enako usodo"
"I do not hear the cries of my young ones"
»Ne slišim joka svojih otrok«
The two birds got to their nest.
Dve ptici sta prispeli do svojega gnezda.
And as predicted, the nest was empty.
In kot je bilo napovedano, je bilo gnezdo prazno.
This seemed to confirm their suspicions.
Zdelo se je, da to potrjuje njihove sume.
But soon the young birds returned.
Toda kmalu so se mlade ptice vrnile.
The divine birds were pleasantly surprised.
Božanske ptice so bile prijetno presenečene.
The young birds told them what had happened.
Mlade ptice so jim povedale, kaj se je zgodilo.
"There was a young Sannyasi under the tree"
"Pod drevesom je bil mlad sanjasi."
"He destroyed the serpent"
»Uničil je kačo«
"He cut the snake in two with his dagger"
"Kačo je s svojim bodalom presekal na dvoje"

The parents went to foot of the tree.
Starši so šli k vznožju drevesa.
Two halves of the snake were still there.
Dve polovici kače sta bili še vedno tam.
"The young Sannyasi has saved our offspring"
»Mladi sanjasi je rešil naše potomce«
"I wish we could do him some service in return"
"Želim si, da bi mu lahko v zameno naredili kakšno uslugo"
The divine bird Bihangama replied.
Božanska ptica Bihangama je odgovorila.
"We shall do our service to HER"
"Služili ji bomo."
"The Sannyasi under the tree is not a man"
"Sannyasi pod drevesom ni človek"
"The Sannyasi under the tree is a woman"
"Sannyasi pod drevesom je ženska"
"Last night she got married to Prince Sobur"
"Sinoči se je poročila s princem Soburjem"
"Shortly after their marriage he was poisoned"
"Kmalu po poroki je bil zastrupljen"
"His skin was pierced with small shards of glass"
"Njegovo kožo so prebadali majhni drobci stekla"
"His sisters-in-law envied his wife"
»Njegove svakinje so zavidale njegovi ženi«
"Her sisters spread the powder over the bed"
"Njene sestre so raztresle puder po postelji"
"He is still suffering from his pain"
"Še vedno trpi zaradi svoje bolečine"
"But he is in his native land"
"Ampak on je v svoji rodni deželi"
"And now he is at the point of death"
"In zdaj je na robu smrti"
"Beneath the tree is his heroic bride"
"Pod drevesom je njegova junaška nevesta"
"She is wearing the garb of a Sannyasi"
"Nosi oblačila sanjasi."
"And she is going to nurse him"

"In ona ga bo dojila"
The Bihangami asked the Bihangama.
Bihangami je vprašal Bihangamo.
"Is there no cure for the prince?"
"Ali ni zdravila za princa?"
"Yes, there is a cure" replied the Bihangama.
»Da, obstaja zdravilo,« je odgovoril Bihangama.
"There is hardened dung lying on the ground"
"Na tleh leži strjen gnoj"
"She must take this hardened dung"
"Mora vzeti ta strjeni gnoj."
"Then she must reduce the dung to powder"
"Potem mora gnoj zdrobiti v prah"
"And then she must bathe the prince"
"In potem mora okopati princa."
"She must bathe him in seven jars of water"
»Okopati ga mora v sedmih vrčih vode.«
"Then she must bathe him in seven jars of milk"
"Potem ga mora okopati v sedmih vrčih mleka ."
"Then she must apply the powder to his body"
„Potem mora nanesti puder na njegovo telo."
"After this Prince Sobur will get well"
"Po tem bo princ Sobur ozdravel."
"I have no doubts about this remedy"
"O tem zdravilu nimam nobenih dvomov"
The Bihangami saw a problem though.
Vendar so Bihangami videli težavo.
"The princess is but a young girl"
"Princesa je le mlado dekle"
"She cannot walk such a distance"
"Ne more prehoditi takšne razdalje"
"The journey would take her many days"
"Potovanje bi ji vzelo veliko dni"
"By that time the poor prince will have died"
"Do takrat bo ubogi princ že umrl."
"I can," replied the Bihangama.
„Lahko," je odgovoril Bihangama.

"I will take the young lady on my back"
"Mlado damo bom vzel na hrbet"
"I will fly her to Prince Sobur's city"
"Poletel jo bom v mesto princa Soburja."
"If she takes no presents, I will fly her back"
"Če ne bo vzela daril, jo bom vrnil z letalom."
The merchant's daughter heard this conversation.
Trgovčeva hči je slišala ta pogovor.
She begged the Bihangama to take her on his back.
Prosila je Bihangamo, naj jo vzame na hrbet.
And of course the bird willingly consented.
In seveda je ptica prostovoljno privolila.
First she gathered some of the bird's dung.
Najprej je nabrala nekaj ptičjega gnoja.
And then she reduced the dung to fine powder.
In nato je gnoj zmlela v fin prah.
She was armed with this potent medicine.
Bila je oborožena s tem močnim zdravilom.
And she got on the back of the kind bird.
In se je povzpela na hrbet prijazne ptice.

The Bihangama flew as fast as lightning.
Bihangama je letela hitro kot strela.
They soon reached Prince Sobur's city.
Kmalu so prispeli v mesto princa Soburja.
The young Sannyasi went up to the palace.
Mladi Sannyasi se je odpravil v palačo.
And she spoke to the guards at the gate.
In spregovorila je s stražarji pri vratih.
"Send word to the king that I have a medicine"
"Sporočite kralju, da imam zdravilo."
"This medicine will save the prince's life"
"To zdravilo bo rešilo princu življenje"
"Within hours I will have cured the prince"
"V nekaj urah bom ozdravil princa"
The king had tried all the best doctors.
Kralj je poskusil vse najboljše zdravnike.

But no doctor had been able to cure his son.
Toda noben zdravnik ni mogel ozdraviti njegovega sina.
So he didn't believe the Sannyasi's words.
Torej ni verjel sanjasijevim besedam.
But his councilors advised him otherwise.
Toda njegovi svetniki so mu svetovali drugače.
The Sannyasi ordered for seven jars of water.
Sannyasi je naročil sedem vrčev vode.
And seven jars of milk were ordered.
In naročenih je bilo sedem kozarcev mleka.
He poured a jar of water on the prince.
Na princa je polil vrč vode.
And he poured a jar of milk on the prince.
In na princa je polil kozarec mleka.
He had a feather from the divine bird.
Imel je pero božanske ptice.
And he used the feather to apply the powder.
In s peresom je nanesel puder.
All of the prince's body was covered.
Vse prinčevo telo je bilo pokrito.
This was repeated another six times.
To se je ponovilo še šestkrat.
The last treatment did the magic.
Zadnja terapija je naredila čarovnijo.
The prince started to feel well again.
Princ se je spet začel dobro počutiti.
The king was happier than words can describe.
Kralj je bil srečnejši, kot se da z besedami opisati.
"Give the Sannyasi the finest treasures"
"Dajte sanjasijem najboljše zaklade"
But the Sannyasi refused to take presents.
Toda sanjasi niso hoteli sprejeti daril.
"Let me have the ring on the prince's finger"
"Daj mi prstan na prinčevem prstu."
The king and the prince were happy.
Kralj in princ sta bila srečna.
And they gave him what he wanted.

In dali so mu, kar si je želel.
The merchant's daughter hastened back.
Trgovčeva hči se je pohitela nazaj.
The Bihangama was waiting at the sea-shore.
Bihangama je čakala na morski obali.
They reached the tree of the divine birds.
Prišli so do drevesa božanskih ptic.
The young bride walked back to her palace.
Mlada nevesta se je peš vrnila v svojo palačo.

The following day she shook the magical feather fan.
Naslednji dan je stresla čarobno pahljačo iz perja.
Just as before, her husband appeared.
Tako kot prej se je pojavil njen mož.
Of course he was happy to see his wife.
Seveda je bil vesel, da je videl svojo ženo.
But he was infinitely surprised.
A bil je neskončno presenečen.
She had his ring on her finger.
Na prstu je imela njegov prstan.
His own wife was his doctor.
Njegova lastna žena je bila njegova zdravnica.
It was his wife that had cured him!
Njegova žena ga je ozdravila!
The prince took his bride to his palace.
Princ je svojo nevesto odpeljal v svojo palačo.
He forgave his sisters-in-law.
Svojim svakinjam je odpustil.
They lived happily for many years.
Srečno sta živela dolga leta.
And they were blessed with children.
In bili so blagoslovljeni z otroki.

<h1 style="text-align:center">The Origins of Opium</h1>
Izvor opija

Once upon on a time there lived a Rishi.
Nekoč je živel Riši.
He lived on the banks of the holy Ganges.
Živel je na bregovih svete reke Ganges.
This Rishi was a very religious man.
Ta Riši je bil zelo veren človek.
He spent his days performing religious rites.
Svoje dneve je preživljal z opravljanjem verskih obredov.
From sunrise to sunset he sat on the river bank.
Od sončnega vzhoda do sončnega zahoda je sedel na bregu reke.
For the whole time he sat engaged in devotion.
Ves čas je sedel, posvečen pobožnosti.
At night he took shelter in his hut.
Ponoči se je zatekel v svojo kočo.
His hut was made from palm-leaves.
Njegova koča je bila narejena iz palmovih listov.
The palms he had grown from saplings.
Palme, ki jih je vzgojil iz sadik.
There was no one around for miles.
Kilometre naokoli ni bilo nikogar.
However, in the hut there was a mouse.
Vendar je bila v koči miš.
She lived from what the Rishi left for her.
Živela je od tega, kar ji je riši zapustil.
The Rishi was a kind-hearted man.
Riši je bil dobrosrčen človek.
He would not hurt any living thing.
Ne bi poškodoval nobenega živega bitja.
So our mouse never ran away from him.
Torej naša miška ni nikoli pobegnila pred njim.
In fact, our mouse went to him.
Pravzaprav je naša miška šla k njemu.
She touched his feet when he was sitting.

Dotaknila se je njegovih nog, ko je sedel.
And she enjoyed playing with him.
In uživala je v igri z njim.
The Rishi also liked the little mouse.
Tudi Rišiju je bila všeč mala miška.
So he wanted to be kind to her.
Zato je želel biti prijazen do nje.
And he wanted someone to talk to.
In želel je nekoga, s katerim bi se lahko pogovoril.
So he gave her the power of speech.
Zato ji je dal moč govora.

One night the mouse stood up.
Neke noči je miška vstala.
She got onto her hind legs.
Postavila se je na zadnje noge.
And she stood in front of the Rishi.
In stala je pred Rišijem.
And she put her front paws together.
In je dala sprednje šape skupaj.
"Holy Sage, you have been kind to me"
"Sveti modrec, bil si prijazen do mene"
"And you have given me human language"
"In dal si mi človeški jezik"
"I hope it doesn't displease your reverence"
"Upam, da to ne bo razjezilo vaše časti."
"But I have one more boon to ask"
"Vendar imam še eno dobroto, ki jo želim prositi."
The Rishi listened to his mouse.
Riši je poslušal svojo miško.
"What is it?" asked the Rishi.
„Kaj je to?" je vprašal Riši.
"Say what you want, little mouse"
"Povej, kar hočeš, mala miška"
The mouse answered the Rishi.
Miška je odgovorila Rišiju.
"By day your reverence goes to the river"

"Čez dan se tvoje spoštovanje izteka k reki "
"And there you practice your devotions"
"In tam opravljate svoje pobožnosti"
"During this time a cat comes to the hut"
"Medtem ko pride mačka do koče."
"This cat has been trying to catch me"
"Ta mačka me je poskušala ujeti"
"She still has some fear of your reverence"
"Še vedno se nekoliko boji tvojega spoštovanja."
"Otherwise she would have eaten me long ago"
"Sicer bi me že zdavnaj pojedla"
"But I fear the cat will eat me someday"
"Ampak bojim se, da me bo mačka nekega dne pojedla."
"So I have one prayer to ask of you"
"Zato imam eno molitev zate."
"Please may I be changed into a cat!"
"Prosim, naj se spremenim v mačko!"
"Then I would be a match for my foe"
"Potem bi bil kos svojemu sovražniku"
The Rishi understood the mouse's plight.
Riši je razumel mišjo stisko.
He threw some holy water on the mouse.
Miško je polil s sveto vodo.
And the mouse instantly turned into a cat.
In miška se je v trenutku spremenila v mačko.

She had lived as a cat for some days.
Nekaj dni je živela kot mačka.
One night she went to the Rishi again.
Neke noči je spet šla k Rišiju.
And the Rishi spoke to his pet.
In Riši je govoril s svojim ljubljenčkom.
"Well, little kitty, how are you!"
"No, mucka, kako si!"
"How do you like your present life!"
"Kako ti je všeč tvoje sedanje življenje!"
The cat thought about what to say.

Mačka je razmišljala, kaj naj reče.
But she didn't have to say anything.
Ampak ni ji bilo treba ničesar reči.
The Rishi could tell by her expression.
Riši je to lahko ugotovil po njenem izrazu.
"Why don't you like it?" asked the sage.
„Zakaj ti ni všeč?" je vprašal modrec.
"Are you not as strong as the other cats!"
"Ali nisi tako močan/a kot druge mačke!"
"Yes, I am strong enough," answered the cat.
„Da, dovolj sem močan," je odgovoril maček.
"Your reverence has made me a strong cat"
"Vaša spoštovanost me je naredila za močno mačko"
"As strong as any cat in the world"
"Močna kot katera koli mačka na svetu"
"Now I do not fear cats anymore"
"Zdaj se mačk ne bojim več"
"But now I have got a new foe"
"Ampak zdaj imam novega sovražnika"
"By day your reverence goes to the river"
"Čez dan se tvoje spoštovanje seli k reki"
"During this time dogs come to the hut"
"V tem času psi prihajajo v kočo"
"These dogs have been barking at me"
"Ti psi so lajali name"
"And I have been frightened for my life"
"In bal sem se za svoje življenje"
"So I have one more prayer to ask of you"
"Zato imam še eno molitev zate."
"Please may I be changed into a dog!"
"Prosim, naj se spremenim v psa!"
The Rishi understood the cat's plight.
Riši je razumel mačjo stisko.
He threw some holy water on the cat.
Mačko je polil s sveto vodo.
And the cat instantly became a dog.
In mačka je v trenutku postala pes.

She lived as a dog for some days.
Nekaj dni je živela kot pes.
But one night she spoke to the Rishi.
Neke noči pa je govorila z Rišijem.
"I cannot thank your reverence enough"
"Ne morem se vam dovolj zahvaliti za vašo spoštovanost"
"You have been most kind to me"
"Bili ste zelo prijazni do mene"
"I was but a poor mouse"
"Bil sem le uboga miška"
"You not only gave me speech"
"Ne samo, da si mi dal govor"
"But you also turned me into a cat"
"Ampak spremenil si me tudi v mačko"
"And your kindness didn't end there"
"In tvoja prijaznost se tu ni končala"
"Then you changed me into a dog"
"Potem si me spremenil v psa"
"As a dog, however, I suffer greatly"
"Kot pes pa zelo trpim"
"I do not get enough to eat"
"Ne dobim dovolj hrane"
"My only food is what you leave me"
"Moja edina hrana je tisto, kar mi pustiš"
"That was fine when I was a mouse"
"To je bilo v redu, ko sem bil miš "
"But you have made me much larger"
"Ampak naredil si me veliko večjega"
"And it is not enough to fill my mouth"
"In ni dovolj, da bi mi napolnilo usta"
"OH your reverence, how I envy those monkeys"
"O, vaša spoštovanost, kako zavidam tem opicam."
"They jump about from tree to tree"
"Skačejo z drevesa na drevo"
"They eat all sorts of delicious fruits!"
"Jedo vse vrste okusnega sadja!"

"Please may reverence not get angry"
"Prosim, naj se spoštovanje ne razjezi"
"I pray to be changed into a monkey"
"Molim, da se spremenim v opico"
The sage was a very understanding man.
Modrec je bil zelo razumevajoč človek.
His heart was filled with patience.
Njegovo srce je bilo polno potrpežljivosti.
He was happy to grant his pet's wish.
Z veseljem je izpolnil željo svojega ljubljenčka.
He threw some holy water on the dog.
Psa je polil s sveto vodo.
And the dog instantly became a monkey.
In pes se je v trenutku spremenil v opico.

Our monkey was at first wild with joy.
Naša opica je bila sprva divja od veselja.
She leaped from one tree to another.
Skakala je z enega drevesa na drugo.
She sucked every luscious fruit.
Pojedla je vse slastne sadeže.
But her joy was short-lived again.
A njeno veselje je bilo spet kratkotrajno.
Summer had brought with it its drought.
Poletje je s seboj prineslo sušo.
Monkeys find it hard to climb down.
Opice težko splezajo dol.
So she couldn't drink from the river.
Zato ni mogla piti iz reke.
She saw how the wild boars lived.
Videla je, kako živijo divji prašiči.
All day they splashed in the water.
Ves dan so čofotali v vodi.
She envied their life now.
Zdaj jim je zavidala življenje.
"Oh how happy those wild boars are!"
"Oh, kako srečni so ti divji prašiči!"

"All day their bodies are cooled"
"Ves dan so njihova telesa ohlajena"
"All day they are refreshed by water"
»Ves dan jih osvežuje voda«
"How I wish I were a wild boar"
"Kako si želim biti divji prašič"
That night she went to the Rishi.
Tisto noč je šla k Rišiju.
She recounted her troubles to him.
Pripovedovala mu je o svojih težavah.
She told him all about the wild boars.
Povedala mu je vse o divjih prašičih.
"Oh how pleasant their lives must be"
"Oh, kako prijetno mora biti njihovo življenje"
And she begged to be changed again.
In prosila je, da se spet preobleče.
"I pray to be changed into a wild boar"
"Molim, da bi se spremenil v divjega prašiča"
The sage's kindness knew no bounds.
Modrečeva prijaznost ni poznala meja.
and he complied with his pet's request.
in je ustregel prošnji svojega ljubljenčka.
He threw some holy water on the monkey.
Opico je polil s sveto vodo.
And the monkey instantly became a wild boar.
In opica se je v trenutku spremenila v divjega prašiča.

Our boar was now very content.
Naš merjasec je bil zdaj zelo zadovoljen.
She kept her body soaking wet.
Telo je ohranjala premočeno.
Every day she went to the river.
Vsak dan je hodila k reki.
She splashed about in her favorite element.
Čofotala je v svojem najljubšem elementu.
But life is not safe for wild boars.
Toda življenje za divje prašiče ni varno.

One day the king was out hunting.
Nekega dne je bil kralj na lovu.
He was riding on an adorned elephant.
Jahal je na okrašenem slonu.
Only by luck did our wild boar escape.
Le po sreči je naš divji prašič pobegnil.
She thought a lot about her experience.
Veliko je razmišljala o svoji izkušnji.
She dwelt on the dangers of her life.
Razmišljala je o nevarnostih, ki so ji grozile v življenju.
And she envied the stately elephant.
In zavidala je veličastnemu slonu.
The elephant was more fortunate than her.
Slon je imel več sreče kot ona.
He got to carry the king on his back.
Kralja je moral nositi na hrbtu.
Now she longed to be an elephant.
Zdaj si je želela postati slon.
And at night she besought the Rishi.
In ponoči je prosila Rišija.

Our elephant was roaming the wilderness.
Naš slon se je sprehajal po divjini.
On her adventures she saw the king.
Na svojih dogodivščinah je videla kralja.
Our elephant went towards the king's suite.
Naš slon se je odpravil proti kraljevi suiti.
She had every intention of being caught.
Imela je vse namere, da jo ujamejo.
The king saw the elephant from a distance.
Kralj je slona zagledal od daleč.
He couldn't help but admire her beauty.
Ni se mogel znebiti občudovanja njene lepote.
He gave his orders to his servants.
Dal je ukaze svojim služabnikom.
"Catch and tame this elephant"
"Ujemi in ukroti tega slona"

Our elephant was easily caught.
Našega slona so zlahka ujeli.
She was taken into the royal stables.
Odpeljali so jo v kraljeve hleve.
And she was tamed without any trouble.
In ukrotili so jo brez težav.

One day the queen had a wish.
Nekega dne je kraljica imela željo.
She wished to go to the holy Ganges.
Želela je iti k sveti Gangi.
She wished to bathe in the holy waters.
Želela se je okopati v sveti vodi.
The king wanted to accompany his wife.
Kralj je želel spremljati svojo ženo.
So he made his orders to his servants.
Zato je dal svojim služabnikom ukaz.
"Bring us the newly caught elephant"
"Prinesite nam pravkar ujetega slona"
The king and queen mounted on her back.
Kralj in kraljica sta se ji posadila na hrbet.
Our elephant had gotten her wish.
Našemu slonu se je želja izpolnila.
Well... she seemed to have gotten her wish.
No ... zdelo se je, da se ji je želja izpolnila.
The king had mounted on her back.
Kralj se je vzpenjal na njen hrbet.
But no, the elephant didn't get her wish.
Ampak ne, slonica ni dobila svoje želje.
She looked upon herself as a lordly beast.
Nase se je gledala kot na gospodsko zver.
She could not a woman riding on her back.
Ni mogla videti ženske, ki bi jahala na njenem hrbtu.
It wasn't enough that she was a queen.
Ni bilo dovolj, da je bila kraljica.
She could not bear the idea of it.
Te misli ni mogla prenesti.

She felt she had been degraded.
Čutila je, da je bila ponižana.
She jumped up as violently as elephants can.
Skočila je tako silovito, kot le sloni zmorejo.
Both the king and queen fell to the ground.
Kralj in kraljica sta padla na tla.
The king carefully picked up the queen.
Kralj je previdno dvignil kraljico.
He took the queen in his arms.
Kraljico je vzel v naročje.
He asked her whether she had been hurt.
Vprašal jo je, ali je bila poškodovana.
He wiped off the dust from her clothes.
Obrisal ji je prah z oblačil.
And he tenderly kissed her a hundred times.
In jo je stokrat nežno poljubil.
Our elephant witnessed the king's caresses.
Naš slon je bil priča kraljevemu božanju.
And she scampered off to the woods.
In stekla je v gozd.
She ran as fast as her legs could carry her.
Tekla je tako hitro, kot so jo nesle noge.
As she ran, she thought within herself;
Med tekom je v sebi razmišljala;
"I have experienced many different lives"
"Izkusil sem veliko različnih življenj"
"And I have experienced different happiness"
"In doživel sem drugačno srečo"
"But those lives cannot be compared"
"Vendar teh življenj ni mogoče primerjati"
"A queen is the happiest creature of all"
"Kraljica je najsrečnejše bitje od vseh"
"Of what infinite regard is she the object of!"
„Kakšno neskončno spoštovanje je deležna!"
"The king lifted her off the ground"
"Kralj jo je dvignil s tal"
"And he carefully took her in his arms"

"In previdno jo je vzel v naročje"
"He made many tender inquiries to her"
»Postavil ji je veliko nežnih vprašanj«
"And he wiped off the dust from her clothes"
"In obrisal ji je prah z oblačil ."
"And he kissed her a hundred times!"
"In poljubil jo je stokrat!"
"Oh, the happiness of being a queen!"
"Oh, sreča biti kraljica!"
"I must ask the Rishi to make me a queen!"
"Moram prositi Rišija, da me postavi za kraljico!"

The sun was just about to set.
Sonce je ravno zahajalo.
Our elephant made it back to the hut.
Naš slon se je vrnil do koče.
The Rishi had just finished his devotions.
Riši je pravkar končal svoje pobožnosti.
She fell on the ground at his feet.
Padla je na tla k njegovim nogam.
She was still the little mouse.
Še vedno je bila mala miška.
And he was still the holy sage.
In še vedno je bil sveti modrec.
"What's the news?" inquired the Rishi.
„Kaj je novic?" je vprašal Riši.
"Why have you left the king's palace!"
"Zakaj si zapustil kraljevo palačo!"
Our elephant thought about her words.
Naša slončica je premislila o svojih besedah.
"What shall I say to your reverence!"
„Kaj naj rečem vaši časti!"
"You have been very kind to me"
»Zelo prijazen si bil do mene«
"You have granted every wish of mine"
"Izpolnil si vse moje želje"
"I was a mouse and you gave me speech"

"Bil sem miš in ti si mi dal govor"
"But as a mouse my life was in danger"
"Ampak kot miš je bilo moje življenje v nevarnosti"
"You saved me by turning me into a cat"
"Rešil si me tako, da si me spremenil v mačko"
"But as a cat my life was no safer"
"Ampak kot mačka moje življenje ni bilo nič varnejše"
"And you helped me become a dog"
"In pomagal si mi postati pes"
"But as a dog I had not enough to eat"
"Ampak kot pes nisem imel dovolj hrane"
"You provided for me again"
"Spet si me oskrbel/a"
"And you turned my into a monkey"
"In mene si spremenil v opico"
"I had all I could wish to eat"
"Pojedel sem vse, kar sem si lahko zaželel"
"But I had no way of cooling my body"
"Ampak nisem imel načina, da bi se ohladil."
"You helped me with this too"
"Tudi pri tem si mi pomagal/a"
"And you turned me into a wild boar"
"In spremenil si me v divjega prašiča"
"Wild boars have a comfortable life"
"Divji prašiči imajo udobno življenje"
"But they don't live without danger"
"Vendar ne živijo brez nevarnosti"
"And again you protected me"
"In spet si me zaščitil"
"And you turned me into an elephant"
"In spremenil si me v slona"
"Being an elephant has increased my bulk"
"Ker sem slon, sem povečal svojo maso"
"But being an elephant has not increased my happiness"
"Ampak to, da sem slon, ni povečalo moje sreče"
"I have one more boon to ask of you"
"Še eno dobroto te prosim."

"It will be the last boon I ask for"
"To bo zadnji blagoslov, za katerega prosim"
"I see now who the happiest creature is"
"Zdaj vidim, kdo je najsrečnejše bitje"
"A queen is the happiest in the world"
"Kraljica je najsrečnejša na svetu"
"Holy father, please make me a queen"
"Sveti oče, prosim, naredi me za kraljico"
"Silly child," answered the Rishi.
„Neumni otrok," je odgovoril Riši.
"How can I make you a queen!"
"Kako te lahko naredim za kraljico!"
"Where can I get a kingdom for you!"
"Kje lahko dobim kraljestvo zate!"
"Where would I find a royal husband!"
"Kje bi pa našla kraljevega moža!"
But the Rishi was still patient.
Toda Riši je bil še vedno potrpežljiv.
"There is one thing I can do for you"
"Eno stvar lahko storim zate"
"I can change you into a beautiful girl"
"Lahko te spremenim v lepo dekle"
"You will be as beautiful as a queen"
"Lepa boš kot kraljica"
"You will possess all the charms you need"
"Imeli boste vse čare, ki jih potrebujete"
"Your charms can captivate a prince's heart"
"Tvoj čar lahko očara prinčevo srce"
"But you must wait for what the gods decide"
"Vendar moraš počakati, kaj bodo odločili bogovi."
"They will grant you an interview"
"Odobrili vam bodo intervju "
"Tou will have your chance with a prince!"
"S princem boš imela svojo priložnost!"
Our elephant agreed to the change.
Naš slon se je strinjal s spremembo.
The beast was transformed by the Rishi.

Zver je preobrazil Riši.
And now she was a beautiful young lady.
In zdaj je bila lepa mladenka.
The holy sage named her Postomani.
Sveti modrec jo je poimenoval Postomani.
Her name meant 'the poppy-seed lady'.
Njeno ime je pomenilo 'gospa z makom'.

Postomani lived in the Rishi's hut.
Postomani je živel v Rišijevi koči.
She spent her time tending the flowers.
Svoj čas je posvečala negi rož.
And she watered the plants in the garden.
In zalivala je rastline na vrtu.
One day she was sitting at the hut.
Nekega dne je sedela pri koči.
The Rishi was at the holy Ganges.
Riši je bil pri svetem Gangesu.
A richly dressed man came towards the cottage.
Bogato oblečen moški je prišel proti koči.
She stood up to welcome the man.
Vstala je, da bi pozdravila moškega.
And she asked the stranger who he was.
In vprašala je neznanca, kdo je.
"What have you come for?" she asked.
„Po kaj si prišel?" je vprašala.
"I have been on a hunt"
"Bil sem na lovu"
"But we chased the deer in vain"
"A jelena smo zaman lovili"
"Now I am thirsty from the heat"
"Zdaj sem žejen zaradi vročine"
"I thought that a Rishi lives here"
"Mislil sem, da tukaj živi Riši."
"I had come to ask him for water"
"Prišel sem ga prosit za vodo"
"But now I see you live here"

"Ampak zdaj vidim, da živiš tukaj"
Postomani answered the stranger.
Postomani je odgovoril neznancu.
"Look upon this hut as your own"
"Na to kočo glej kot na svojo"
"I am sorry, but we are poor"
"Žal mi je, ampak smo revni"
"We cannot offer you any entertainment"
"Ne moremo vam ponuditi nobene zabave"
"But let me make your visit comfortable"
"Ampak naj vam obisk polepšam."
"Because, I believe you are a king"
"Ker verjamem, da si kralj"
"If I am not mistaken," she added.
„Če se ne motim," je dodala.
The stranger smiled in recognition.
Neznanec se je v znak prepoznavanja nasmehnil.

Postomani then brought a pot of water.
Postomani je nato prinesel lonec vode.
She went to wash her royal guest's feet.
Šla je umivat noge svojemu kraljevemu gostu.
But the visitor did not let her do this.
Toda obiskovalec ji tega ni dovolil.
"Holy maid, do not touch my feet"
"Sveta deklica, ne dotikaj se mojih nog"
"I am only a Kshatriya," he confessed.
»Jaz sem samo kšatrija,« je priznal.
"And you are the daughter of a holy sage"
"In ti si hči svetega modreca."
"Noble sir;" Postomani begun to confess.
„Plemeniti gospod," je začel priznavati Postomani.
"I am not the daughter of the Rishi"
"Nisem hči Rišija"
"And am I not a Brahmani girl either"
"In ali nisem tudi jaz brahmanka?"
"There is no harm in me touching your feet"

"Nič ni narobe, če se dotaknem tvojih nog."
"Besides, you are my guest"
"Poleg tega si moj gost"
"And I am bound to wash your feet"
»In dolžan sem vam umiti noge«
"Forgive my impertinence," the king wished.
„Odpustite mi mojo predrznost,“ si je zaželel kralj.
"What caste do you belong to?" he asked.
„Kateri kasti pripadaš?“ je vprašal.
"I only know what the sage told me"
"Vem samo to, kar mi je povedal modrec"
"I heard my parents were Kshatriyas"
"Slišal sem, da sta bila moja starša kšatrija"
The stranger wanted to know more.
Neznanec je želel vedeti več.
"May I ask whether your father was a king!"
"Sem lahko vprašal, ali je bil vaš oče kralj?"
"You have an uncommon beauty," he said.
„Imaš nenavadno lepoto,“ je rekel.
"And you possess a stately demeanor"
"In imaš dostojanstveno držo."
"These qualities cannot be worked for"
"Teh lastnosti se ne da pridobiti z delom"
"It shows that you were born a princess"
"To kaže, da si se rodila kot princesa"
Postomani avoided answering the question.
Postomani se je odgovoru na vprašanje izognil.
Instead she went inside the hut.
Namesto tega je šla v kočo.
She brought out a tray of delicious fruits.
Prinesla je pladenj z okusnim sadjem.
And she set the fruits before the king.
In sadje je postavila pred kralja.
The king, however, did not touch the fruits.
Kralj pa se sadja ni dotaknil.
He waited until his question was answered.
Čakal je, da je dobil odgovor na svoje vprašanje.

"I only know what the holy sage says"
"Vem samo, kaj pravi sveti modrec"
"He says that my father was a king"
"Pravi, da je bil moj oče kralj"
"But he was overcome in a battle"
"Vendar je bil v bitki premagan"
"So he, with my mother, fled into the woods"
"Zato je z mojo mamo pobegnil v gozd."
"My poor father was eaten by a tiger"
"Mojega ubogega očeta je pojedel tiger"
"My mother closed her eyes as I opened mine"
"Moja mama je zaprla oči, ko sem jih odprl jaz."
"There was a bee-hive on the tree"
"Na drevesu je bil čebelji panj"
"I lay at the foot of that tree"
"Ležal sem ob vznožju tistega drevesa"
"Drops of honey fell into my mouth"
"Kapljice medu so mi padle v usta"
"The honey maintained the spark inside me"
"Med je ohranjal iskro v meni"
"And then the kind Rishi found me"
"In potem me je našel takšen Rishi"
"The holy sage brought me into his hut"
"Sveti modrec me je pripeljal v svojo kočo"
"This is the simple story of this wretched girl"
"To je preprosta zgodba o tem nesrečnem dekletu"
"The girl who now stands before the king"
"Dekle, ki zdaj stoji pred kraljem"
"Call not yourself wretched," replied the king.
„Ne imej se za nesrečnega," je odgovoril kralj.
"You are the most beautiful of women"
"Ti si najlepša med ženskami"
"And you are the loveliest of women"
"In ti si najlepša med ženskami"
"You would adorn the grandest palaces"
"Krasili bi najveličastnejše palače"

Postomani had gotten her interview.
Postomani je dobila intervju.
She fell in love with the king.
Zaljubila se je v kralja.
And the king fell in love with her.
In kralj se je vanjo zaljubil.
The Rishi joined them in marriage.
Riši se jima je pridružil v zakonu.
Postomani became the king's favourite queen.
Postomani je postala kraljeva najljubša kraljica.
And the former queen was in disgrace.
In nekdanja kraljica je bila v nemilosti.
But Postomani's happiness was short-lived.
Toda Postomanijeva sreča je bila kratkotrajna.
One day as she was standing by a well.
Nekega dne, ko je stala ob vodnjaku.
She was overcome by a moment of giddiness.
Za trenutek jo je premagala vrtoglavica.
Fortune had her fall into the water.
Sreča jo je spravila v vodo.
And she died in the water of the well.
In umrla je v vodi iz vodnjaka.
The Rishi then came to the king.
Riši je nato prišel h kralju.
"O king, grieve not over the past"
"O kralj, ne žaluj za preteklostjo"
"What is fixed by fate must come to pass"
"Kar je določila usoda, se mora zgoditi"
"The queen drowned in your well"
"Kraljica se je utopila v tvojem vodnjaku"
"But she was not of royal blood"
"Vendar ni bila kraljeve krvi"
"She was born to a family of mice"
"Rodila se je v družini miši"
"Each evening she came to my hut"
"Vsak večer je prišla v mojo kočo"
"And I gave her the power of speech"

"In dal sem ji moč govora"
"With speech she could express her wishes"
»Z govorom je lahko izrazila svoje želje«
"I changed her according to her wishes"
"Spremenil sem jo po njenih željah"
"As a mouse she feared the cat"
"Kot miška se je bala mačke"
"And so I changed her into a cat"
"In tako sem jo spremenil v mačko"
"As a cat she feared the dogs"
"Kot mačka se je bala psov "
"And so I changed her into a dog"
"In tako sem jo spremenil v psa"
"As a dog she had not enough to eat"
»Kot pes ni imela dovolj hrane«
"And so I changed her into a monkey"
"In tako sem jo spremenil v opico"
"As a monkey she couldn't bear the heat"
"Kot opica ni mogla prenesti vročine"
"And so I changed her into a wild boar"
"In tako sem jo spremenil v divjega prašiča"
"As a boar her life was not safe"
»Kot merjascu njeno življenje ni bilo varno«
"And so I changed her into an elephant"
"In tako sem jo spremenil v slona"
"That was the elephant you caught"
"To je bil slon, ki si ga ujel"
"But as an elephant she was not loved"
"Ampak kot slonica ni bila ljubljena"
"And so I changed her one last time"
"In tako sem jo še zadnjič spremenil"
"I changed her into a beautiful girl"
"Spremenil sem jo v lepo dekle"
"That is the girl that you married"
"To je dekle, s katerim si se poročil"
"And that is the girl that drowned"
"In to je dekle, ki se je utopilo"

"Take into favor your former queen"
"Upoštevaj naklonjenost svoje nekdanje kraljice"
"And don't worry for my daughter"
"In ne skrbi za mojo hčerko."
"I will make her name immortal"
"Njeno ime bom naredil nesmrtno"
"Let her body remain in the well"
"Naj njeno truplo ostane v vodnjaku"
"Fill the well up with earth"
"Napolnite vodnjak z zemljo"
"In her flesh there is a seed"
»V njenem mesu je seme«
"From her bones a tree will grow"
"Iz njenih kosti bo zraslo drevo"
"We will name this tree after her"
"To drevo bomo poimenovali po njej"
"The tree shall be called 'Posto'"
"Drevo se bo imenovalo 'Posto'"
"This means 'the Poppy tree'"
„To pomeni 'mak'"
"From this tree there will come a drug"
"Iz tega drevesa bo prišlo zdravilo"
"This drug will be called opium"
"Ta droga se bo imenovala opij"
"Opium will be a powerful drug"
"Opij bo močna droga"
"People will consume opium in every epoch"
"Ljudje bodo uživali opij v vsaki dobi"
"Opium will either be swallowed or smoked"
"Opij se bo bodisi pogoltnil bodisi kadil"
"And opium will be a wonderful narcotic"
"In opij bo čudovit narkotik"
"Opium will be used till the end of time"
"Opij se bo uporabljal do konca časa"
"You will recognize the opium smoker"
"Prepoznali boste kadilca opija"
"He will have many different qualities"

"Imel bo veliko različnih lastnosti"
"One quality for each of the animals"
"Za vsako žival je ena lastnost"
"The animals which Postomani had lived as"
"Živali, kot so živele Postomani"
"He will be mischievous, like a mouse"
"Nagajiv bo kot miš"
"He will be fond of milk, like a cat"
"Mleko bo imel rad, kot mačka."
"He will be quarrelsome, like a dog"
"Prepirljiv bo kot pes"
"He will be filthy, like a monkey"
"Umazan bo, kot opica"
"He will be savage, like a boar"
"Divjak bo, kot merjasec"
"He will be confident, like an elephant"
"Samozavesten bo kot slon"
"And he will be high-tempered, like a queen"
"In bo vztrajen, kot kraljica"

Strike, but Listen First
Udari, a najprej poslušaj

There was once a king who had three sons.
Nekoč je živel kralj, ki je imel tri sinove.
His royal subjects came to him one day and said;
Nekega dne so k njemu prišli njegovi kraljevi podaniki in rekli;
"Oh incarnation of justice! hear our plea"
"O, utelešenje pravice! usliši našo prošnjo!"
"The kingdom is infested with thieves and robbers"
»Kraljestvo je okuženo s tatovi in roparji«
"Our property is not safe from their thievery"
»Naša lastnina ni varna pred njihovo tatvino«
"We pray your majesty to catch hold of these thieves"
"Molimo vaše veličanstvo, da ujamete te tatove."
"We beg you punish them to the full extent of the law"
"Prosimo vas, da jih kaznujete v celoti, kot to dovoljuje zakon."
The king said to his sons, "Oh, my sons, I am old"
Kralj je rekel svojim sinovom: »Oh, sinovi moji, star sem.«
"But you are all in the prime of manhood"
"Ampak vsi ste v cvetu moškosti"
"How is it that my kingdom is full of thieves?"
"Kako to, da je moje kraljestvo polno tatov?"
"I look to you to catch hold of these thieves"
"Upam nate, da boš prijel te tatove."
The three princes then made up their minds.
Trije princi so se nato odločili.
They were going to patrol the city every night.
Vsako noč so nameravali patruljirati po mestu.
They set up a watch out in the outskirts of the city.
Na obrobju mesta so postavili stražo.
The early part of the night had arrived.
Prišel je zgodnji del noči.
So the eldest prince took on his duties.
Tako je najstarejši princ prevzel svoje dolžnosti.
He rode upon his horse through the whole city.

Skozi celotno mesto je jezdil na svojem konju.
But did not see a single thief anywhere he looked.
Ampak kamor koli je pogledal, ni videl niti enega tatu.
He came back to the policing station.
Vrnil se je na policijsko postajo.
The middle part of the night had arrived.
Prišla je sredina noči.
So the second prince took on his duties.
Tako je drugi princ prevzel svoje dolžnosti.
And he too rode through every part of the city.
In tudi on je jahal skozi vse dele mesta.
But he did not see or hear of a single thief.
Vendar ni videl ali slišal niti enega samega tatu.
He came also back to the policing station.
Tudi on se je vrnil na policijsko postajo.
The latter part of the night had arrived.
Prišel je zadnji del noči.
So the youngest prince took on his duties.
Tako je najmlajši princ prevzel svoje dolžnosti.
He went near the gate of his father's palace.
Šel je blizu vrat očetove palače.
There he saw a beautiful woman leaving the palace.
Tam je zagledal lepo žensko, ki je zapuščala palačo.
The prince asked the woman, "who are you?"
Princ je vprašal žensko: "Kdo si?"
"Where are you going at this hour of the night?"
"Kam greš ob tej nočni uri?"
The woman answered the young prince.
Ženska je odgovorila mlademu princu.
"I am Rajlakshmi, the guardian deity of this palace"
"Jaz sem Rajlakshmi, božanstvo varuhinje te palače."
"The king will be killed this night"
"Kralj bo to noč ubit"
"I am therefore not needed here"
"Zato me tukaj ne potrebujejo"
"And that is why I am going away"
"In zato odhajam"

The prince did not know what to make of this message.
Princ ni vedel, kaj naj si misli o tem sporočilu.
After a moment's reflection he said to the goddess;
Po trenutku premisleka je rekel boginji;
"But, suppose the king is not killed tonight"
"Ampak, recimo, da kralja nocoj ne ubijejo."
"Have you any objection to return to the palace?"
"Imate kakšne pomisleke glede vrnitve v palačo?"
"I have no objection," replied the goddess.
„Nimam ugovorov,“ je odgovorila boginja.
The prince then begged the goddess to go back.
Princ je nato prosil boginjo, naj se vrne.
And he promised to do his best to protect the king.
In obljubil je, da se bo po svojih najboljših močeh trudil zaščititi kralja.
Then the goddess entered the palace again.
Nato je boginja spet vstopila v palačo.
Within a moment she disappeared into the palace.
V trenutku je izginila v palači.

The prince went straight into the palace too.
Tudi princ je šel naravnost v palačo.
And he went into the bedroom of his royal father.
In šel je v spalnico svojega kraljevega očeta.
There his father lay immersed in deep sleep.
Tam je ležal njegov oče, potopljen v globok spanec.
The king had a second, younger wife.
Kralj je imel drugo, mlajšo ženo.
This woman was the stepmother of our prince.
Ta ženska je bila mačeha našega princa.
She was sleeping in another bed in the room.
Spala je v drugi postelji v sobi.
There was a light that was burning dimly.
Tam je bila luč, ki je slabo gorela.
But then the prince saw something that surprised him!
Toda potem je princ zagledal nekaj, kar ga je presenetilo!
A huge cobra going round and round the golden bedstead.

Ogromna kobra se je vrtela okoli zlate postelje.
The bedstead on which his father was sleeping.
Postelja, na kateri je spal njegov oče.
The prince with his sword cut the serpent in two.
Princ je s svojim mečem presekal kačo na dvoje.
But he was not satisfied with killing the cobra.
Vendar se ni zadovoljil z ubojem kobre.
So he cut the cobra up into a hundred pieces.
Torej je kobro razrezal na sto kosov.
And he put the pieces of the cobra inside a pan.
In kose kobre je dal v ponev.
But while cutting the cobra a misfortune happened.
Toda med rezanjem kobre se je zgodila nesreča.
A drop of blood fell on the breast of his stepmother.
Kaplja krvi je padla na prsi njegove mačehe.
The prince was in great distress by what had happened.
Princ je bil zaradi tega, kar se je zgodilo, zelo pretresen.
"I have saved my father, but killed my stepmother"
"Rešil sem očeta, a ubil mačeho"
How could he remove the drop of blood from her breast?
Kako bi lahko odstranil kapljico krvi z njenih prsi?
He wrapped round his tongue a piece of cloth sevenfold.
Okoli jezika si je ovil sedemkratni kos blaga.
And with the cloth he licked up the drop of blood.
In s krpo je polizal kapljico krvi.
But his stepmother's sleep was not so deep.
Toda spanec njegove mačehe ni bil tako globok.
And in his attempt to save her he awoke her.
In v poskusu, da bi jo rešil, jo je zbudil.
When opening her eyes she saw it was her stepson.
Ko je odprla oči, je videla, da je to njen pastorek.
The young prince rushed out of the room.
Mladi princ je stekel iz sobe.
The queen, hated her stepson, the youngest prince.
Kraljica je sovražila svojega pastorka, najmlajšega princa.
And she had every intention to ruin his reputation.
In imela je vse namere, da mu uniči ugled.

She called out to her husband, "My lord, my lord"
Zaklicala je svojemu možu: »Moj gospod, moj gospod!«
"Are you awake? are you awake? Rouse yourself up"
"Si buden? Si buden? Zbudi se."
"Here is a nice piece of news for you"
"Tukaj je lepa novica za vas"
The king on awaking inquired what the matter was.
Kralj se je, ko se je zbudil, vprašal, kaj je narobe.
"What the matter is, my lord, let me tell you"
"Kaj je narobe, gospod moj, naj vam povem."
"Your worthy son was just here in this room"
"Vaš častitljivi sin je bil pravkar tukaj v tej sobi."
"The youngest prince, of whom you speak so highly"
"Najmlajši princ, o katerem tako hvalite"
"I caught him in the act of touching my breast"
"Ujela sem ga, ko se je dotikal mojih prsi"
"I don't doubt he came with wicked intents"
"Ne dvomim, da je prišel z zlobnimi nameni"
The king was horror-struck by what he heard.
Kralja je prestrašilo to, kar je slišal.
The prince went back to where his brothers kept watch.
Princ se je vrnil tja, kjer so njegovi bratje stražarili.
But he told them nothing of what had happened.
Vendar jim ni povedal ničesar o tem, kaj se je zgodilo.

Early in the morning the king called his eldest son.
Zgodaj zjutraj je kralj poklical svojega najstarejšega sina.
"I entrust my life and my honor to men"
"Ljudem zaupam svoje življenje in svojo čast"
"But what if one of these men prove faithless?
„Kaj pa, če se kateri od teh mož izkaže za nezvestega?"
"How should such a man be punished?"
"Kako naj bi bil tak človek kaznovan?"
The eldest prince replied to his father, the king.
Najstarejši princ je odgovoril svojemu očetu, kralju.
"Doubtless such a man's head should be cut off"
"Takemu človeku bi nedvomno morali odsekati glavo"

"But first you should establish the facts"
"Najprej pa morate ugotoviti dejstva"
"You must see whether the man is really faithless"
»Preveriti morate, ali je ta človek resnično nezvest.«
"What do you mean?" inquired the king.
„Kaj misliš?" je vprašal kralj.
"Let your majesty be pleased to listen"
"Naj bo vaše veličanstvo z veseljem prisluhnilo"
Once upon on a time there lived a goldsmith.
Nekoč je živel zlatar.
This goldsmith had a son who had a wife.
Ta zlatar je imel sina, ki je imel ženo.
His wife had the rare faculty of understanding beasts.
Njegova žena je imela redko sposobnost razumevanja živali.
But she never told anyone about her uncommon gift.
Vendar o svojem nenavadnem daru ni nikoli nikomur
povedala.
Not even her husband knew she could understand animals.
Niti njen mož ni vedel, da razume živali.
One night she was lying in bed beside her husband.
Neke noči je ležala v postelji poleg svojega moža.
From the river by their house she heard a jackal howl.
Iz reke ob njihovi hiši je zaslišala zavijanje šakala.
"There goes a carcass floating on the river"
"Po reki plava truplo"
"There's a diamond ring on the dead man's finger"
"Na prstu mrtvega moža je diamantni prstan"
"Will anyone take the ring and give me the corpse?"
"Ali bo kdo vzel prstan in mi dal truplo?"
The woman understood the jackal's language.
Ženska je razumela šakalov jezik.
She got up from bed and went to the river-side.
Vstala je iz postelje in šla k reki.
The husband had not been in deep sleep.
Mož ni trdno spal.
So with his wife's movements he woke up too.
Torej se je z ženinimi gibi zbudil tudi on.

And he followed his wife to see where she went.

In sledil je svoji ženi, da bi videl, kam je šla.

But he kept his distance, so that he could observe her.

Vendar je držal razdaljo, da jo je lahko opazoval.

The woman went into the water next to their house.

Ženska je šla v vodo poleg njihove hiše.

She tugged the floating corpse towards the shore.

Plavajoče truplo je vlekla proti obali.

And she saw the diamond ring on the finger.

In na prstu je zagledala diamantni prstan.

She was unable to loosen the ring with her hand.

Prstana ni mogla zrahljati z roko.

Because the fingers of the dead body had swelled.

Ker so prsti trupla otekli.

So she bit off the finger with her teeth.

Torej si je z zobmi odgriznila prst.

And she put the dead body upon land, for the jackal.

In truplo je položila na kopno za šakala.

Then she returned to bed, where her husband already was.

Nato se je vrnila v posteljo, kjer je že bil njen mož.

The young goldsmith lay almost petrified with fear.

Mladi zlatar je ležal skoraj okamenel od strahu.

He was convinced he was lying next to a Rakshasi.

Bil je prepričan, da leži poleg Rakšasija.

He spent the rest of the night tossing in his bed.

Preostanek noči se je premetaval po postelji.

And early in the morning spoke to his father.

In zgodaj zjutraj je govoril z očetom.

"The woman thou hast given me is not a real woman"

"Ženska, ki si mi jo dal, ni prava ženska"

"The woman thou hast given me to wife is a Rakshasi"

"Ženska, ki si mi jo dal za ženo, je Rakšasi."

"Last night I was lying in bed with her"

"Sinoči sem ležal v postelji z njo"

"By the river I heard the howl of a jackal"

"Ob reki sem slišal zavijanje šakala"

"My wife too, heard the howl of the jackal"

"Tudi moja žena je slišala zavijanje šakala."
"Thinking I was asleep; she went towards the howl"
"Mislila je, da spim; šla je proti zavijanju"
"I was surprised to see her go out of bed alone"
"Presenečen sem bil, ko sem jo videl, da sama vstane iz postelje."
"Suspecting some sort of evil, I followed her outside"
"Ker sem slutil nekaj zlega, sem ji sledil ven."
"But she could not see that I had followed her"
"Vendar ni mogla videti, da sem ji sledil"
"What did she do, do you think? O horror of horrors!"
„Kaj misliš, da je storila? O groza groze!"
"From the stream she dragged a dead body out"
"Iz potoka je potegnila truplo"
"And what do you think she did with the dead body?"
„In kaj misliš, da je storila s truplom?"
"She wasted no time devouring the dead man!"
"Ni izgubljala časa in požrla mrtvega moža!"
"All this I had the misfortune to see with my own eyes"
"Vse to sem imel nesrečo videti na lastne oči"
"While she feasted on the carcass I went back to bed"
"Medtem ko se je gostila s truplom, sem se vrnil spat."
"In a few minutes she also returned to bed"
"Čez nekaj minut se je tudi ona vrnila v posteljo"
"She bolted the door shut, and lay beside me"
"Zaloputnila je vrata in legla poleg mene"
"Oh my father, how can I live with a Rakshasi?"
"O moj oče, kako naj živim z rakšasijem?"
"She will certainly kill me and eat me up one night"
"Neke noči me bo zagotovo ubila in pojedla."
You can imagine the shock of the old goldsmith.
Lahko si predstavljate šok starega zlatarja.
Both father and son agreed about what should be done.
Oče in sin sta se strinjala, kaj je treba storiti.
The woman should be taken deep into the forest.
Žensko je treba odpeljati globoko v gozd.
And she should be left for wild beasts to devoured.

In naj bi jo prepustili divjim zverem, da jo požrejo.
Accordingly, the young goldsmith spoke to his wife.
Mladi zlatar se je torej pogovoril s svojo ženo.
"My dear love," he said to his wife.
„Draga moja," je rekel svoji ženi.
"You had better not cook much this morning"
"Raje danes zjutraj ne kuhaj veliko."
"Boil a little rice and burn a brinjal"
"Skuhaj malo riža in zapeči brinjal"
"Because today we are going to see your parents"
"Ker gremo danes k tvojim staršem."
"Your mother and father are dying to see you"
"Tvoja mama in oče umirata od želje, da te vidita"
The woman was full of joy at the unexpected news.
Ženska je bila ob nepričakovani novici polna veselja.
She loved returning to her father's house.
Rada se je vračala v očetovo hišo.
And she finished the cooking in no time.
In s kuhanjem je končala v hipu.
The husband and wife snatched a hasty breakfast.
Mož in žena sta si na hitro privoščila zajtrk.
And soon after breakfast they started their journey.
In kmalu po zajtrku so se odpravili na pot.
The way to her father's house was through dense jungle.
Pot do očetove hiše je vodila skozi gosto džunglo.
It was the perfect place to abandon his wife.
To je bil idealen kraj, da zapusti ženo.
She was bound to be eaten up by wild beasts there.
Tam so jo morale požreti divje zveri.
But while they were walking the woman heard a snake.
Med hojo pa je ženska zaslišala kačo.
"Oh passer-by, in yonder hole there is a frog"
"Oh, mimoidoči, v tisti luknji je žaba."
"How thankful I would be if you caught the frog"
"Kako hvaležen bi bil, če bi ujel žabo"
"And the hole is full of gold and precious stones"
"In luknja je polna zlata in dragih kamnov"

"Give me the frog, and take the treasure for yourself"
"Daj mi žabo in vzemi zaklad zase"
The woman forthwith went to the frog's hole.
Ženska je takoj odšla do žabje luknje.
And she began digging the hole with a stick.
In začela je kopati luknjo s palico.
The young goldsmith was now quaking with fear.
Mladi zlatar se je zdaj tresel od strahu.
He thought his Rakshasi-wife was about to kill him.
Mislil je, da ga bo njegova žena Rakšasi ubila.
And then his wife called for him to help her.
In potem ga je žena poklicala, naj ji pomaga.
"Take all this gold and these precious stones"
"Vzemite vse to zlato in te drage kamne"
The goldsmith did not understand her request.
Zlatar ni razumel njene prošnje.
Timidly he went to where she had dug the hole.
Plaho je šel tja, kjer je izkopala luknjo.
But he was infinitely surprised by what he saw.
A bil je neskončno presenečen nad tem, kar je videl.
The hole was full of gold and precious stones.
Luknja je bila polna zlata in dragih kamnov.
"How did you know there was a treasure here?"
"Kako si vedel/a, da je tukaj zaklad?"
And finally his wife told him of her gift.
In končno mu je žena povedala o svojem darilu.
"I can understand all the beasts in the forest"
"Razumem vse zveri v gozdu"
"Just over there, there is a snake coiled up"
"Tamle je zvita kača."
"She had told me there was a treasure here"
"Povedala mi je, da je tukaj zaklad."
The husband now felt very blessed with his wife.
Mož se je zdaj počutil zelo blagoslovljenega s svojo ženo.
"My love, it has gotten very late today"
"Ljubezen moja, danes je že zelo pozno."
"I don't think we will reach your father's house"

"Mislim, da ne bomo prišli do hiše tvojega očeta."
"Nightfall will catch us before we get there"
"Noč nas bo ujela, še preden bomo prišli tja"
"If we stay we might be devoured by wild beasts"
"Če ostanemo, nas lahko požrejo divje zveri"
"I propose therefore that we both return home"
"Zato predlagam, da se oba vrneva domov."
You can imagine the wife's disappointment.
Lahko si predstavljate ženino razočaranje.
But she agreed with her husband's assessment.
Vendar se je strinjala z moževo oceno.
It took them a long time to reach home.
Dolgo so potrebovali, da so prišli domov.
They were laden with a large quantity of gold.
Bili so naloženi z veliko količino zlata.
And they were carrying many precious stones.
In nosili so veliko dragih kamnov.
But eventually the got close to their home.
A končno so se približali svojemu domu.
"My dear, go by the back door," said the goldsmith.
„Draga moja, pojdi skozi zadnja vrata,“ je rekel zlatar.
"I will go by the front door and see my father"
"Šel bom skozi vhodna vrata in videl očeta."
"And I will show him all this treasure"
"In pokazal mu bom ves ta zaklad."
So she entered the house by the back door.
Torej je vstopila v hišo skozi zadnja vrata.
But the old goldsmith had reason to be there too.
Toda tudi stari zlatar je imel razlog, da je tam.
He had gone there to collect a hammer.
Šel je tja, da bi prevzel kladivo.
The old goldsmith saw his Rakshasi daughter-in-law.
Stari zlatar je zagledal svojo snaho Rakšasi.
He concluded she had swallowed up his son.
Sklepal je, da je pogoltnila njegovega sina.
And he therefore struck her with the hammer.
In zato jo je udaril s kladivom.

The blow immediately killed his daughter-in-law.
Udarec je takoj ubil njegovo snaho.
At that moment the son came into the house.
V tistem trenutku je sin prišel v hišo.
But it was too late for him to explain.
Ampak je bilo prepozno, da bi kaj pojasnil.
And so the eldest prince's story concluded.
In tako se je končala zgodba najstarejšega princa.
"You might have to cut a man's head off"
"Morda boste morali človeku odsekati glavo"
"But first you should establish the facts"
"Najprej pa morate ugotoviti dejstva"
"You must see whether the man is really faithless"
»Preveriti morate, ali je ta človek resnično nezvest.«

The king then called his second son to him.
Kralj je nato poklical k sebi svojega drugega sina.
"I entrust my life and my honor to men"
"Svoje življenje in svojo čast zaupam ljudem "
"But what if one of these men prove faithless?
„Kaj pa, če se kateri od teh mož izkaže za nezvestega?"
"How should such a man be punished?"
"Kako naj bi bil tak človek kaznovan?"
The second prince replied to his father, the king.
Drugi princ je odgovoril svojemu očetu, kralju.
"Doubtless such a man's head should be cut off"
"Takemu človeku bi nedvomno morali odsekati glavo"
"But first you should establish the facts"
"Najprej pa morate ugotoviti dejstva"
"What do you mean?" inquired the king.
„Kaj misliš?" je vprašal kralj.
"Let your majesty be pleased to listen"
"Naj bo vaše veličanstvo z veseljem prisluhnilo"
Once upon a time there reigned a king.
Nekoč je vladal kralj.
This king was very fond of going out hunting.
Ta kralj je zelo rad hodil na lov.

One day his horse took him into a dense forest.
Nekega dne ga je konj odpeljal v gost gozd.
He went far from his followers, deep into the woods.
Odšel je daleč od svojih privržencev, globoko v gozd.
He rode on and on through the endless, quiet forest.
Jezdil je naprej in naprej skozi neskončen, tih gozd.
He saw neither villages nor towns, only trees.
Ni videl ne vasi ne mest, samo drevesa.
On the long, lonely journey he became very thirsty.
Na dolgi, samotni poti je postal zelo žejen.
He could see no pond, nor lake, nor stream.
Ni videl ne ribnika, ne jezera, ne potoka.
But then he saw something dripping from a tree.
Potem pa je zagledal nekaj, kar je kapljalo z drevesa.
He concluded it was rainwater resting in a cavity.
Sklepal je, da gre za deževnico, ki se je nabirala v votlini.
He stood on horseback beneath the tree, cup in hand.
Stal je na konju pod drevesom, s skodelico v roki.
He caught the drops slowly dripping into the small cup.
Lovil je kapljice, ki so počasi kapljale v majhno skodelico.
The water, however, was not rain from the sky.
Voda pa ni bila dež z neba.
A huge cobra sat on top of the tall tree.
Na vrhu visokega drevesa je sedela ogromna kobra.
The snake had struck the tree in rage with its sharp fangs.
Kača je v besu udarila drevo s svojimi ostrimi zobmi.
The snake's poison came out and fell downward in heavy drops.
Kačji strup je pritekel ven in padel navzdol v težkih kapljah.
The king thought the falling liquid was simple rainwater.
Kralj je mislil, da je padajoča tekočina preprosta deževnica.
The horse sensed the danger and tried to warn him.
Konj je začutil nevarnost in ga poskušal opozoriti.
The cup was nearly filled with the deadly snake-poison.
Skodelica je bila skoraj napolnjena s smrtonosnim kačjim strupom.
The king raised the cup and prepared to drink.

Kralj je dvignil kelih in se pripravil piti.
But the horse moved wildly, with the king on its back.
Toda konj se je divje premikal, kralj pa je bil na njegovem hrbtu.
The cup fell from his hand, and the poison spilled.
Skodelica mu je padla iz roke in strup se je razlil.
The king became angry and struck the horse's neck.
Kralj se je razjezil in udaril konja po vratu.
The blow from the sword immediately killed his horse.
Udarec meča je takoj ubil njegovega konja.
And so the second prince's story concluded.
In tako se je končala zgodba drugega princa.
"You might have to cut a man's head off"
"Morda boste morali človeku odsekati glavo"
"But first you should establish the facts"
"Najprej pa morate ugotoviti dejstva"
"You must see whether the man is really faithless"
»Preveriti morate, ali je ta človek resnično nezvest.«

The king then called to him his third youngest son.
Kralj je nato poklical k sebi svojega tretjega najmlajšega sina.
"I entrust my life and my honor to men"
"Ljudem zaupam svoje življenje in svojo čast"
"But what if one of these men prove faithless?
„Kaj pa, če se kateri od teh mož izkaže za nezvestega?"
"How should such a man be punished?"
"Kako naj bi bil tak človek kaznovan?"
"Doubtless such a man's head should be cut off"
"Takemu človeku bi nedvomno morali odsekati glavo"
"But first you should establish the facts"
"Najprej pa morate ugotoviti dejstva"
"What do you mean?" inquired the king.
„Kaj misliš?" je vprašal kralj.
"Let your majesty be pleased to listen"
"Naj bo vaše veličanstvo z veseljem prisluhnilo"
Once long ago there reigned a wise and noble king.
Nekoč davno je vladal moder in plemenit kralj.

In his palace he kept a bird of Suka species.
V svoji palači je imel ptico vrste Suka.
One day the bird went out flying into the fields.
Nekega dne je ptica odletela na polja.
There he saw his father and mother calling from above.
Tam je zagledal očeta in mater, ki sta klicala od zgoraj.
They asked him to come visit them in their nest.
Prosili so ga, naj jih obišče v njihovem gnezdu.
The nest was far away in a distant hidden land.
Gnezdo je bilo daleč stran, v oddaljeni skriti deželi.
The Suka said, "I'll come if I get king's leave"
Suka je rekel: "Prišel bom, če dobim kraljevo dovoljenje."
"I'll speak to the king today and return tomorrow"
"Danes bom govoril s kraljem in se jutri vrnil."
"Please wait at this same spot in the morning"
"Prosim, počakajte na istem mestu zjutraj."
That very day, Suka spoke with the gentle, kind king.
Še isti dan se je Suka pogovarjal z nežnim, prijaznim kraljem.
The king gave permission for the bird to leave.
Kralj je ptici dovolil, da odleti.
Although he was sad to part with his bird.
Čeprav se je žalostno ločil od svoje ptice.
The next morning, Suka met his parents again.
Naslednje jutro je Suka spet srečal svoje starše.
He flew with them to their nest on a tall tree.
Z njimi je poletel do njihovega gnezda na visokem drevesu.
The three birds lived together happily in peaceful joy.
Tri ptice so živele srečno skupaj v miru in veselju.
They stayed like this for a fortnight of lovely days.
Tako so ostali dva tedna čudovitih dni.
But even those quiet and pleasant days had to end.
A tudi tisti mirni in prijetni dnevi so se morali končati.
Suka said, "Beloved parents, the king gave me two weeks"
Suka je rekel: »Ljubljeni starši, kralj mi je dal dva tedna«
"That time is now over, so I must return tomorrow"
"Ta čas je zdaj mimo, zato se moram jutri vrniti."
His father and mother agreed and blessed his decision.

Njegov oče in mati sta se strinjala in blagoslovila njegovo odločitev.

They told him to carry a gift for the king.
Rekli so mu, naj prinese darilo za kralja.

After some talk, they chose some fruit as a gift.
Po nekaj pogovora so si za darilo izbrali nekaj sadja.

The fruit had grown from the Immortality Tree.
Sadje je zraslo iz Drevesa nesmrtnosti.

Early the next morning, Suka went to the tree.
Zgodaj naslednje jutro je Suka odšla k drevesu.

And he plucked a magical glowing fruit.
In utrgal je čarobno žareče sadje.

He held the fruit gently in his beak, full of care.
Sadje je nežno držal v kljunu, poln skrbi.

The fruit was heavy and slowed his swift flying pace.
Sadje je bilo težko in je upočasnilo njegov hiter let.

He could not reach the city before night arrived.
Pred nočjo ni mogel priti v mesto.

Suka stopped to rest in a tree along the way.
Suka se je na poti ustavil na drevesu, da bi si odpočil.

He feared the fruit might drop while he slept.
Bal se je, da bi mu sadje lahko padlo na tla, medtem ko bi spal.

If he kept the fruit in his beak, it could fall.
Če bi sadje držal v kljunu, bi lahko padlo.

But he saw a hole in the trunk of the tree.
Vendar je v deblu drevesa zagledal luknjo.

He placed the fruit safely inside the dark tree.
Sadje je varno shranil v temno drevo.

But inside the hole, there lived a poisonous black snake.
Toda v luknji je živela strupena črna kača.

In the night, the snake bit the fruit with venom.
Ponoči je kača ugriznila sadje s strupom.

And the fruit became smeared with deadly poison.
In sadje se je premazalo s smrtonosnim strupom.

At dawn Suka took the fruit back in his beak.
Ob zori je Suka sadje spet vzel v kljun.

He flew again on his journey to the king's palace.

Ponovno je poletel na pot do kraljeve palače.
As he reached the palace the king was sitting with ministers.
Ko je prišel v palačo, je kralj sedel z ministri.
The king was overjoyed to see Suka return once more.
Kralj je bil presrečen, ko se je Suka spet vrnil.
He greatly admired the beautiful, shining fruit gift.
Zelo je občudoval čudovito, sijoče sadno darilo.
The fruit was lovely to look at and admire.
Sadje je bilo čudovito za pogled in občudovanje.
It was the finest fruit found across the earth.
Bilo je najboljše sadje, kar jih je bilo na svetu.
And anyone who ate the fruit was granted immortality.
In vsak, ki je pojedel sadje, je bil deležen nesmrtnosti.
The king was about to eat the beautiful fruit.
Kralj je ravno hotel pojesti čudovito sadje.
But his ministers warned him the fruit might be poisoned"
Toda njegovi ministri so ga opozorili, da je sadje lahko zastrupljeno.
"It would be better to test the fruit before you eat it"
"Bolje bi bilo, da sadje preizkusite, preden ga pojeste."
He threw the fruit to a crow sitting on the wall.
Sadje je vrgel vrani, ki je sedela na zidu.
The crow ate from the fruit, and dropped dead instantly.
Vrana je jedla sadje in v trenutku poginila.
The king, thinking Suka tried to kill him, grew furious.
Kralj, misleč, da ga je Suka poskušal ubiti, se je razjezil.
He seized the bird and killed him with his bare hands.
Zgrabil je ptico in jo ubil z golimi rokami.
He ordered the seed to be planted outside the city.
Ukazal je, naj seme posejejo zunaj mesta.
The seed became a tree with the same glowing fruit.
Seme je postalo drevo z istimi žarečimi plodovi.
The king feared the fruit would bring more death.
Kralj se je bal, da bo sadje prineslo še več smrti.
So he had the tree fenced off and guarded.
Zato je dal drevo ograditi in zastražiti.

There lived in that city an old, poor Brahman man.
V tem mestu je živel star, reven brahman.
He and his wife survived only on the town's charity.
Z ženo sta preživela le od dobrodelne pomoči mesta.
One day the Brahman mourned his long, miserable, life.
Nekega dne je brahman žaloval za svojim dolgim, bednim
življenjem.
He said, "Instead of begging, I will eat poison fruit."
Rekel je: »Namesto beračenja bom jedel strupeno sadje.«
"I'll end my life beneath that deadly tree in silence."
"Svoje življenje bom končal pod tem smrtonosnim drevesom v
tišini."
That very night, he rose quietly and left his home.
Še isto noč je tiho vstal in zapustil svoj dom.
His wife suspected and followed behind in silence.
Njegova žena je posumila in molče sledila za njim.
She had decided to die too, alongside her sad husband.
Odločila se je tudi umreti, skupaj s svojim žalostnim možem.
She loved him deeply and didn't wish to stay behind.
Globoko ga je ljubila in ni želela ostati zadaj.
The palace guard was asleep that night, unaware of visitors.
Palačni stražar je tisto noč spal in se ni zavedal obiskovalcev.
**The Brahman reached the garden and plucked a hanging
fruit.**
Brahman je prišel do vrta in utrgal viseči sadež.
He looked at it once and ate the entire fruit.
Pogledal ga je enkrat in pojedel celoten sadež.
His wife cried, "If you die, my life becomes nothing"
Njegova žena je zavpila: »Če umreš, moje življenje postane
nič.«
"I will also eat and die here with you now"
"Tudi jaz bom zdaj jedel in umrl tukaj s teboj."
So saying she plucked a fruit and ate it.
Ko je to rekla, je utrgala sadje in ga pojedla.
**They thought the poison would act slowly through the
night.**
Mislili so, da bo strup deloval počasi čez noč.

So they both went home and quietly lay down in bed.
Tako sta oba odšla domov in se tiho ulegla v posteljo.
They believed they would never again rise from sleep.
Verjeli so, da se nikoli več ne bodo zbudili iz spanca.
To their surprise, they woke up feeling full of life.
Na njihovo presenečenje so se zbudili polni življenja.
Not only were they alive, but they were young again.
Ne samo, da so bili živi, ampak so bili spet mladi.
And they were strong and had new found energy.
In bili so močni in so imeli novo energijo.
Neighbors hardly recognized them, so changed they looked.
Sosedje jih komajda prepoznajo, tako spremenjeni so bili.
The old Brahman was now handsome and full of youth.
Stari brahman je bil zdaj čeden in poln mladosti.
His grey hair vanished, and had colour again.
Njegovi sivi lasje so izginili in spet dobili barvo.
His wrinkled cheeks turned smooth, and his skin shone.
Njegova nagubana lica so postala gladka, koža pa se mu je zasvetila.
And as for his wife, she became extremely beautiful.
In kar se tiče njegove žene, je postala izjemno lepa.
She looked as beautiful as any lady of the kingdom.
Izgledala je tako lepa kot katera koli dama v kraljestvu.
The king heard of their miraculous transformation.
Kralj je slišal za njihovo čudežno preobrazbo.
He asked his guards to send the Brahman to him.
Prosil je svoje stražarje, naj mu pošljejo Brahmana.
And he asked the Brahman the source of his youth.
In vprašal je brahmana o viru svoje mladosti.
The Brahman told the king every detail of the story.
Brahman je kralju povedal vsako podrobnost zgodbe.
The king then wept for his poor, loyal pet bird.
Kralj je nato jokal za svojo ubogo, zvesto ptico.
He deeply regretted killing his faithful bird.
Globoko je obžaloval, da je ubil svojo zvesto ptico.
And he wished he had known the bird's loyalty.
In želel si je, da bi poznal ptičjo zvestobo.

And so the second prince's story concluded.
In tako se je končala zgodba drugega princa.
"You might have to cut a man's head off"
"Morda boste morali človeku odsekati glavo"
"But first you should establish the facts"
"Najprej pa morate ugotoviti dejstva"
"You must see whether the man is really faithless"
»Preveriti morate, ali je ta človek resnično nezvest.«
"I know Your Majesty suspects me of evil last night"
"Vem, da me Vaše Veličanstvo sinoči sumi zla."
"Please allow me to explain myself before punishing me"
"Prosim, dovolite mi, da se pojasnim, preden me kaznujete."
"While making rounds I saw a woman leave the palace"
"Medtem ko sem se sprehajal po palači, sem videl žensko, ki je zapuščala palačo."
"I stopped her, and she said her name was Rajlakshmi"
„Ustavil sem jo in rekla je, da ji je ime Rajlakshmi."
"She claimed to be the guardian deity of the palace"
"Trdila je, da je božanstvo varuhinja palače"
"She said she was leaving because death was near"
"Rekla je, da odhaja, ker je smrt blizu"
"The king," she said, "would be killed later that night"
»Kralj,« je rekla, »bodo ubili pozneje tisto noč«
"I begged her to go back into the palace"
"Prosil sem jo, naj se vrne v palačo."
"And I promised to do my best to protect you."
"In obljubil sem, da se bom po svojih najboljših močeh trudil, da te zaščitim."
"I ran quickly into Your Majesty's chamber without delay."
"Brez odlašanja sem hitro stekel v sobo Vašega Veličanstva."
"There I saw a cobra circling your golden bedstead."
"Tam sem videl kobro, ki je krožila okoli tvoje zlate postelje."
"I fought the snake and killed it with my blade."
"Borila sem se s kačo in jo ubila s svojim rezilom."
"I chopped the body into many exactly one hundred pieces."
"Truplo sem razsekal na natanko sto kosov."
"I placed those pieces inside the pan for proof."

"Te koščke sem dal v ponev za dokaz."
"But something occurred as I was cutting up the snake."
" Ampak nekaj se je zgodilo, ko sem rezal kačo."
"A drop of blood fell onto the breast of your wife."
"Kapljica krvi je padla na prsi tvoje žene."
"I feared I had saved my father, but killed my stepmother."
"Bala sem se, da sem rešila očeta, a sem ubila mačeho."
"I wrapped my tongue tightly with cloth seven times."
"Sedemkrat sem si tesno ovil jezik s krpo."
"Then I licked up the drop of venomous blood."
"Nato sem polizala kapljico strupene krvi."
"While I was licking the blood, my stepmother awoke."
"Medtem ko sem lizal kri, se je moja mačeha zbudila."
"She saw me and opened her eyes with confusion."
"Videla me je in zmedeno odprla oči."
"This is the truth of what I did last night."
"To je resnica o tem, kar sem storil sinoči."
"If Your Majesty commands, then cut off my head now."
"Če Vaše Veličanstvo ukaže, potem mi zdaj odsekajte glavo."
The king, full of love and joy, embraced his son.
Kralj, poln ljubezni in veselja, je objel svojega sina.
From that moment, he loved him more than ever before.
Od tistega trenutka ga je ljubil bolj kot kdaj koli prej.

9 781805 729365